当代作家精品·长篇小说卷

主编 凌翔

人在中年

陈孝云 著

中国画报出版社·北京

图书在版编目 (CIP) 数据

人在中年 / 陈孝云著 . -- 北京 : 中国画报出版社 ,
2025. 5. -- ISBN 978-7-5146-2413-7

Ⅰ . I247.5

中国国家版本馆 CIP 数据核字第 2024LD1553 号

人在中年

陈孝云　著

出 版 人：方允仲
责任编辑：程新蕾
责任印制：焦　洋

出版发行：中国画报出版社
地　　址：中国北京市海淀区车公庄西路 33 号　邮编：100048
发 行 部：010-88417418　010-68414683（传真）
总编室兼传真：010-88417359　版权部：010-88417359

开　　本：16 开（710mm × 1000mm）
印　　张：19
字　　数：260 千字
版　　次：2025 年 5 月第 1 版　2025 年 5 月第 1 次印刷
印　　刷：三河市中晟雅豪印务有限公司
书　　号：ISBN 978-7-5146-2413-7
定　　价：89.80 元

人间危机是经常存在的

知识是破解危机的密码

理智是控制危机的阀门

爱情是摆脱危机的动力

道德是消除危机的灵药

序言　中年的梦想和追寻

马俊芳

时代的变革必然带来人生的衍变，全新的价值观时刻冲击着传统的道德理念。在二十世纪平安度过青春岁月的人们，跨入新世纪便迎来他们的中年时代。对中年群体来说，新时代的一切令人眼花缭乱、目不暇接。

中年人面对新事物有着种种不适，在物质力量的重压之下，精神和情感时常处在一种动荡不安的状态。人与人之间差别的扩大，让人心充满了事业的紧迫感；心理上的重重压力，让中年人不再朝气蓬勃、雄心满怀。在中年人的视野里，物质财富越来越重要，职场淘金越来越艰难，工作和家庭越来越不稳定，一切都需要付出更多的心血和代价。这一切就是危机，是现实的存在，也是心理的反应。在危机中奋斗，在奋斗中迷失，在迷失中寻找，是我们这代中年人无法逃避的人生选择。

长篇小说《人在中年》的作者陈孝云，出生在二十世纪六十年代，从事过多种职业，人生经历跌宕起伏。他从一个中年人的视角观察社会、体验人生、记录现实生活，展示了新世纪之初的社会面貌，叙述了中年人的奋斗经历和生活体验，具有鲜明的时代感和深刻的忧患意识。

小说以某中等城市的改革发展和市场竞争为背景，从一个特殊的角度看世界，叙写普通的人和事，描写普通场景，展现普通的人生境遇，塑造了一群有血有肉、栩栩如生的职业人形象，具有新现实主义的创作特色，充满了催人向上的文学力量。

一部反映现实生活的长篇小说，必然涉及社会生活的方方面面，具有政治经济、法律道德、爱情与家庭、人际关系与社会生态等多方面的意义。《人在中年》以改革中的基层银行职员在竞争中创造业绩为主线，以主人公的家庭变故和婚外情为明线，以几个家庭对孩子的期望和教育为暗线，逐步推进情节发展，塑造了孙智、陈志杰、周天寿、张明远等不同性格的男性形象和贺英、黄雅娟、王红梅、林雪英等不同性格的女性形象，反映出人们在时代变革中的危机感受和危机意识，揭示新时代中复杂的社会现象和人们的生存状态，表现了中年人在各种压力下的不安、寻找与追求，是一部警世与醒世和呼唤正义的有益之作。

《人在中年》渗透了道德和法律的力量。在危机中追寻生存的法则离不开知识、道德和理智。作者通过构造典型环境和刻画典型人物，表现人们在职场竞争中的不同心态和不同行为方式，揭示新体制下小人物铤而走险的悲剧过程，从而诠释了净化心灵、走人间正道才有光明前途这一思想主题。小说着力塑造了孙智这样一个有知识、理性化、重感情、敢担当的主人公形象；在快速变化的社会生态下，他以积极的人生态度去应对各种风险和危机，为改变现状付出了种种努力，结局也令人欣慰。

奋斗的过程就是幸运和不幸不断交织的过程。小说以对人的本能形态、心理意识和人性张扬过程的精雕细刻展示主人公和主要人物的性格特征，揭示不同的人生价值观就会有不同的命运，从而深刻地忠告人们：危机是经常存在的，唯有知识、道德和理智才能把危机转化为生机，避免悲惨的人生结局。人生其实就是一个不断与危机和灾难抗争的过程，只有坚守和拼搏才能有最好的结局。

《人在中年》揭示了爱情和家庭对社会的重要性。对很多中年人来说，婚姻家庭的变故和婚外情是无法回避的现实，作者通过塑造多面形象，将善与恶、美与丑、喜与悲交织在一起，反映人的生存受制于社会环境的本质属性，揭示爱情和家庭对社会的特殊意义。没有家庭的稳定，就没有社会的安定与和谐。小说对新时代男女感情的描写虽然谈不上细腻和深刻，但对社会变革大背景下中年男女的思想情感的揭示非常贴近现实生活，既有快乐中的沉思，也有悲情中的呼唤，更有失意后的追寻，对有限的人生有着无限的启示意义。

《人在中年》没有渲染危机和制造阴影，而是让人们懂得危机、直面危机。激发青年一代在危机中追寻梦想、勤于思考、不懈奋斗；告诫中年人不负光阴、珍爱生活；也提示老年朋友们，不必感伤过去，随遇而安才会享有幸福的晚年。作者将这样一部充满现实感、饱含激情和希望的长篇力作呈现给读者，我们的文学园地又生长出一束醒目的花朵。

2021年2月5日

（马俊芳，钟祥市作家协会副主席，钟祥市作家协会胡集分会主席，湖北省作家协会会员）

目录

第一章　必然

1

2000年的秋天，孙智刚过完四十岁的生日，就突然遭遇到工作和生活的重大改变，又一次处在了人生的十字路口，甚至可以说是遇到人生的一次重大危机。尽管他对此早有预料和心理准备，但事到临头却仍然愤愤不平、失意万分，觉得自己如同一片秋天的落叶飘落到水流之中，永远不会再有飘回来的时候了。

这一天，G银行西域市分行新任行长陈志杰亲自主持召开了一个动员会，会议室里除了领导班子成员和几名部门负责人之外，其余十几名员工同领导们相对而坐，静静地等待一个重大决定落地。他们是这次机关裁员的又一批接受者，是身不由己的改革对象，是一群失去竞争优势的中年人。历次改革的经验告诉他们，这种慢刀割肉的改革动作虽然不会让他们失去工作，但是让他们承受的心灵动荡是前所未遇的；面对未来诸多不确定性，他们只能先接受安排，静观其变，以求在新的工作岗位上去寻找新的机会。

因为事情并不复杂，所以会议极为简单。陈行长简明扼要地说："当前一线操作人员紧缺，需要从机关抽调一部分同志充实到基层。这是一次很好的锻炼机会，希望大家勇于担当，积极接受考验和挑战，在一线岗位发挥骨干带头作用；只要做出成绩和贡献，前途必然是光明和美好的。”行长三言两语之后，人事部经理宣布了人员分配名单，整个会议不到半小时便顺利结束。

这些人都是早已习惯了机关工作的老职工，虽然都有大专以上学历，但没有明确的专业职级，而且年龄都在四十岁上下；过去他们之所以能长期留在机关，有的是因为有一定的特殊背景或社会关系，有的是因为办事能力较强或有某些特殊才能而受到历届领导的青睐，也有的是因为品德高尚为群众所拥护，等等，不一而论。形势是不断变化的，改革也是随机应变的，过去能留在机关的人，现在再留下来已不合时宜；一切都要服从新的发展要求。无论是改革者还是被改革者，所有的改变都是必须的，所有的结果都是必然的。

这次改革同以往有所不同，不仅基层人员紧缺，机关也是人手不足。改革的最终目的是实现效率最优和效益最大化，核心是解决人浮于事和人员结构失衡等关键问题，最大限度挖掘人的潜能。但现在出现的人员缺乏，并不是人员太少，而是擅长做业务、干实事的人不够；机关那些年龄偏大的老同志，无论思想和专业，都不适应形势发展要求了，只能到基层去学业务、干实事。这不是什么不得已而为之的权宜之计，而是事关未来发展的战略大计。被发配到一线的老同志虽然心里极不情愿，但处在改革的关口，大家都能充分理解，毫无怨言，默默走向新岗位。

过去从机关到基层，一般都要通过定编定员之后举行竞聘竞岗，对落选人员再做下放处理，从程序上讲顺理成章，比较容易让人接受；但这种看似公平的老办法很容易让资格老、关系硬的人留下来，而让那些仅靠业务能力立足的人被错“杀”，最后的结局往往是不欢而散，有的直接辞职，有的在一线干不了多久就一走了之，久而久之就造成专业人员越来越少。凡是有点儿专业技能和其他出路的人，一定不会死守银行这只“泥饭碗”；而敢于走出去的，结果确实出乎意料，不仅发财的人很多，当官的人也不少。

人活着是受一种力量的驱动和一种期待的挽留，正如古诗所言：“山重水复疑无路，柳岸花明又一村”，悲观和失望总是没有道理的；“无可奈何花落去，似曾相识燕归来”，春天远去了，但还会再回来。他们虽然心里不愿接受无情的现实，却又希望还有机会回来享受原来的轻松和自由，甚至还能爬升一格，给人生打下一个进步的烙印。

这次直接让一批中年人充实基层，做法虽然不合情理，但大家似乎更能理解和服从；因为新行长的讲话很明确，让老同志下基层是接受锻炼和考验，虽然大家心里容易接受一些，嘴上却有难言的苦衷。事实上每个人心里都明白，到了一线是要做出成绩和贡献的，否则没有任何回转和晋升的机会，做不好工作只能主动离职或被动淘汰。

在银行人看来，营业网点的操作员或业务员，不仅劳动时间长，任务压力大，处处受约束，吃苦受累还不一定有好收益，不是一般人能混出个好结果的岗位。过去很多年，从机关到基层的人能够留下来的只是极少数，能够干出成绩获得提拔的更是凤毛麟角。改革处在关键时期，对老职工而言，接受锻炼只是一种激励人心的宽慰和鼓励，接受挑战才是他们不得不面对的严峻现实。新行长之所以这么做，也是看透了世事人心，看准了岁长月短；但凡老不老少不少的中年人，不仅只是缺少适合在机关工作的专业技能，而且已经没有什么青春活力，各种优势早已变成了劣势，加上家庭原因和孩子的教育负担，他们不会轻易丢失现有的工作，只会千方百计地适应形势、应对压力。

陈志杰虽然到任只有两个月时间，但他看得很明白，这些老大不小却又无所用心的人，不是因为没有能力，而是因为过于安逸；不是因为不想发展，而是因为发展无门；只要给他们创造机会，也许会有意想不到的收获，而机会只能在一线，重压之下也有勇夫！

孙智是一个习惯了保守和沉默的人。这些年来，他已经放弃了那种锻炼自己的想法，也失去了“百尺竿头，更进一步”的心态。但他常常既自负又自傲，不愿让别人牵着鼻子走路。他似乎早有了自己的选择，不是接受锻炼和挑战，而是真心想离开机关。他不想考虑自己将来会怎么样，也不期待时局的变化将给他带来多少惊喜。他同很多人一样，只求生活无忧无虑，不是不想努力工作，更不是不追求事业和进步，而是希望能在相对自由的环境中做点儿自己想做的事情，不求结果怎么样，只求奋斗的过程能够舒心和安定。

2

俗话说，三十而立，四十而不惑，五十而知天命。孙智已到不惑之年，早就没有当官发财的念头了，所以做任何事都不需要理由。当今时代，什么理由都是不必要的。这是他想象中既合情也合理的现实，何况新行长陈志杰年仅三十五岁，面对一个比自己年轻的领导，他总是显得无所适从。而陈志杰呢，对待一位比自己年龄大、资格老、文气重的人，也常常有些无可奈何。陈志杰到任两个月来，他们的相处很是尴尬。由于老主任退休，孙智不得不承担一些额外的工作任务，但他并不愿意靠近这位比自己年轻的新行长，除了文字方面的工作，运筹接待和部门协调他从不主动去承担，很多具体事务，行长只能亲自出马。

孙智大学毕业参加工作十八年，养成了一种处变不惊、心安理得的处世态度，不卑不亢、不慌不忙、心如顽石、身若泰山，似乎世上发生的任何事都与他无关。新行长看见他悠然自得的样子，常常把眼光聚焦在他脸上，而在心里面却把他划进了一个圆圈，列入扫地出门的黑名单了。孙智心里明白，自己最终躲不过一场或迟或早的变故，现在说是下基层去锻炼，听起来很顺耳，实际目的无非是从领导者的权力和利益出发，实现有利于管理全行的环境和条件，说得好听一点儿是新陈代谢，说得难听就是排除异己。在孙智看来，现在话怎么说都是无妨的，完全不必搞得这么冠冕堂皇！他跟同龄者一样，对往后的日子并没有过分的忧虑，该失去的必然要失去，该来的还会再来，一切都应该顺其自然。

其实孙智早已看到，改革开放已经二十多年了，竞争环境已经形成，竞争意识潜伏在每个人的头脑里，开放和融合改变着每个人，财富和地位驱策着每个人，每个人都处在火热的变革之中，抓住机会创造财富已成为全社会的主基调；不思进取就会落后于人，不挣钱就必然沦为乞丐；这个社会，只要不是傻子，就不会看不到眼前的现实。逆水行舟，不进则退；面对随时可能的落后，自己怎么还能悠闲自得、墨守成规呢！面对竞争的压力，你还能饱食终日无所用心吗？

改革对每个人来说无疑是极大的考验，打破绝对公平已是既成的事实，又是大势所趋；那种人人平等的“大锅饭”已不复存在，人们进入到一个没有硝烟的战场，表面风平浪静，水下暗流涌动；大家明里暗里都在行动，都在寻找自己的位置，各得其所，各显其能。自己早该从沉睡中醒悟过来，哪怕是摸着石头过河，也必须有所行动；或许，冒险的人生会更加精彩！孙智对那些鼓舞斗志的语言早已烂熟于心，对各种说辞司空见惯，时髦的语句在他笔下不值一提；而现在时过境迁，嘴上和笔头上的功夫都没有什么用处了，聪明的人就要付出有实际意义的行动。作为一名普通人，锻炼二字只是一个可笑的动词，背后并没有什么值得挖掘的内涵，无非是让自己的人生多一些曲折而已。

3

孙智写文章的本领在这个城市是有点儿名气的。他发表的文章虽然不多，但都是重量级的，大多是一些政治理论、思想道德、经营管理方面的文章。在银行机关里，他最拿手的还有工作总结和工作通信之类的，G银行的任何好人好事经他一捉刀就准能登上报刊，所以孙智在二十世纪八九十年代可算得上是一个小小的风云人物。那个年代能写文章的人一般都能混个一官半职，比如什么办公室副主任、群工部副部长，等等，随便戴个帽子应该是顺理成章的事儿。这样的官职虽然算不了什么，但总是一个人进步的体现，工资待遇也比一般职工高出许多；但孙智不知道自己为什么连这种比芝麻官还小的官衔儿也没有混到头上。

说起写文章，孙智是经过十多年磨砺的行家里手。什么样的文章都来得快，写得精细透彻，大气而灵秀，几乎所有的顶头上司都看中了他这一点，肯定了他这方面的特长，就连眼前这位新行长也这么说过。前几天开会要发一个会议纪要，会议刚结束孙智就把稿子拿到新行长面前请示签发，新行长惊诧不已，当面夸老孙不愧是老笔头子，只可惜年纪大了，再做文字工作不合适了，作为领导要考虑老同志的前途问题。这话是再明白不过的，庙里不容老和尚了，老和尚再熟门熟路，最后也要让位于新来的小和尚。

陈志杰是省分行下来的干部，名牌大学毕业，金融专业出身，经多方历练，养成了雷厉风行的作风。他到任不到一个月，就“三把火”烧起来，让全行上下紧张得近乎精神失常。他用“一刀切”的方式把高中以下学历的员工全部切回家，对机关部门快速进行业务归并，压减非业务人员，清除闲人懒人；业务部门年满四十岁而又无特殊能力和特别关系的人，分批下到基层，对全部员工实行岗位竞聘，落聘者一律待岗或下岗。轮到对孙智所在的办公室等重要部门的裁减时已是最后一刀。按别人的话说，行长对身边的人已经够客气了，就像是剥竹笋一样，一层层剥下没有价值的皮儿，到了最后那一层，就显得水到渠成了。当然，这种大刀阔斧的改革必须有总行的统一规划和上级行的“尚方宝剑”。

此前，G 银行总部决策层向全行发出通知，为尽快实现上市目标，全行务必在一年内完成营业机构撤并和软硬件改造升级，凡存款规模达不到两亿元的储蓄网点一律撤销或归并，省辖二级分行直管营业机构，中等城市实行机构人员一体化管理，后台业务、产品营销和前台操作的人员结构推行二三五比例模式。如此具体的指令必然成为各级行负责人的首要工作目标。

西域市是一个以工矿产业为主的中等工业城市，金融营业机构有一千多个，金融从业人员超过万人，网均存款不足一亿，机构多效率低，收益少风险大，这完全是粗放经营造成的后遗症。G 银行经过十年来的改革调整，已在全国金融行业率先实现了集约化经营，分行所属营业机构由原来的三百多个减少到不足一百个，网均存款由原来的不足一亿元提高到了三亿元，两亿元以下的营业网点由原来的五十多个减少到不足十个，人员由原来的三千多人减少到一千五百余人。

对本市全分行来说，当前最主要的问题是人力资源结构性矛盾突出，四十岁以上的大龄员工占比高达百分之四十，一线产品营销人员不足百分之二十，前台操作人员不足百分之四十，与总行的要求差距甚大。为此市分行不得不快刀斩乱麻，强力实行人力资源的优化配置，将老员工无情地压到营业网点去做操作员或营销员。

改革总是要有人做出牺牲的。孙智很懂得眼下的形势，对面临的处境有清醒的认识，对可能出现的结果早有预感，在心理上也有了充分的思想准备，但在行动上他仍然一如既往，既没有什么反常的表现，也没有在新行长面前露出一点儿点头哈腰的举动，只是默默地干着他该干的事儿，对责任范围内的一切事务都如从前一样不折不扣地去完成，就像艺术家对待他的艺术品一样精雕细琢。但他也发现，每次新行长看过他草拟的文稿，眼角就会露出赞许的神色，这种欣赏的表情是微弱而稍纵即逝的，接下来便用一种异样的眼光看着孙智，好像在问，你除了这手本领，还能做些别的吗？孙智是不爱看别人的眼色行事的，那些头头脑脑的眼色他见得多了，懒得颇费心思地分析里面的意思，有时干脆一碰到领导的眼光便立马弹了回来，好像他天生就有这种与世无争的风骨和傲气。

要说陈行长的工作方法，孙智觉得并没有什么不妥之处。前不久，他跟孙智谈话，随意聊天的样子，很客气也很中肯。第一次他说："老孙四十了吧，还打算待在机关里？这样的岁数要有个专业才是呀！"

孙智听了有点儿不爽，不知不觉就用那种倚老卖老的语调回答说："是呀，我已经这把年纪了，还能学个什么专业呢？"他还想接着说，当初我是想要学点儿具体的专业，可那时的老行长说，这就是你的专业，把文章写好了，你就终身无忧了！都说人到四十不学艺，更何况对银行人来说更具体的专业是年轻人学的，我还能学什么更具体的专业呢？孙智心里这么想，嘴上却没说出口。

第二次孙智到行长室签发他写好的文件，陈行长不失时机地对孙智说："人总不能老待在一个地方，要多学习多接触，从基层做起，这样以后才能适应社会嘛！"孙智想也没想就说："我天天在学习也在接触基层，现在已经在这种社会了，还能去适应什么社会呢？"陈行长不再言语。

第三次，陈行长来到办公室倒茶水，边往茶杯倒开水边对孙智说："现在情况和以前不同了，机关需要年轻人，基层需要老同志，在机关干过的人，在基层大有用处呢！"孙智这回无言以对。

陈行长苦口婆心，而孙智却老是犟劲十足，说明陈行长修养甚好，否则用不着谈心和说理，直接把你掀下去。领导能把话谈到这份儿上，孙智明白了，这已是他必然的选择了，不能再说什么了！

孙智没有任何考虑，不假思索地拿出纸和笔，刷刷刷写下简单的文字：

申　请　书

本人申请下放到储蓄所去上班。

孙智

2000 年 9 月 15 日

4

孙智抢在动员会召开之前把申请书送到了人事部。人事部经理胡玉香是个四十五岁的女人，是本市财政局长的夫人；孙智过去常叫她胡姐，他对胡姐是亲热而有礼貌的。胡姐曾在基层当过多年的主任，刚刚调到机关当部门经理。她对孙智说，到基层也好，虽然责任大，风险大，但不必车前马后地为领导操些闲心。她请孙智坐下来聊一会儿，似乎想进一步说一说到基层的好处，可孙智不想再听下去，转身离开了人事部。

孙智上了一层楼梯，刚回到自己的办公室，新到任的办公室主任张明远走进来通知孙智，陈行长主持召开动员会，请孙智同志及时参加会议。孙智来到会议室，在远离主持者的偏角位置落坐，仔细倾听陈行长的精彩讲话，脑子里起伏不平，预判他此次人生转折的最终结局。当他听到胡玉香念到贺英的名字时，心头顿时一惊！

孙智没有想到，贺英也在此次下放之列。贺英是办公室文书档案管理员，是全行唯一的一个特殊岗位，不仅孙智没有预料到，就连贺英自己事先也没有任何预感。

孙智和贺英同是办公室的老干事，虽然各有一间办公室，但他们却有很多时间在一起，只要是事务性的工作，一般都是两人互相帮助，配合完成。按常理，一个文书档案管理员，同时也负责全行的保密事务，涉及行业机要和本行商业秘密的管理和监督，如无特殊原因，是不会被随意轮换的。如此动作，孙智觉得不同寻常，想来想去，觉得必定与张明远有关。

张明远，三十出头，就任办公室主任不到一周，此前是县支行行长，他的叔叔张昌德是西域市市长。他有这样的背景，当个办公室主任，大概只是走走过场，想必还有更高的职位正等着他去坐享。他毕业于广播电视大学，学的是农业机械化专业，既非金融专才，又不擅长公文写作，能当上办公室主任，也算是新行长标新立意、别出心裁吧！他此时赶走贺英，又算是玩的什么花样呢？

贺英比孙智小五岁，看起来还像是二十来岁的新媳妇，只是因为已做母亲，不能算作年轻人。她的爱人周天寿是市政府副秘书长，儿子与孙智的儿子孙哲同岁。两个孩子从小就是小伙伴，一同入校读书，小学同班，初中同路，校外更是形影不离。两个孩子的亲密无间，传导到两个大人身上，几乎也是人无间隔、心无猜疑。贺英与孙智不仅在工作上没有任何秘密可言，工作外的大事小事也都心领神会、心照不宣。

动员会之前，没有任何领导同贺英谈过下基层的事，现在宣布她在名单之列，出乎她本人和孙智的意料。这天上午，贺英因为家有要事请了半天假；所谓请假，也只是向孙智打了个招呼，并没有经任何领导亲口同意；这当然也是机关里长期养成的习惯，一般不会有什么领导追究；而张明远刚到任没几天，手下的这几个“老油条”，哪会向他请假呢！所以直到名单宣布，人事已定，贺英本人还不知情。

孙智收拾好自已的物品，等待贺英回来。不料张明远已打电话通知了贺英，贺英很快回来，直接闯进了主任的办公室，与张明远争吵起来。此时的贺英，心燥气盛，完全沉浸在激动之中。孙智抬头向张明远的办公室张望，只见张明远背靠大转椅，摆着大架子跟贺英说话。他大平头，方块脸，一双三角眼就像两把锋利的三角刀，让人不寒而栗。他撑开两手，语气坚决地对贺英说：“领导决定的事，必须坚决执行，没什么好吵闹的！”

“既然这样，那就不用办什么交接手续了！要我走，我马上就走！”贺英很不冷静地将一串档案室的钥匙扔在张明远的办公桌上，怒气冲冲地走出门来，没有拐弯就直接来到孙智面前，贴近孙智小声说：“不干了，树有皮人有脸，下到网点不如辞职回家，做个全职太太也算是保留一点儿面子！天无绝人之路，离开这地方，我照样能活出个人模人样儿！”

孙智听了淡淡一笑，心里说，既然能做全职太太，还在银行上什么班呢？这时他忽然想到，这事是否与周天寿有关呢？如果周天寿职务有什么变化，或许是周天寿与张明远的市长叔叔张昌德之间有什么瓜葛，影响了强势一方的权力或利益，那样的话就一定会给贺英带来重大影响。但反过来想，只要周天寿不出什么大问题，也一定会有办法对自己的爱人有所安排的，所以没有什么可担心的！

贺英在这里整整工作了十二年。她刚来的时候，主要是做文书工作，档案管理基本处于空白状态，所有的档案资料定期上交省分行集中统一管理。银行企业化之后，档案工作开始属地化管理。贺英是西域市分行档案工作的第一人，建立了档案室，大量过去的档案从省分行运回来，贺英每天加班加点整理，付出了很多心血。孙智是秘书，不能直接管理档案，但他对贺英的工作给予了极大帮助，每当她加班加点，他总是陪着她，帮她清理、分类、装订、编码入库。档案工作虽然简单，但需要细致和耐心。孙智认真细致的风格对贺英产生了很大影响。

贺英入行时只有高中学历，她是在孙智的帮助下参加自学考试取得了大专文凭才免遭淘汰的。她学的是行政管理专业，大部分课程是孙智在大学里学过的，孙智辅导她如何归类知识，如何记忆要点，为她找重点划难点，让她很顺利地通过了每门考试。贺英拿到了大专文凭，在前面几次改革中都平安度过。在安逸而平淡的环境里，贺英同孙智一样，从不担心工作上出现什么意外，更没有什么危机感和忧患意识，但她对待工作却是极其认真负责的。她不曾想过这种独一无二的特殊岗位也会被人替换。

现在的突然变化让贺英始料未及，没有任何思想准备。让她到一线做操作员，不仅需要重新学习，而且生活节奏也被完全打乱，还有没完没了的揽存任务；基层的苦日子让她产生了强烈的畏惧感，所以她在接到通知的那一刻，就下定了离开银行的决心。

孙智很佩服贺英的决心和勇气，因为这是他自己做不到的事儿。他是一家人的生活支柱，若是离开了银行，一时难以找到合适的单位和职业不说，对孩子读书的影响也是无法估计的；所以他只能平淡而冷静地对待这一现实。现在他冷静下来思考，基层不见得就那么可怕，事物总在发展变化之中，未来也许会有什么不期而遇的好运，一切都用不着那么激动和急躁。孙智两眼盯着贺英，脸上的笑容十分坦然，显然是不在乎眼下的变局；他的神态和情绪影响到了贺英，气氛很快恢复到过去的状态，贺英的笑声比以往任何时候都响亮，似乎马上就有更好的工作等着她去做。

孙智本想等着同贺英一起离开，但贺英的东西很多，不是一会儿工夫可以收拾好的，便对贺英说了再见，转身离开办公室，快步向楼梯口走去。这时，楼梯上迎面上来一位楚楚动人的女子。她闪动着明亮的眼睛看了孙智一眼，露出浅浅的微笑。她和当年的贺英一样，就像一条美丽透亮的小金鱼被放入深水一般，不会感受到水深浪急的滋味儿。孙智侧身错过了美女，又回头望了一眼，回头之际，正遇上女子回眸一笑。她一边攀登楼梯，一边扯起长裙，露出丰满而白皙的小腿，闪现出时代少女的风韵来。孙智默默祝福她会有一生的好运。

第二章　动力

5

白云储蓄所一个月前发生了一起大案，有三个人被检察院抓走，现在只有四个操作柜员上班，紧缺人手，所以孙智和贺英被安排在白云储蓄所的操作岗位。因为贺英不服从分配，孙智就独自一人来到这个小小的储蓄所报到。

储蓄所主任叫胡少林，是一个五十来岁的男人，秃了顶，剩下的几根黄黄稀稀的头发散布在两只耳朵周围，让人看起来经历丰富，老练持重。他是 G 银行西城市分行有名的营业网点主任，最早是双泉镇的党委书记，G 银行在西城市成立分行时，他通过第一任行长马德发的关照调到 G 银行双泉办事处当主任，相当于他原来的正科级；银行改革成企业后，没有明确他是什么级别，他自己也没有计较职级得失，一心一意为工作着想；他虽然只有高中文化程度，但责任心极强，加上为人和蔼、乐善好施，在当地赢得了人们的普遍尊重，乡下人见到他，仍然叫他胡书记。G 银行西城市分行只有他年纪最大，资格最老，而他对工作也特别认真负责。他在双泉办事处当了十五年的主任，连续多年都是劳模。然而就在一个月前，总行突然宣布，为了实现集约化经营目标，G 银行设置在城市以外的营业机构全部撤并到城市，双泉办事处因为离城区二十多公里，管理不便，经营成本高，很快就被撤并到城里来了，员工愿意离职的获得补偿后自谋生路，只有胡少林一人不愿离职，考虑到他已快到退休年龄，加之白云储蓄所发生了案件，原来的负责人被追责免职，于是正好安排他就任白云储蓄所主任，双泉办事处原有一亿多元存款，当地居民自愿支取了三千多万元，余下七千多万元合并到白云储蓄所，让这个不足一个亿的小所扩大了规模，但与总行规定的标准仍然相差三千多万元。白云储蓄所在胡少林的主持下，各项工作都有新起色，仅仅二十多天就增加存款一千多万元。孙智现在和这位老劳模在一起工作，觉得十分荣幸。他想，或许有朝一日，自己也能当个劳模，也算是一生中有点儿光鲜和亮色。

胡少林眯起小眼睛看着眼前的孙智说："欢迎机关干部到我们小储蓄所来工作，我们这儿人手不够，您来了，可是派上大用场了！"孙智觉得老主任的话音里有一种酸溜溜的味道，好像是在笑话他现在的狼狈处境，便不好意思地傻笑了一下。不过老主任话锋一转，又说："基层网点虽然又忙又累，但比在机关要少用脑子，少操闲心，只要按章操作，就不会有太大的问题，只是业务上都是技能活儿，还得从头学起。"

白云储蓄所有四个女人，一个是市矿管局局长的老婆叫杨芳，四十三岁；一个是人寿保险分公司老总的妻子叫张艳，四十二岁；一个是H银行西域市分行副行长的妻子叫刘爱玲，三十八岁；年龄最小的邹小琴三十岁，她的丈夫是市公安局刑侦大队的警察。这些活泼的女人看起来都还年轻，其实都是有资历的老员工，在以前那些饱食终日无所用心的日子里，她们都保养得如花似玉、精神饱满。现在银行不断改革，工作压力与日俱增，生活节奏比以前快了许多，她们的容颜也老了许多，但她们都各有优势，又善于调节自己，所以外貌上表现出一种任凭风吹浪打胜似闲庭信步的姿态。

在这样一个女人占绝对优势的小地方，孙智刚开始觉得无所适从，但很快就觉得与她们相处十分随意，浑身上下似乎有了精神充溢和心情畅快的感觉，正应了"男女搭配、干活不累"这句老浑话，大家说说笑笑，感觉时间过得很快，空间不复存在。孙智随意地观察了每个人，大家自然而且开朗地谈趣事、开玩笑，气氛十分活跃；只有最年轻的邹小琴把淡淡的微笑挂在脸上，一双大眼睛总盯着外面大街上来来往往的行人，好像并不在意这位新来的男同事；她这种神态透露出的气质让孙智更多了一些格外的欣赏。

孙智现在的任务是从头学习业务，胡主任让他先观摩大家的操作，记住业务流程和各环节的操作要领，这叫跟班学习，是操作人员上岗前必须经历的步骤。

孙智很快从激动的心绪中平静下来，认真看着邹小琴不时地操作电脑的动作。她不看自己灵巧的手指敲打键盘，只是两眼盯着电脑屏幕，一会儿便完成一笔业务，然后将凭证递给张艳，张艳从钱箱里拿出现金快速清点了一遍后再双手递给小琴，小琴接过来又快速复点一遍，然后站起来用双手递给柜台外等候的客户，微笑着说："您取的钱，请您再清点一遍！"这是一个完整的取款流程，她们熟练的动作让孙智很佩服，但同时又觉得滑稽而幽默，像木偶剧一样让人可笑可乐。孙智没有笑出声来，双眼不知不觉瞄到小琴那张清秀的脸上；从侧面看她，那脸蛋有些瘦小，不像从正面看到的那么饱满红润；她的眼睫毛有点儿长，黑眼珠子盯着客户点钞的样子很机警，像是猫头鹰盯着小鸟一样聚精会神。孙智盯着小琴似乎有些发呆，小琴目送客户走出大门后回过头来，看到孙智盯着自己心飞神驰的样子，脸蛋儿立刻泛起红晕来；她慌忙拿起一张打印纸挡住了孙智的视线。孙智回过神来时，小琴仍在悄悄地微笑。

张艳看到这一幕，哈哈笑起来，说："我们的小琴很迷人，怕是让孙智神魂颠倒学不了什么业务啦！还是让我来教你吧！"她站起来双手并用做起了拿钱的动作，一丝不漏地讲解存钱取钱的流程和规范动作，孙智热辣辣的脸转向张艳，做出了认真听讲的标准神态。

胡少林从他狭小的办公室走出来，看张艳讲完了操作要点，便向孙智介绍起四个女人的特点，他说："我们这里杨芳是老大，她有三大，大嗓门、大胆子、大酒量，为人豪爽，出手大方，所以结交了很多大客户，常常同有钱的老板比酒量，每杯酒都是很有价值的。张艳是老二，她有三快，手快、脚快、脑子快，办业务干净利落，发现潜在大客户就很快行动，想尽办法弄进来。刘爱玲是老三，她有三多，多话、多笑、多朋友，她结交广泛，凡是过去认识的人，她都记在本子上，所以她联系来的客户是最多的，积少成多嘛！小琴最小，她有三灵三准，脑子灵、眼光灵、手脚灵，打字准、点钞准、记账准，做任何事儿都恰到好处，办业务动作最标准，从来没有出过差错。这四个女同志，都可以教你学一手精工细活儿，只要你细心学，一个星期就可上柜操作了！”胡主任不愧是老主任，他用归纳的语言表扬了四个女人，既简明扼要又形象生动，连带讲出了操作岗位的特点和在工作中应该养成的习惯。从老主任的话语中，孙智也明显感受到自己面临的工作压力和职业风险将是过去从来没有经历过的。

十一点的时候，杨芳和刘爱玲进来，她俩每人拎着一盒饭菜，在旁边的隔间吃了起来；不到十分钟，杨芳就吃完了饭，与邹小琴办完交接手续，而刘爱玲却还在细嚼慢咽地吃着。孙智细细品味这四个女人，觉得她们活得很洒脱，很有情趣，感受到这份工作也有可贵之处，似乎找到了过去从未有过的实在感。

虽然说说笑笑时间过得很快，但眼下最重要的是学业务，不可以让女人的逗乐子影响了自己。这里所有的工作与他过去的知识无关，一切都得从头学起。因为业务操作这份细活儿容不得半点儿生疏，这对四十岁的男人来说的确是件很难的事儿。孙智没有别的选择，只能尽快掌握操作技能，还要学会如何接待客户，在客户面前面带微笑，热情周到，尽量让客户满意。要做到这些还必须从性格上改变自己。孙智明白他过去不言不语的性格很难适应以后的工作，而改变自己的关键是转换角色，不能再有那种文人书生的傲气和迂腐样子了。

大家让他先学几样基本功，比如点钞、打算盘、各种科目代码用法、礼貌文明用语等。这个时候所有同事都成了孙智的老师，每一样功夫活儿都有人耐心指点；他认真听、细心学，到下班的时候已是晚上六点多钟。这比他以前下班的时间要晚半个多小时，回家自然就晚了很多。孙智以前在机关上下班比较准时，下午下班后都要顺路去学校接儿子回家，今天他头一次忘了这件一向被老婆当作大事的小事儿。回到家里，老婆和儿子已经吃过晚饭了。没有人跟迟到的人说话，孙智不吃饭，直接走进儿子的房间，认真翻看儿子的书本和作业。他以为这样可以躲过老婆的关注和盘问。

6

孙智的妻子黄雅娟在市棉纺织厂下岗已经三年，每个月只有一百二十元的生活费，而孙智在银行里，每月有一千二百多块的工资。在这个中等城市里，家庭生活很有些穷酸，不能像贺英那样不计较钱的多少。一家人有了孙智这千把块钱，生活紧巴巴地支撑着，黄雅娟索性在家做起了专职母亲，不是她成心要做这样的专职母亲，而是实在找不到合适的工作，因为既要照顾儿子，又要能挣钱，这样的工作机会始终没有出现，她只能待在家里为儿子读书服务，料理家务。

孙智的儿子孙哲在市第一中学读初一，这是全市的王牌初中。孙哲在优选班，入学成绩为全年级第一名，这是夫妻两人最大的心理安慰。儿子的学习始终是孙智最关心最重视的大事，他不允许儿子有丝毫放松，每天的作业他必须一一检查和指点。孙智是教师出身，如果儿子的成绩落后，他自已觉得脸上无光。更重要的是，必须保证儿子考上全市重点高中南泉中学，确保儿子以最好的成绩成为南泉中学的尖子生，确保儿子在未来的高考中金榜题名，确保儿子最终进入名牌大学学习最好的专业。

他与老婆虽然目标一致，但关注点却大不一样。黄雅娟为儿子读书的事儿每天和孙智唠叨不停，她不担心儿子的学习成绩，只关心儿子往后有没有钱读书，所以常把钱挂在嘴边，三句话中有两句是要钱的，另外一句就是骂她自己瞎了眼，找了个不挣钱的书呆子。孙智在老婆面前懒得说话，因为一说话就是钱。钱钱钱，你叫我去偷去抢，我孙智哪有这本事？要打要剐随你便，就是没有钱！当然这种气话只能在心里面说，如果从嘴里说出来，那一架又吵定了，一吵架他总是满盘皆输，有时输得连坐的地方也没有，只好躲到外边去对空叹息、走路消愁。

孙智不想为钱的事儿和黄雅娟吵嘴，他心里很清楚，只要保证儿子成绩最好，是可以节省大笔开支的。现在的学校都是这样，宁可减免书费学费，也不会放弃尖子生。这样的话题他不能和老婆讨论，老婆头脑里一根筋，只认死理儿，没有什么事儿是可以讨论的。黄雅娟凡是说到钱的事儿时，孙智一概沉默不语。现在孙智被发配到基层，他不知道自己每月能挣多少钱回来，心中没底气儿，所以更没有勇气在黄雅娟面前说出什么话来。

但是孙智总爱把事情往好处想，自从有了这个家，他便有了阿 Q 精神。在他看来，现在有这么一碗饭吃，已经是让很多家庭羡慕的了。自己来到基层网点上班，工资是同完成存款任务挂钩的，不论怎样，银行人的收入都还说得过去，比一些工矿企业职工多了许多，比那些下岗职工更是强了不少，别人能生活，自己还能差多少呢！改革年代嘛，人们都史无前例地进入一个转折时期，有本钱的做生意，有能力的去当官，随便他们怎么财源滚滚，都是老天爷给他们的恩惠。这是孙智经常在街市上听到的流行言论，现在只能用来安慰自己，尽管他是个无神论者，并不相信天地间有什么上帝和鬼神。

这两天，孙智完全失去了在家里的发言权，因为他早上很早就出去，中午不能回家，晚上下班回家比从前晚了一个多小时，与儿子上学放学的时间完全脱节了，所以他回到家里只能默不作声。黄雅娟更是无言无语，她把饭菜做好，不等孙智回来就和儿子先吃饱了肚子，然后出去到护城河边走来走去。孙智回来时不见老婆和儿子的踪影，就自个儿吃完他们留下的饭菜。过去一家三口一起吃饭的习惯现在完全改变了，好在黄雅娟是个无所事事的下岗女人，已是名副其实的家庭主妇，孙智回到家里有饭菜可吃，心里也很满足。但他就是找不到一句合适的话说给老婆听，更无法向老婆表达他现在的情况和复杂心情，只有儿子才能解除这种冷淡尴尬的局面。

儿子问：“爸爸，你为什么不去接我，还这么晚才回家，是发生什么事儿了吗？”

父亲说：“爸爸到一个比较远的地方上班去了，以后都不会去学校接你了，你已经读初中了，也不需要接送了，该自己上学回家了！”

儿子说：“可是回家要走半个多小时，能给我买个自行车，教会我骑车，我就可以自己上学了。”

父亲说：“你学骑车还有点儿早，路上不安全，街上车多人多，如果堵了路，反而更慢，上学就会迟到。”

儿子说：“那就把我转到附近的浏河初中，走路只要十分钟。”

父亲说：“市一中是最好的初中，哪能从最好的学校转到最差的学校呢？你上学放学走走路，锻炼身体不是很好吗？”

儿子说：“你小时候读书都是走路上学的吗？学校那么远，每天走去走回要耽误很多时间！”

父亲说：“爸爸从小就是自己上学，早上跑步上学，晚上快步走回家，所以现在身体很强壮！”

儿子的母亲突然插话说：“你爸爸是农村人，农村的路上没有车。”

黄雅娟并不询问孙智现在的境况，而是很在乎儿子的上学问题，因为这是眼下的难题，如果让儿子坐公交车去上学，不仅每天要多花几块钱，还会因为堵车而迟到。从家里到市一中有五站路，坐车也要二十多分钟，还不如走路。孙智以往骑自行车送孩子上学，都是非常小心谨慎的。他的自行车是十年前买的永久牌加重男式车，又高又大，孩子不能骑，黄雅娟没有学会骑车，所以这个问题真是难倒了孙智。

白云储蓄所与市一中在相反的方向上，孙智的家在 G 银行机关家属区，往两边步行的路程都是半个多小时，现在让儿子步行去上学，早上六点就要起床。G 银行原来有一辆专门送孩子上学的小型客车，现在因为改革而停了下来，因为银行不能承担学生读书的交通接送义务，职工家属虽然意见很大，但银行领导说这是规章制度。孙智突然想到了贺英，贺英的家在市机关家属院内，距孙智的家只有一条围墙之隔，她的儿子周雄伟与孙哲同校，市政府一直都有接送孩子的客车。孙智给贺英打电话请她帮忙，贺英爽快答应了。孙智顺便问了贺英的情况和打算，贺英说正在联系单位，调离银行是肯定的事儿了。

贺英果然很快帮孙智解决了儿子的上学问题。孙智心里便又生出一份感慨，改革为什么都不同步呢？银行变成了企业，难道就没有义务配车接送孩子上学了吗？过去每个单位都是这样，关心孩子上学是社会各界共同的义务，而银行改革却率先放弃了这种义务，无论从情理上还是从人道上都无法让人理解。他想起了农村的好处，黄雅娟说他是农村人，他一直引以为自豪！他非常怀念自己从小长大的农村生活，现在却是不得不求人帮助，这是他有生以来的头一次。

当孙智把贺英答应帮忙的事儿说出来，黄雅娟突然把苦瓜似的脸又拉长了，低下头默无声息，然后一屁股重重地坐在硬木沙发上，凝重的表情上满是自卑无奈和精神痛苦。孙智没有关注和发现这个专职母亲正在想些什么。

7

1960 年秋分时节，孙智出生在离这个城市不到百里的柳林镇浏河村，七岁入学，那时的小学初中都是勤工俭学，虽是人人都要读书，但读书并不决定一切，更没有太多考试，同学之间没有高下优劣之分。学生的才华来自劳动实践，孙智在实践和运动中茁壮成长。他爱好写文章，爱好书法和绘画，是学校的宣传骨干，是一名办墙报的能手，但这样的才能并没有给他带来太多好处。除了学校里的宣传任务，就没有任何学习上的压力和动力了。课外的时间，同学们常常结伴到处窜来窜去，三三两两下河抓鱼摸虾；就是在学校里上课，也常常是在偷看小人书或画报杂志打发时光。直到高一时，班主任田老师用白纸写了两张大黑体标语贴在教室的正墙上："一寸光阴一寸金，寸金难买寸光阴"。孙智一下子来了劲儿，认真读起书来。他把这句名言警句一笔一画写在每本书的第一页，时时警醒自己好好读书努力做个有文化的人。1977 年恢复高考，更让他懂得了读书的重要，不仅仅是为了自己的前途，更重要的是要做对国家对社会有用的人才。那一年他两耳不闻窗外事，一心埋头苦读书。1978 年的高考他榜上有名，被录取在省教育学院政治系历史与哲学专业学习，成了名副其实的大学生。这是他人生的第一次转折，是他新生活的开始。这时候的孙智，脑海里并没什么远大理想，只是觉得自己将来必定是一名中学教师，最好是自己家乡的中学教师。孙智在大学里没有白白浪费时间，四年后顺利拿到本科文凭和学士学位，被分配到本市隶属化工部的中原化工总厂子弟中学当教师。孙智没有回到自己的家乡当教师，因为柳林镇上没有高中了，教育改革把农村的高中撤销了，学生升高中要凭考试录取才能到城里去上学。孙智分配到化工总厂子弟中学是他的好运，虽然离城区有点儿远，但学校环境和教学条件比城里好，工资和福利也比其他学校高，他很安心从事教育工作，从没想过要改变职业。

孙智在教学之外总爱思考问题，然后写文章向报社投稿。他连续写了好几篇文章被报社刊登在显著位置，这让他在全厂有了不小的名气。能在报刊上发表文章的人，都会受到众人的称赞，甚至可能被当作特殊人才选拔到重要机关去工作。孙智不知不觉地成了特殊人才，他在省报上发表了一篇题为《道德是人类的灵魂》的理论文章，被总厂党委书记刘明康看中。刘书记既是党委书记又是总厂厂长，他很快把孙智调到总厂党委办公室当了秘书。孙智是总厂机关第一个科班出身的大学毕业生。

刘书记的名字在市里乃至化工系统都是如雷贯耳的，厂里所有干部见了他都毕恭毕敬，因为他的级别是副部级，是西域市唯一的高级干部。他是新中国成立前参加革命的老干部，在部队当过团长和师参谋长，虽是军人出身，却也是很有文化的领导者。他讲起话来高门大嗓，句句掷地有声，全厂上下对他十分敬佩。刘书记对这位大学生秘书就像家长对待儿女一样从严管教，不仅工作要求严格，还要求孙智抓紧工作以外的时间学习经济理论。刘书记的哲学就是不断学习不断实践，这也是毛主席说过的话，是千真万确的革命真理，和那句“一寸光阴一寸金，寸金难买寸光阴”的意思是一致的。即使刘书记不这样要求，孙智也是要不断学习的，只不过刘书记的话又给他增添了刻苦学习的压力和动力。孙智过去学的是哲学和历史，现在就要更多地学习企业管理、经济和科学方面的知识，尽量拓宽知识面。

三年下来，孙智就好像又上过一次大学，文字上的功夫更上了一层楼。刘书记对他亲自调教的秘书很满意，经常念叨说读过大学的年轻人就是不一般，前途没有限量，事业没有止境。孙智听到这样的话很得意，俨然一个大秀才挺立在人群之中，孤傲的性情中又平添了几分清高和自信。但是在这样的中央直属企业，提干要求是很严的。刘书记说，年轻人不到三十岁不准提干，因为对干部的要求首先是政治上成熟，政治上不成熟的人当干部就容易犯错误；人不到三十岁政治上就一定不成熟。所以孙智在这个大企业的首脑机关一直是个平头百姓，但他的学识被领导和同事们赏识和认同，而在另外一些人眼里他就成了名扬全厂的书呆子。别人眼中的书呆子，却是厂里的干部培养对象，这时候他头脑里对人生理想有了清晰的认识，他积极要求进步，顺利加入了党组织。

孙智不打牌不下棋也不接近女人，一个憨实的小伙子，在人们眼里看起来就像一棵无动于衷的梧桐树。总厂机关里的未婚女人，总爱在孙智面前晃来晃去，可他连看也不看一眼。不是没有漂亮的，而是再漂亮的女人也没法进入他的视线。在那些普通职工眼里，孙智好像已是大官了；而在那些少女眼中，他只是一个仰望的对象；有些打扮得高雅摩登的女子常在他面前暗送一点儿秋波，放出一个微笑，孙智总是视而不见，昂着脖子走自己的路。久而久之，少女们就胡乱猜测，这个男人不正常，如果不是精神有问题，就是在别处有了对象！也有人散布谣言，说他身体有毛病，没有正常男人的欲望。有些女孩子干脆说，这个男人就是个书呆子、木头人！

孙智渐渐成了太空中一颗孤独的行星，而在刘书记眼里，孙智是事业心很强的小伙子，不像前面几任秘书，总爱闹出点儿花边新闻。其实孙智不是不爱女人，而是他不想在这个时候爱上任何一个女人，更不想成了爱情俘虏。这样的小伙子，老书记是十分看重的。他常常说，年轻人先学好本领，搞好工作，娶媳妇成家将来有的是机会，就像我三十五岁才结婚，照样有儿有女。孙智当然要听老书记的话，他是过来人，既有成功的事业又有幸福的家庭，那绝对是他努力学习的结果。当然刘书记是老革命，是从战火中拼打出来的，这一点孙智不能比，但要比读书学习当然还是孙智有本领。如果往后完全靠知识，那他的前途就是没限量的。孙智有时问自己，若干年后，到老书记结婚的年龄，自己会不会也成了老革命呢？这样紧跟着老书记，将来当个处长主任有可能吗？如果能走到那一步，有没有高品位的少女找上门来呢？

孙智想不到的是，三年后老书记调往京城当上了副部长，孙智连个科长也没当上，仍然以一个小秘书的身份做着那些普通且基础的活儿，而那些少男少女一茬又一茬结婚成家。孙智感到现实离他的梦想越来越远，孤傲的神情里有时是一脸沮丧。他开始思考人生的目标和归宿，思考一生的路到底如何走下去，当然也时常考虑是否应该找个对象成个家，哪怕自己不那么称心如意，只要能安宁生活，只要能让父母不再为自己的婚事操心就行！

国有企业改革又进了一步，厂长负责制全面推行，总厂领导换上了技术人才，书记兼厂长是从省化工厅派来的化工专家，根本看不起孙智这样不懂技术的白面书生，也不需要他写什么理论文章。孙智上班时间常常是清闲和无聊，无聊之余就开始学新知识。他不再对政治理论感兴趣，而是悄悄学起了英语，因为英语知识是为未来准备的，甚至是为后代准备的。当他越来越感受到冷落、成了多余人的时候，他的心灵也和平常一样，没有受到外部形势的冲击，直到坦然而平静地离开这家全省有名的国有企业。

调到 G 银行是孙智偶然获得的一次机会，也是他人生的一次重大转折。他的一切很快变了，并且很快有了家，有了儿子，虽然说不上很美满，但也没有多少波折，如此平平淡淡过了十三年，直到现在，始料未及的转折突然让他失去了方向，失去了家庭的安宁与祥和的气氛。在一个全新的环境里，无论工作和生活，他都需要新的目标和新的动力。

第三章　曾经

8

竞争时代总是危机与机遇并存的，当孙智在国有企业混到无地自容的时候，新的机会便向他招手了。1986 年，全国政策性银行统一转变为国有商业银行，并迅速进入发展的快车道，不仅大力发展存贷款业务，而且十分重视企业文化建设，打造现代金融企业形象。每个银行都在吸收新的人才，孙智因为有正规大学学历，更因为有写作“特长”，成了本地各家银行的招募对象。G 银行西域市分行行长马德发对孙智的才华早有耳闻，他约见了孙智，问他想不想到银行工作，孙智当时没有表态，但心里却细细斟酌了一番，革命工作一块砖，哪里需要往哪里搬，既然有银行需要你，说不定还会大有前途的。

孙智很轻易地调到了 G 银行，当然也是在办公室当秘书。当时孙智想，银行是办理存款和贷款业务的，最好先到基层学一学业务，以后恐怕更有发展前途。他向马行长说出想法，马行长却说：“这不也是业务吗？把你手头的事儿搞好了，一生也就够了！”孙智认为马行长的话很有道理，不再提出要学别的什么专业，而是把当好秘书当成了专业，保持极强的敬业精神，工作任劳任怨，写材料从不马虎敷衍，自己不满意的文稿决不交出去。他学习的重点是金融理论和银行管理知识，这对刚入职银行的人来说是极其重要的。

马行长给了孙智一个很大的房间做寝室，说对他这样的大学生要特殊优待，仅这一点就让孙智有了一种无与伦比的优越感，因为过去他从没有这样的待遇。一个比别人大得多的单身宿舍，正是孙智最需要的。他把寝室搞出了很浓的书香气息，用竹子做了个很大的书架，摆满了各种各样的书刊，墙上贴的、书上写的到处都是那句名言警句，时时给他一种学习的压力和动力。他晚上的时间基本都是看书，白天上班还要把书带到办公室，做完了事儿就埋进书里面。但马行长跟孙智过去的老书记有点儿不一样，他不太关心小伙子学习不学习，而是更关心孙智心里面有没有中意的女孩子，见到孙智看书就说：“书呆子，不要老是呆着看书，眼下最重要的是看女人，走，跟着我出去走一走，多认识几个漂亮的女孩子！”老行长说他认识不少漂亮的女孩子，可以让小伙子挑个够。

孙智没想到他就那么轻易地走进了女人的天地。因为有了女人，他的一切都发生了翻天覆地的变化。孙智在 G 银行上班两个月，老行长就带着他走遍了大小二十多个企业，那些企业里的女孩子真是多，漂亮的女孩也不少。老行长说，孙智你大胆地看，仔细地看，看了你只说中意不中意，中意的我给你找来，谈朋友就是要谈，谈不好就走，这和做生意没太大的区别。孙智没想到找对象还能这样，真有点儿像谈生意，和他想象的情景完全不一样。要不是那年他二十七岁了，他可不想像扫地似的一扫一大片。他看了不少女孩子，都说不出什么中意不中意。不是他的要求高，而是他的眼光很特别，光漂亮还不行，最主要是要有气质。气质这东西他也说不清道不明，只能凭感觉，不漂亮的就说不上有气质，可漂亮的也不一定有气质。他看了好多天虽然没有中意的，但慢慢觉得这样看来看去很有意思，就像在公园里看孔雀开屏一样很开心。只要老行长带他出去寻找女孩子，他就放下手中的活儿跟着走。老行长做这样的事儿很有耐心，带着孙智到处转，到处瞅，每瞅到一个女孩子老行长就问中不中，孙智不说中不中，只是淡淡地笑，这种笑老行长一看就明白，就是不中。到了市棉纺厂，孙智远远看见一个女孩子，不知不觉眼睛就盯在了她身上。老行长看见孙智这么出神地看那个女孩子，就明白这回是中了，不过他听说这女子名花有主，但只要没有履行结婚手续，就说不上这朵花儿最后会插在谁身上。老行长只当不知道，没几天就把女孩子带到分行里，一进大门便大声喊："孙智，孙智，出来！"孙智奉命而出，老行长手拉着那女孩子的胳膊说："这是棉纺厂的一朵花，她叫黄雅娟，你们好好谈吧！"老行长说完话就把女孩子扔给了孙智。

孙智搓着手，嘴里不知说什么，摸着头想了想，就像当初在化工总厂给老书记当秘书时接待客人一样轻轻握了女孩的手，迎接她到办公室里坐下，端水沏茶，然后就一屁股坐到另一把椅子上只顾让自己的脸蛋儿发着烧，嘴边的微笑像是他小时候画的人头像缺少动感。女孩子并不在意他这种极不自然的笑容，用两眼瞪着他，嘴里笑咯咯，好像被逗笑的孩子，很有些天真可爱。她等待着眼前的男孩子开口说话，可是等了好一会儿，他还是那种傻笑样儿，紧张得不知说些什么。她有点儿扫兴，忍不住先开口说话了。她说话的时候，脸上绽开了浅浅的笑容，像百灵鸟似的问这问那，像是调查他的家底儿一样。她问他有姐妹没有，他说有过一个姐姐，很小就去世了，他没有印象了；她又问他读书的时候有过女朋友没有，他说从来没有过，不过自己喜欢同女生一起讨论问题，但从来没有单独说过话。孙智回答这个问题时紧张的感觉突然没有了，好像和她进入了讨论问题的气氛之中。他说他是农村人，农村人很笨，因为没有姐妹就不懂得女孩子的脾气，从小学到高中男生和女生从不在一起玩儿，大学的时候女同学都非常高傲，男生不敢接近。农村人就是胆儿小！他觉得谈情说爱是城里人的故事，农村人只知道找对象！孙智说出这些话让黄雅娟又咯咯地笑个不停，边笑边讲她自己。她说话真是心直口快，说她从小只喜欢和男生在一起玩儿，而且高中时谈过恋爱。孙智听了这话心头一惊，觉得谈过恋爱的女孩子真大方，没有一点儿羞涩，很懂得男人的心思。这是孙智有生以来第一次单独和女孩子在一起说话。其实和女孩子说话没什么难的，随便点儿就成。接下来他们谈了很多不着天不着地的事儿。因为女孩子的每一句话都能挑起孙智这木头人的兴致，寡言少语的孙智被黄雅娟彻底激活了，他说话也开始大方起来，出口成章，口若悬河，装在脑子里的东西像刚开闸的水流一样奔涌而出，话题越谈越多，情致越来越浓；而黄雅娟却一下子寡言少语了，像一个小学生呆坐在一边，心不在焉地听他讲那些孔老圣人传下来的勤学之道。

9

黄雅娟虽然不是孙智想象中的那种气质高雅的女孩子，但容貌和谈吐确有迷人之处，个头不高不矮不胖不瘦，瓜子脸上五官配合得天衣无缝恰到好处，一双眼睛闪亮而活泼，一头秀发飘逸又飘香，脸上虽然有些浅浅的青春痘儿，但肤色白里透红，给人的感觉仍然是美丽而健康的，文静的外表下透露出几分泼辣劲儿。孙智觉得和这样的女孩子在一起，时间过得很快。她闪动着勾人的眼睛，说话时目不转睛地盯着他，这不能不让初出茅庐的男人对婚姻家庭展开了想象的翅膀。孙智开始健谈了，他每句话都能逗女孩子开心快乐。他头一次单独和女孩子散步，头一次被女孩子牵着手，他觉得这就是浪漫的爱情。渐渐地他们相处得融洽起来，终于在一个星期天，黄雅娟光临了孙智的宿舍。孙智的宿舍就像黄雅娟厂里的图书室，除了桌子椅子、一张床和床上一块黄一块白的被子之外全都是书，三个简易的竹书架上摆满了书，连地上的纸箱、床下的横板上也是书。孙智的单身宿舍，和别人的单身宿舍形成了天壤之别，书多得让人喘不过气来。黄雅娟被一堆堆一层层的书吓得叫了一声："我的天哪，真是个书呆子！"

孙智回过头，像没听明白似的问："什么？书呆子，我还够得上叫书呆子？"

黄雅娟说："你还不够呆呀！"

黄雅娟再没说什么，只是默默为他收拾房间，把书摆放整齐，把黄白相间的被子洗得白净发亮。她趁孙智不注意时，一把撕下了贴在床头墙上的“一寸光阴一寸金，寸金难买寸光阴”的狂草书法，换上了浪漫的男女亲吻海报，像是在启蒙孙智，爱情应该是一个很深刻的故事。

孙智和黄雅娟没有经过那种漫长的爱情考验，也没有什么柔情蜜语，认识三个月仅仅只是轻轻地牵手搭肩，这让黄雅娟多少有点儿失望，但她仍然耐心地等待，等待更深的结合和交融。三个月后的秋天，他带着她回到了老家。柳林镇浏河村，山清水秀，风景迷人。这儿的山水比他们的爱情更让人陶醉。就在这美丽的山沟里，两个人的青春被大自然的秋风猛地掀开了。满山金果挂红，满野稻花飘香；这种气候和风景让他们有了说不出口的念想。他们来到被当地人称作天沟的地方，脱下外衣，沐浴在温热清亮的潭水里，在白色的瀑布下拥抱，然后情不自禁地融合在一起；清清的泉水从山涧流出，青青的草丛掩盖着一块红色的岩石，阳光直射下来，把山与水融为一体；在大自然的怀抱中，一个新的生命开始孕育。

没有婚礼，也没有宴席，甚至没有结婚照，寝室成了他们临时的小家，直到他们的儿子在第二年初秋出生。儿子孙哲出生后的头两年，黄雅娟所在的棉纺厂还很红火。小两口为儿子请了一个小保姆。他俩白天各上各的班，晚上回到小家里就逗儿子，儿子睡熟了就做夫妻间该做的事儿。如此这般的生活让他们想不到还有什么更新鲜更美妙的事情。那几年两人的工资加起来一千多块，不算多，也不觉得少，因为和别人没多大差别；行里第一批分配住房，他们分到了两室一厅，六十多平方米，随后购买了电视机、电冰箱和洗衣机；这是两个人两年的工资积攒起来的财富。小两口知足了，工作的稳定感让他们既无近忧更无远虑。黄雅娟很有信心，她把更好的日子寄托在孙智和像太阳一样照在孙智头上的老行长身上。

10

黄雅娟的父亲是老行长的同乡，有了这层关系，两口子就像有了一座靠山。棉纺厂是G银行的贷款户，资金几乎全部来自G银行。很快，黄雅娟也当上了厂里的会计。黄雅娟盼望老行长早点儿把孙智提拔起来，但老行长毕竟是个谨慎之人，不肯轻易把一顶官衔赏给孙智。用老行长的话说，这样的事情不能急，要慢慢来。孙智思忖，老行长的安排是，让他先在机关搞一两年，弄个副科长或副主任的职位后，再派到基层支行负责几年，如果顺利的话，回到机关就是科级干部。但是这种期待持续了多年还遥遥无期，最后孙智终于看明白，作为老牌的G银行，其实就跟行政机关一样，各种关系错综复杂，单靠能力和工作是很难获得一官半职的。孙智所在的办公室，牵头负责的主任是老资格，而且是老牌财校毕业的中专生，在本行多个部门做过负责人；更重要的是，他的爱人是市经委关键部门的实权人物。在资历和背景深厚的老主任面前，孙智显得无足轻重。从年龄上推算，等到老主任退休的时候，孙智就人到中年了。孙智只好坚守，力图用勤奋而出色的工作熬出个人资历来。他每天的工作除了那些例行的公文之外，绝大部分的精力就是写宣传稿，向各大报刊投稿宣传本行的发展成绩和工作动态，不断为G银行的社会形象增添新的光环。他努力地工作，耐心地等待，他相信只要耐心等待，就一定有希望。

银行业经过一个高速发展的周期之后，渐渐平复并逐渐暴露出盲目扩张所造成的诸多问题，机构臃肿，人浮于事，帮派林立，矛盾重重，效益低下。五年之中G银行在西域市的营业机构和人员扩大了十倍，三百多个储蓄网点，三千多名员工，机关多达三百人，而资产规模只增加了三倍，利润几乎为零。就全国而言，突飞猛进带来的后果更为严重。在加入世贸组织和加速市场化的大背景下，新的改革呼之欲出，全国银行业立即开展大刀阔斧的撤并和裁减。在改革到来之时，银行的资产质量开始出现问题，投放到各行业和企业的贷款大部分出现逾期和呆滞，G银行很快陷入困境之中。老行长因此身陷危机不能自拔，由他亲自扶持的几家企业接连停产，出现大量资产损失，其中就有市棉纺厂的三千万。由于资金周转困难，单靠拉高息存款也无法维持存款人的日常支付，而高息又加大了经营成本，还不时受到金融监管机关的查处和罚款。困难形势的加剧又导致银行内部祸事不断，首先是领导成员之间的内斗，互相推责任，互相揭短，互相告状。老行长自身不保，最后被迫调离。孙智的梦想彻底破灭了。黄雅娟所在的棉纺厂破产了，一千多职工下岗。头两月，黄雅娟天天到人才市场去应聘，可那都是招聘技术人员和熟练工人的，黄雅娟仅懂得一点儿会计知识，现场招聘人员随便问她几个问题她都答不上来。她再也不敢去应聘了。她看见马路边有几家盲人按摩店，好像生意还不错，心想连盲人都能挣钱，为何自己不能学一手？于是黄雅娟跟随一名盲人大哥学了一个多月，自认为有了手艺，便租房开了按摩店，却很少有人光顾，偶尔有老民工进来，这些民工没有多少钱，他们需要的不是身体的按摩，而是特殊服务。他们看了按摩房间没有什么特殊服务，就悻悻地走开了。有几个胆大的民工，进来就说些挑逗话，让黄雅娟哭笑不得。按摩店开了一个月，挣到的钱不够付房租，黄雅娟只好将店面转让出去，好在收到的房租比开始高了两百元，才算一个月保本不亏。黄雅娟再也没什么心思找工作了，更没信心做生意。孙智每月拿回来一千元工资，生活紧巴巴地维持着，但没有欠债，黄雅娟就安心在家里做起全职母亲来。儿子孙哲已经十三岁，上初中快一学期了，要花钱的事儿越来越多。她尽量节俭度日，保持心态平静。过去黄雅娟在棉纺厂上班，早上很早出门，坐公交车要半小时，中午不能回家，晚上下班回来已是六点多钟，所以送儿子上学，为儿子做饭的事儿都由孙智承担。这两年，黄雅娟每天早中晚按时给儿子做好饭菜，孙智下班回来也能吃上热饭热菜。这种清淡而平静的日子只过了两年，银行的裁员又开始了，黄雅娟看到这种趋势，也不埋怨什么，但她最担心下一步轮到孙智，孙智只会写文章，而且这世道写文章也变不出钱来。

黄雅娟知道，孙智是个求安稳的人，不会做出辞职下海的决定来，日子只能这样一天天熬下去，虽然有时心烦意乱，但她从不表露出来，家庭也算宁静。最让她高兴的是，儿子小学毕业成绩是全校第一，上初中的第一次考试又是全校第一，这是孙智的功劳，她没有理由把内心的烦乱表现出来。

孙智四十岁生日那天，黄雅娟去菜场买菜，特意在菜场外面的盲人算命先生那儿为一家三口抽签算了一卦，算命先生说，夫妻命里相克，母子命里相搏，父子命里相宜，为父教子心里有数，为母只管衣食充足，孩子远离母亲会读书，丈夫离开妻子会挣钱……算命先生一席话，让黄雅娟烦乱的心思中又增添了一丝丝凉意。她突然悟出一个道理，再好的家庭也要靠孩子有出头之日，再好的夫妻也要靠钱来打点，做人老婆没有钱，最后只会遭人嫌。

这天，她特意买了一斤猪肉、两条鲫鱼、一斤鸡蛋、两个西红柿、半斤荷兰豆，外加两个小青菜，做了丰盛的晚餐；餐桌上她什么话儿也没有说，孙智也不知道是他过生日的日子，还以为爱人心情好，于是他就有了好心情；晚上儿子睡着了，他照例检查了作业，然后洗过澡，主动接近了爱人……黄雅娟轻轻叹了口气，又轻轻自言自语地说：“好日子不会再有了，没有什么希望了，认命吧！”

第四章　开窍

11

孙智跟班学习了一周，便满怀信心地开始临柜操作了。老主任从分行开会回来，看见孙智熟练地操作，很高兴地表扬了他，并说晚上要开个小会，然后大家一起吃顿饭，给孙智接风洗尘。

下班后，六个人一起到储蓄所旁边的春江鱼庄，两个火锅几盘小菜外加几瓶啤酒，这是这个小小储蓄所对新来员工最好的招待。胡少林站着邀请五个人一起端起酒杯，笑着说："对孙智同志的到来表示热烈欢迎，白云储蓄所有了从机关下来的干部，大家都很荣幸！"

孙智说："在机关混得有点儿烦了，现在到基层来，说不定活得还滋润一些，承蒙各位同事多多关照！"孙智两句话说得几位女士亮了眼。

杨芳和张艳说了几句玩笑话，咯咯笑起来。

这话孙智一听就知道说邪了门，忍不住笑了，他笑的时候从眼缝里看见不说话的邹小琴也在悄悄地笑。孙智被小琴含而不露的俏笑吸住了眼球，让大家笑得更欢了。孙智借着一杯酒的醉意轮流扫视眼前的女人，发现她们很不一般，杨芳看起来年龄大些却打扮得很年轻，五官清秀胸脯丰满；刘爱玲虽然五官配合得不太好，但皮肤白晰，头发飘柔；张艳满面春风，笑声爽朗，两眼放光；邹小琴别有一种滋味儿，她笑容可掬穿戴却很普通，没有化妆的脸蛋白里透红，身段是标准的曲线，样子兼有淑女和羞女之美。这样的女人孙智过去只在梦里见过，好似他心中的偶像。

男人见到美女就有了食欲，孙智从火锅里夹出一块鸡肉放进了嘴里，立刻端起酒杯逐个敬酒，一口气敬了四杯啤酒，酒劲儿上来了脸就红扑扑的。孙智喝了酒的样子从来都是这样，脸像猴子的屁股通红通红的，但女人们却说这种喝酒红脸的男人最实在。

孙智觉得四个女人就像是餐桌上四道可口的菜，让人神清气爽，味口大开；但孙智不敢乱说，只是侃侃地谈起人生的话题，他激动地说："参加工作十八年了，前半生做了很多蠢事儿，后半生不能再这样白活着，以后要向大家好好学业务，学一些实实在在的真本领。"

杨芳和张艳同时哈哈笑起来，张艳说："你这么聪明的人哪样学不会？"

孙智喝了不少啤酒，看起来像醉了似的，其实他明白自己没有醉，同女人们在一起，只是心里有点儿醉意朦胧的感觉。

胡少林喝酒的当儿显得很不轻松，也无意听大家开玩笑，似乎有很多话急于说出来。大家喝完了杯中酒，他放下手中的筷子，招呼大家静下来，他说几句工作上的事儿。他说："今儿全所的同志聚在一起，欢迎孙智同志加入我们的团队，孙智同志是从上面下来的干部，知道上面的意图和全行的形势。从全行来讲，改革的力度很大，仅我们西域市，全行裁减员工五分之三，原来是三千多人，现在只留下了一千多人，营业网点减掉了一大半，像我们这样的储蓄所，如果年底存款达不到两个亿，明年初就必然被撤掉，我们这班人又必然是被裁减的对象。所以现在大家必须拼命抓存款，无论采取什么办法，必须完成新增五千万的任务。我作为主任，任务一千万，大家每人八百万，完成任务的年底每人奖两千元，没有完成任务的按比例扣减基本工资。"

胡主任的话像一瓢冷水泼在了每个人的头上，大家突然说不出话来。没有人再说话，吃完饭各自离席而去。

12

白云储蓄所在城里一条不大不小的街道东侧，不如闹市区的大储蓄所客人多。这一片只有几千户居民，每天存钱取钱的人只有几十个，所以平常的业务很轻松。储蓄所实行每周七天工作制和轮班制，每三个人一个班，每天当班五小时；说是五小时，其实加上交接班时间就是六小时，其余时间就是出去揽存款。

头一个月孙智和杨芳一个班，孙智做出纳员，杨芳做记账员，剩下的事情全由主任做。银行出纳其实很简单，存钱取钱数钞票操作电脑，动手动口脑子不用多思考，只是点钞是一种功夫活，每分钟数出两百张可真是不容易。杨芳是点钞能手，每分钟能点三百张，但她不能做出纳员，因为孙智不能做记账员。记账员的工作有点儿复杂，刚来的孙智只能从出纳员做起，出纳员做好了才能做记账员，所以两人的分工很明确。

出纳工作虽然简单，但孙智做起来却有点儿费劲，点起钱来手笨得厉害，一分钟点不过一百张。杨芳手把手地教孙智，可杨芳教着教着就老爱抓孙智的手，越抓孙智手越笨；孙智害怕杨芳抓着了他的手，就尽量躲着不让杨芳教，可孙智学了半个月还不是很熟练。杨芳说别那样费劲地学点钞了，以后大姐帮着你，收钱付钱我多点一遍，你只要看着我点清楚就行了。孙智不作声，一个劲地练，单指双指反复练，练坏了好多点钞纸，最后终于点过了两百张，这是银行出纳点钞技能过关的标准。孙智过了这一关不能不高兴，似乎让脑子也开了一点儿窍。孙智练会了点钞，突然觉得这种操作业务其实没什么好学的，不过是些点钞的硬功夫，可点钞对他这个四十来岁的男人来说就像是绣花一样，大男人做女人的针线活儿，的确是件可笑的事。孙智想学习可不是尽学这些女人的针线活儿。难道男人就这样永远做这些存取款的事儿？储蓄所撤了，银行破产了怎么办？莫说孙智估计的不可能，市场经济什么样的事情都可能发生。孙智想的也是眼下很多男人想过的，能应付本职工作后就要尽量学点儿别的本领，不然永远困在柜台边，这一生也就熬到了头。孙智不愿在这种业务上多费心思，一心想着要学好英语，只要柜前没有了客户就操练起他的英语词句来。

杨芳是个不甘寂寞的人，闲下来时总要无话找话靠聊天打发时间。她不时地要和孙智拉扯一些闲话，让孙智没办法背他那些英语单词，孙智只好有口无心地回应她的问话。

杨芳问："你这么爱学习，为什么不去当领导呢？"

孙智无法拒绝回答，不加思考地说："不是因为好学习就能当领导，那也要看运气！"

杨芳说："我不这样看，我觉得当领导是一种追求，你不追求它，它就不会找到你。"

孙智说："这个道理我也懂，但我就是不好意思去送礼送红包，那样太没尊严了！"

杨芳又说："尊严管啥用，求个官职，才是最实在的！"

孙智反问："你既然懂这些，为何不去求个官职呢？"

杨芳说："我很想当领导，可我丈夫不愿意，说女人的天职就是相夫教子！"

孙智问："你和你丈夫结婚是在他当领导之后吗？如果他不是副矿长，你就没有现在的家吗？"

杨芳说："那当然，我们结婚后，他很快就当了矿长，那时是国营矿山，没几年就当上了矿务局局长。"

孙智问："你家有丈夫挣钱，你为何还要在银行上班呢？"

杨芳说："人闲着也没意思，我上班也只是打发时间。"

此时有客人进来，孙智不再问下去，他其实不想谈论这样的话题。他打心眼儿里看不惯那些靠拉关系进入官场的人，自己也完全没有那种当领导的愿望；与其费那么多心思要官当，不如做个普通人；做好自己的一份工作，能保证家庭生活就知足了。就是在儿子身上，他也没有那种"学而优则仕"的奢望，只是指望儿子学好知识，做一个对社会有用的人。在他看来，掌握一门技术才是最好的选择。

孙智虽然没有操作技术，但他知识很丰富，懂得银行的很多理论。而储蓄所的人文化水平普遍不是很高，更不懂什么金融理论。在没有客户的时候，大家向孙智请教，问他什么问题他都能有所回答。

胡少林的问题最多，他说："只知道银行拉存款是为了放贷款，放贷款是为了发展经济，而对银行的存款和贷款如何保证经济发展，我却摸不着头脑。"

孙智说："货币流通好比血液循环，中央银行负责供血，商业银行负责输血；存款就是货币回笼，贷款就是货币投放；银行就是靠吸收存款和投放贷款来保证货币循环和周转的；银行的存款多才能多放贷款，投放的贷款在实体经济中保证产品生产和商品流通，也带来货币增值，创造新增货币，这叫货币乘数效应。银行就是从存贷利差和货币增值中赚钱的。流通中的货币既不能太多也不能太少，太多就会贬值，太少就会影响商品交易；货币增长太快会让物价上涨过快，这叫通货膨胀，反之就是通货紧缩，这两种情况都会引发金融危机。"孙智打这样的比喻，大家就非常明白了。

杨芳也问："那么银行为什么要拉存款呢？"

孙智说："银行拉存款是竞争的结果，如果只有一家银行就不会出现竞争，也不会出现互相拉存款的现象；没有竞争就会缺乏效率，而过度竞争就会导致混乱。"

杨芳说："要是银行不拉存款就好了！拉存款真让人烦，天天就是存款存款，不知道哪天哪月才有个头啊！"

孙智无法回答这个问题，因为在他看来，银行拉存款虽然必要，但现在已经过了头。银行其实应该跟企业销售产品一样，主要靠宣传和服务来增存款，让职工天天请客送礼拉关系不是长久之计。但是职工的想法和领导的思想总是不一致的，领导不知道职工拉存款如何艰难。竞争社会，一处不顺则处处不顺，上面要下计划，下面就要有措施，到了最基层，就变成了"任务人人有，有钱便是娘，一人在银行，全家都很忙"的状况了。

孙智时常想到很多不该想的问题，越是不愿多想，问题越是从脑袋里冒出来。这些天，大家都爱谈钱，孙智觉得自己缺少关系，在拉存款上没有优势，常常有意避而不谈，但他对钱的感觉越来越强烈了，心思漂浮在金钱世界里。

13

下班后天色尚早，孙智出门不远，杨芳追上来说："晚上跟我一起请客吧，我有几个老熟人，都是有钱人，只要你能喝酒，我俩一起请他们吃顿饭，闹闹酒，明天存款就来了，但必须把他们喝倒才行，这叫比酒论英雄！"孙智一听杨芳说有这样的路子和办法，就很高兴地随她去了。

杨芳边走边打电话，孙智只听得她"张哥、李哥"地叫着，亲热得不亦乐乎，心里面对这场不期而至的宴会有些害怕。他曾听说过交际场上比酒论高低和生意场上喝酒论价的趣闻，却从来没见识过是怎样的场景。孙智是没有上过正席的白面书生，哪能在生意场上同别人拼酒呢？他更不知道杨芳今晚邀请的是哪路神仙，只好忐忑不安地跟着杨芳走到了野玫瑰大酒店。

他们刚进入阿里山包间，就来了三位男客。杨芳介绍，这三位都是龙王山的矿老板，一个姓张、一个姓李、一个姓周，他们每个人都有一个磷矿，都是身价过千万的老板。杨芳的爱人和他们是老酒友，经常一起喝酒打麻将。孙智恭恭敬敬同他们握手行礼，极不自然地自我介绍说："我是杨芳的同事，请多多关照！"

三位老板都一眼看出孙智是常年坐在办公室的文人，于是就谈起了文章与酒的话题，说会写文章的人都能喝酒，比如李白是大诗人，每天酒不离身，故名酒仙。

孙智笑着说："您说得很对，诗人都会喝酒，可我不是诗人，只会写点儿公文之类的小文章，如果喝了酒，公文就写不出来了，因为职业的习惯，所以就没学会喝酒。不过这是以前的事了。”

杨芳叫来服务员，要了四瓶白云边白酒，然后让大伙儿点菜，三位客人不看菜谱便点了五道大菜、两个火锅、四盘下锅的小青菜。

孙智打开酒瓶给四个大酒杯倒满了酒，自己却倒了一杯白开水，一个客人说：“这可不行，今天主要是看孙老弟的好戏，要不然我们可交不成朋友了！杨妹子同我们可不是一天两天的酒友，无酒不成友，这是老规矩！”

杨芳又介绍说：“孙老弟过去不喝酒，今天就跟三位财哥练一练酒量，把酒喝会了，以后就能发大财！”

杨芳说着盯着孙智，用眼色鼓励他拿出勇气来，孙智惴惴不安地给自己倒满酒，杨芳首先端起酒杯站起来说：“亲不亲，一口尽！”满满一杯酒一滴不漏地倒入嘴里；三位客人毫不含糊，全都一饮而尽；孙智被这种豪饮惊得打起了寒战，慢慢喝了一口酒，立刻有一阵烧心的感觉。大家知道孙智从前的确没喝过酒，就鼓励他拿出胆量来，他猛地把一杯酒倒入嘴里，喉咙一阵刺痛之后，全身立刻清爽起来。

杨芳拿起酒瓶倒上第二杯酒，大家吃了菜，再举杯一饮而尽。孙智看着大家喝酒的爽快劲儿，自己一切都不在乎了，闭上眼睛一饮而尽，这就是喝酒壮胆的道理，只要放开胆子，喝酒并非难事儿。

大家一边喝酒一边说话，说这世上的新鲜事儿，也说各行各业如何挣钱。孙智问老板：“开矿是如何赚钱的，这里面有什么门道儿？”

张老板说：“开矿赚钱很简单，只要招聘足够的工人，挖出矿石，再把矿石卖出去，钱就滚滚而来了！但是要有好设备，打眼机、挖矿机、装载机，一样都不能少，单靠人工挖矿只能亏钱。”

李老板接着说：“但现在要招身体好、干活踏实、不讨价还价的工人还真是难，铁打的营盘流水的兵，今天你招进来，说不定明天他就要跳槽。”

周老板说：“现在矿主多，谁出工钱高，谁就能多招人，但是工钱给多了，你就少赚了。要赚钱心必须狠，这里面大有讲究呢！”

老板们也问银行人是如何挣钱的，杨芳说：“银行人挣钱比你们矿山要难得多，拉到了存款才能挣钱，这里面的道理太深，一言难尽，一时说不清！”

杨芳叹了口气，接着又说：“今天请各位老板喝酒，还真是为了存款，今天放开喝，明天每人给我存一千万！”

张老板站起来大声说：“好，那就比喝酒，一杯酒一百万！”喝酒的比赛高潮不断，两个多小时过去了，酒席上却还很热闹，孙智也不知道自己喝了多少酒，感觉头昏沉沉的，而杨芳却还若无其事。直到四瓶酒全部喝完，桌上的菜所剩无几，那位张老板说：“今天酒足饭饱，散席吧”，大家才起身出门。

离开包间，杨芳将客人引到客房部要了两间房，又开始打起麻将来。孙智要离开回家，杨芳却说：“今晚喝了这么多酒，就在这里住一晚吧！”孙智觉得走路摇摇晃晃，便进了另一个房间，洗了澡就睡下了。

这一晚孙智睡得很沉，过去他老有失眠的毛病，这一晚喝够了酒，倒是睡得挺好。第二天清晨起床让他大吃一惊，另一个床上睡了个女人，仔细一看，是杨芳。直到杨芳醒来，孙智问：“你怎么就在这里睡了，回去就不怕你丈夫盘问你？”

杨芳说：“他和我一样，说不定昨晚也在和一些女人喝酒打牌呢！”

孙智又问：“存款怎么办？”

杨芳说：“搞定了。今天上午我去转款，每人八百万，总共一千六百万，我俩的任务完成了！”孙智大松一口气，打内心佩服杨芳能干。

杨芳说：“银行拉存款，就是要认识大老板，能喝酒，还要能玩麻将，别人想怎么玩就怎么陪着玩，玩够了，钱就到手了。只要你孙智打消了书呆子气，保你有钱挣不完。”

第五章　谨慎

14

孙智到白云储蓄所已经二十天，一切都很顺利，不仅操作基本适应了，而且还完成了当月的存款任务。大家计算这个月的收入，人均能够拿到两千多元，是这一年中最好的一个月，所以储蓄所里有了更多的欢声笑语。

欢乐挂在每个人的脸上，兴奋渗透在工作的每个细节，但兴奋过头就会出麻烦。储蓄是银行最简单的业务，但也是风险易发地带。乐极生悲的故事经常发生在如履薄冰的地方。

这天上午，孙智和杨芳在办业务时，因为谈天说地而心不在焉，结果出了差错。中午交接班时发现库存现金短款四千元，孙智慌了神，不知所措。杨芳不慌不忙，一笔笔勾对会计凭证，从一百多笔业务中寻找错在哪儿。她终于在一笔现金取款凭条上发现错误，一个名叫李蔓的客户用银行卡取款两千元，而记账凭证却显示为存款两千元，客户取走了钱，银行账户余额反而增加了两千元，导致银行钱箱现金短款四千元。杨芳按照规定冲销了多存的两千元，但储户拿走的钱却要尽快找回来，如果找不回来就要由个人赔偿。

杨芳拿出自己的银行卡取出了两千元放进了钱箱，把业务箱号移交给张艳，然后和孙智按照储户身份证标明的地址去寻找，杨芳胸有成竹地说，只要她是本地人，就一定能把钱找回来。他们到市北的红庙村李蔓的老家，向附近的人家打听到李蔓在市中心商场附近开餐馆，他们又返回市中心挨门逐户寻找。当找到李蔓说明来由后，看起来善良厚道的女人却说她去银行存过钱而没有取钱，杨芳说我们有录像为证，请她到银行去看录像。李蔓却说凭什么要去看录像，并不是她偷了抢了银行的钱。杨芳见李蔓已心生贪念，便给自己的丈夫打了电话，不到半小时，一辆奥迪小轿车停在餐馆门前，车上下来五条汉子，他们不动声色地将李蔓团团围住，李蔓见势不妙，哑口无言，只好乖乖地掏出钱来交给了杨芳。

两个人回到储蓄所，胡主任紧绷着双眉等着他们，开口就是一顿严厉地批评，还给他们每人一百元处罚。杨芳哈哈大笑，孙智却闷闷不乐。这是他头一次受到批评，自己心不在焉造成了差错，心里难免愧疚不安。孙智虽然心里不爽，但对胡主任严肃认真的态度却很钦佩。他坦诚地接受批评，表示以后绝不再出差错。杨芳却说，谁敢说绝不再出差错？人在河边走，哪能不湿鞋呢？走在路上哪能步步小心嘛！总有踏坑跌倒的时候，天天和钱打交道的人，错钱很正常，只要能找回来就好，找不回来也没有多大个事儿！胡主任说，如果大家都这样经常出错，这银行还能办得下去吗？防风险要从小事做起，你今天能收回来一笔小的错款，万一哪天你错了一笔大数，几万甚至几十万，如果客户取走逃到很远的地方，你能很快找回来吗？孙智刚来不知水深，和钱打交道的人，一定要养成认真细致的习惯，在每笔业务上都做到仔细核对，任何一点儿细小的差错都不应该发生，这叫防微杜渐。孙智心知肚明，自己已经真正进入到这个复杂的社会，任何粗心大意都会给自己和他人带来难测的危机和灾难。

外面下起了大雨，街道上大水横流，没有客户来办业务了。胡主任从公文袋里取出两份文件，趁没有客户的空隙，进行一次制度学习和警示教育。他让孙智给大家念文件。这是省分行最近的通报，一份是省城某支行一名职工挪用客户资金炒股遭受重大损失的案件，另一份就是白云储蓄所前员工刘威和黄鑫长期挪用客户资金购买彩票遭受上百万元损失的案子。这两起案子都是银行职员因为同客户混得很熟，称兄道弟取得客户信任之后，将银行卡和密码弄到手，蓄意作案导致的恶果。他们最开始小金额地赌注，偶尔也获得小利，胆子越玩越大，让贪婪充斥头脑，最后到了利令智昏的程度，忘乎所以酿成大祸。孙智念完文件，胡主任又详细介绍了案件的过程，特别是白云储蓄所两名老员工，都四十多岁了，家庭状况都不好，企图利用客户资金投资发大财，岂不是白日做梦嘛！这种案子特别不应该发生，但他们看见别人发财自己心里不平衡，不甘心过清贫日子，结果把自己送进了监狱，等他们十多年后从牢房出来，老婆孩子都是别人的了。这对每个银行人来说都是沉痛的教训。人宁可清贫一生，不可贪一时之利和不义之财。一个人犯罪，会牵扯到很多人，所有职工跟着倒霉，所以每个人都要互相监督互相提醒，只要发现有不对的苗头，都要及时反映，尽早制止和挽救，把案件消灭在萌芽状态。

15

晚上下班的时候，大雨还没停下来，孙智接到贺英打来的电话；贺英说她已经正式离开了银行，调到市档案局上班去了，手续全办好了。今晚她请客，除了新单位的领导，老同事只请了孙智一人。她在电话里说，这么多年在一起上班，现在分开，心里很不是滋味儿；以前天天在一起不觉得有什么难舍难分的，真的分开了才感到心烦意乱；特别是一个人在家的时候，就格外想念两人在一起的日子。这话说得孙智心里既高兴又难受；他同贺英共事了十二年，总觉得欠她些什么。现在贺英只邀请他一人，还说得那么情意绵绵，让他既盛情难却，又有些不知所措；但他没有丝毫犹豫，一门心思等着去赴宴。

孙智独自一人在储蓄所门前等候，一会儿，一辆奥迪轿车停在了他面前，孙智坐上车，心绪纷乱。

贺英不声不响这么快就办好了调动，而且直接去了行政机关，这是别人无法办到的。此时此刻他心里五味杂陈，努力安慰着自己，脑子里却总是贺英的影子。想起贺英刚调入G银行时，那楚楚动人的样子，那人见人爱的笑容，还有那兄妹般的关爱和帮助，都是他永远难忘的。贺英是个唠唠叨叨爱说爱笑的女人，就连老马行长也常常同她开玩笑，纵是些男欢女爱的浑话笑话，贺英也毫不忌讳。在老行长的眼里，贺英就是一个让大家开心的女人，又是一位给银行撑门面的“交际花”，凡是迎来送往他都要叫上贺英。在孙智心里，贺英乐观天真的心不隐藏任何秘密，也没有任何忧虑，好像生活中从来没有不幸和危机。在孙智看来，她永远是幸运和幸福的，因为她头顶上总有吉星高照。

贺英的丈夫原来是市粮食局局长，贺英在二十四岁那年从凤凰镇粮管所调到G银行。那时她已是一岁孩子的妈妈，当然不会在意同事间的风流说笑。孙智从不谈论男女间的段子和绯闻，他的不善笑谈与贺英的谈笑风生不甚合拍，但他们相处得十分友好。贺英说笑之际，孙智总爱两眼放光地盯着她，表示出一副乐意倾听的好奇样子，而她回馈的眼神总是饱含深情。孙智从贺英嘴里听到过很多故事，多半是讲她学生时代的风流往事。

贺英是黄雅娟的高中同学，只是不在同一班级，彼此熟悉却没有过多的交往。她们的中学生活是丰富多彩的，如诗的爱情和痴心的早恋是那个时代的潮流和时尚，漂亮女孩都是男生追求的目标。关于她们的爱情故事，贺英讲过很多，都不过是学生时代的梦想和追求，走出校门之后梦想就被无情的现实揉碎。贺英高考名落孙山，不愿复读再考。她离开学校，回归到平淡无奇的平原乡村，开始冷静地对待生活。她十九岁被招工到凤凰镇粮管所时，所有的同学都进入了新的天地，曾经的情人分散在天南海北，彼此极少联系。

贺英在孤独寂寞一年之后，被大她七岁的市粮食局副局长周天寿一眼相中，她没有选择，也渴望成个家。她与周天寿同居半年，有了身孕便宣告结婚了。周天寿升为局长后，贺英就顺利地调到了 G 银行。老行长在位时，同周天寿关系甚好，贺英在办公室做文书，有充分的时间参加自学考试，孙智便成了她的半个老师；学习上不懂的问题，只要问孙智，都能得到圆满而准确的答案。贺英拿到大专文凭后，特地买来一块新瑞士手表送给了孙智，这非同一般的礼物，让孙智时时挂在心上；至今孙智戴着这块手表整整十年了，他倍加珍惜，保管如新。

贺英调到行政单位去工作，这当然是最好的选择。孙智又一次看到了关系的力量，但他并不十分羡慕和忌妒，因为他自己没有任何特殊关系，祖宗八代都是农民，自己虽然读了大学，但却是教书匠出身，现在身为银行基层职员，一生的命运必然都掌握在别人手里。

小轿车开到帝豪大厦门前停下，司机带孙智进了电梯，上到三楼上海厅。一进门，一股华贵馨香的气息扑鼻而来。贺英和周天寿站起来热情迎接，并随意介绍了其他几个客人。这是周天寿专门宴请档案局局长及其夫人的晚宴，贺英借机请孙智来，一是为老同事之间多年的情谊做个留念，二是要请孙智给她的儿子做课外辅导，这方面她非常相信并佩服孙智的能力。

落座之后，周天寿立即拉开话闸："我跟你们老马行长是老关系了，你们银行刚成立时，我可是帮了很多忙的，不仅粮食局的存款都存在你们银行，而且你们很多储蓄网点的地皮也都是我们粮食局优惠提供的。"他说着说着就有了发自内心的感叹，继续说："老马行长离开了，我和你们银行的关系也没有了，加上我们粮食局被撤销，我到市政府当了副秘书长，而且和你们银行不沾关系，才叫贺英受委屈了。人就是这样的，当你缺少实权的时候，你必须承受一些委屈甚至不公；形势逼得我不得不奋力一搏，独辟蹊径啦！"

孙智对周天寿这段往事是知道的，过去他与老马行长多有交往，只不过时光如梭，现在听那些往事觉得并不久远，心里甚感亲切。孙智感叹说："现在银行改革力度真是很大，没想到那么多老同事被迫离开。老马行长早已退休，他的恩德是我们终生难忘的！”

周天寿听了这话，笑着说：“老马行长是个好人，为人豪爽仗义，能做的好事都做到了。现在没有那样的领导了，都是为了权力和利益。我们这代人，被形势逼着往前走，必须事事处处自己努力。改革时代，都要与时俱进啦！男人都好办，女人却没那么容易了，相夫教子，顾不上事业，能有个发工资的地方就不错了！要不是逼到这种份儿上，我也不会操老婆的心。”

他喝了口茶，接着又说：“我现在是因为没得硬文凭，才混得如此停滞不前；但我才四十三岁，这个年龄在行政机关还是能有所作为的。老领导安排我到中央党校读书，等有了大学文凭，回来就不一样了！”

坐在旁边的档案局刘局长说：“周秘书长有资历，又有人缘，说不定深造两年回来就当书记、市长了。”

周天寿谦虚起来说：“书记、市长不敢当，只求官升一级，当个正职就行了。”周天寿又讲了他在省里的一些关系，靠着这些关系，他在官场上是不会越混越差的！

开宴了，大家坐到豪华的餐桌周围，周天寿拿来两瓶五粮液，他说这酒是从家里拿来的，放了十年，正宗货。他让服务员给四位男人每人都满上一杯，给女士倒上饮料，大家客客气气地敬起酒来，慢慢品尝这名酒的醇香。

大家边喝酒边谈世事家事。一桌年龄相差不多的中年男女，谈得最多的不是工作和生活，而是孩子的教育问题。周天寿十分认真地说：“我过去工作太忙，对孩子教育问题没有研究，贺英文化水平不高，所以儿子教育没有跟上。不过孩子还小，要打好基础，就得从现在开始重视，不然上高中就来不及了。所以请孙老弟来，主要是请教一些培养孩子的经验和方法。”

孙智不知如何谦虚，直接说：“说经验谈不上。但孩子的教育有两个关键，一个是要有好老师，一个是要有好父母。老师重在责任心，有责任心就有好方法；做父母要有决心和耐心，持之以恒地研究教育，不厌其烦地培养孩子的读书兴趣。孩子就是一块玉石，要打造成精致的工艺品，就靠父母和老师配合好，共同精雕细刻。父母的教子之道在于培养孩子的好习惯，有好习惯的孩子，老师才会重视，才会精心辅导。”孙智讲了一些如何教育孩子的方法，全桌人都听得很认真。

周天寿说：“我到北京中央党校学习两年时间，儿子的学习是管不上了，请孙老弟帮我尽一些为父教子之责，如果孩子成绩提高了，考上了好大学，我一定会重重地感谢老弟！”

孙智回答说：“只能尽些努力，有没有效果，还不敢保证，因为每个孩子都有他自身的特质。当然因为您儿子和我儿子是同校同学，帮这个忙是很方便的事儿，两个孩子课外在一起学习是大有好处的。”

见孙智这么爽快地答应，周天寿更加热情起来，他站起来向孙智敬酒道：“那就谢谢孙老弟，只要把儿子送进好大学，不仅是对国家的贡献，也是对我周某的最大帮助，我会终生铭记，为了这，敬老弟一杯！”

周天寿一杯酒一饮而尽，孙智也兴奋地一口喝了杯中酒，他感到这是他有生以来第一次受到别人的尊重，喝酒已经完全没有前一天的胆怯了，而且酒的口感太好，连喝几杯都没有如火烧心的滋味儿，他相信这是勇气使然。

散席后，孙智坐上周天寿的小轿车同路回家。周天寿似乎因为喝多了酒沉睡起来，贺英与孙智坐在后排，在十分钟的车程里，贺英紧紧抓着孙智的手，似乎是在告诉他什么。过去他们之间从来没有这样的动作。孙智有些惊悚和紧张，不知不觉伸出另一只手来，轻轻地抚摸着贺英那只柔软的手。此刻他心乱如麻，不敢直视贺英的面孔。当小车停在 G 银行住宅区大院的大门前时，时间已是晚上十点。

孙智回到家里，儿子已经入睡，老婆房里还亮着灯。孙智先检查了儿子这两天的作业，然后痛快淋漓地洗了个澡。他想彻底洗尽身上的酒味儿，可无论怎么冲洗，酒味依然很浓，他担心自己会惹得黄雅娟讨厌，干脆穿上秋衣，在客厅的木制沙发上躺着看起了儿子的英语书。

黄雅娟关了卧室里的灯，孙智仍然看着书，一词一句地翻译，不知不觉过了十二点，他猜想老婆已经睡着，就悄悄走进房间钻进被窝，背着老婆侧身而眠，不料黄雅娟突然翻过身来……

第六章　好运

16

时值一年之末，股市和房市突然火热起来，风险投资和炒房成为人们津津乐道的话题。银行的信贷投资重点转向了房地产，资金需求成倍增长，但银行存款却持续下滑。

白云储蓄所存款在一个月内下降了三千多万元，老主任心急火燎，每天下班后都要留大家开会半小时，让每个人谈自己的行动和效果，还要表决心，说思路和办法，要求大家把最大的潜力挖出来。如果完不成任务，工资就会很低。

杨芳说："本来完成了八百万，可只留住了三百万，还有五百万很难完成。"

张艳说："只拉了不到四百万，还有四百万无法完成。"

邹小琴说："已完成了三百八十万，尽力完成吧！"

孙智说："本来已完成了八百万，现在也只有三百万了，能不能完成，心里没有底儿。"

孙智把希望寄托在杨芳身上，心想如果还有喝酒的地方就好了，只要能把存款拉进来，多喝几瓶酒也算不了个啥！孙智的眼光几次溜到了杨芳脸上，杨芳也不断把眼光扫过来，还不时向孙智眨眼睛、做鬼脸。孙智想这个杨芳一定是又有了什么新主意，晚上喝酒的事儿跑不了啦！

果然散会后，杨芳拉上孙智去市郊的火车站货运部，找到了值班室主任和他的三个下属，一起到火车站旁边的好再来旅馆。这家旅馆一楼是网吧，二楼是餐馆，三楼是服务区，有桑拿、按摩、洗脚、美容、理发等服务，四到七楼都是旅店。杨芳问赖老板在不在，一个年轻女人说赖老板在二号房荷花餐厅吃饭。杨芳来到荷花餐厅，只见一桌人正在吃喝，还有其他银行的人，看起来都是为了拉存款而来的。

杨芳一行六人，让服务员带进了牡丹餐厅，要了一个甲鱼火锅，又点了四荤四素和四瓶白云边白酒，大家开始喝起来，话题还是围绕着钱，杨芳说："我们挣钱全靠哥们儿倾力相助，没有存款就没有工资，四位铁哥们儿够义气，过去帮了我很多忙，以后要把潜力都挖出来，只要把你们的货运费都存在我们那儿，我和孙老弟的收入就有了一份保障，也少不了你们的好处。"

孙智竭力当起主人来，一杯又一杯给大家倒酒敬酒，他喝起酒来已不大费劲，四瓶酒喝完了头脑还清醒得很。散席后，大家到了三楼服务区，几位小姐拥上来，问每个人需要什么服务。杨芳进了美容间，一位年轻的男士跟进去关了门。四个男人兴致勃勃地进了四个按摩间。只有孙智站着不知做什么好。一位身材娇小的小姐问了孙智好几遍，孙智仍然做不出什么决定。杨芳探出头来问："孙智是不是没见过世面呀？要是不想做按摩就洗洗脚吧！"

孙智被带到洗脚间，让小姐脱了鞋子把他那双大板脚泡在了药水盆子里，小姐边揉边搓，让孙智感到一种舒服从脚底飘到了头顶，酒劲儿也迅速扩散到全身，不知不觉就睡着了。他醒了后穿上自己的鞋出了门，站在楼下等客人出来。等了半个小时，客人陆续出来了，杨芳付钱买了单，最后一个出来。因为火车站的哥们儿要值夜班，杨芳和孙智只好分手回去了。

孙智一路飘飘然回到家里，见黄雅娟坐在沙发上边织毛衣边看电视。

她转过脸双眼冷冷地看着孙智。孙智脱了衣裤放在沙发上，进洗澡间去洗澡，黄雅娟好像嗅到了一种很特殊的气味，拿起孙智的裤子闻了闻。孙智洗完澡出来，黄雅娟瞪大双眼问孙智："今天在外面做了什么好事儿？可不可以说出来我听听？"

孙智说："没有做任何好事儿。"他觉得老婆这问话很特别，大概有什么新发现，就说只是为了搞存款和同事一起出去请客喝了不少酒。

黄雅娟似乎悟过来了，脸上总算笑了一下，然后扯过被子盖住了孙智的胸腹，脱了衣服，钻进被子里。孙智的表现让她感觉不错，才相信老公的确没有在外面干那种坏事。但她仍然严厉地警告孙智："以后不准到那种地方去，更不准把外面的香味带回来。"孙智说他没有这个胆量。

17

储蓄所的客户比平时多了起来，杨芳带着火车站的朋友引来七八个客户，存了一千二百万存款。杨芳和孙智各分得六百万元。下午黄雅娟也出人意料地引来两个客户，为孙智存上了三十万存款。孙智的任务完成了，他长长地松了一口气，心想这下不用再出去喝酒了。

胡少林见一天的业绩这么好，高兴得不得了，重重地表扬了孙智和杨芳，说："孙智初来乍到，就动员家属帮助揽存款，敬业精神值得全所同志好好学习。杨芳不愧是搞存款的老将，带着新同志不辞辛劳，不怕熬夜，不怕陪客喝酒，取得这么好的成绩真是不容易！"表扬之后他又说："市分行领导说了，大家完成任务每人嘉奖两千，超额完成的按每超一百万再奖五百。"他又说："如果都像孙智和杨芳这样勤奋，完成存款任务肯定没问题。"

杨芳受了表扬，喜形于色，望着孙智挤弄着眼珠子，孙智明白她又有了新主意。下班后，杨芳悄悄对孙智说："再去走走，说不定又有新收获。"

孙智说："今晚的确不能再喝酒了，这样喝下去，身体一定出问题的，得想想别的办法去找客户。”

杨芳说：“那就买些礼品送给客户吧！”

孙智问：“买什么合适呢？”

杨芳说：“买水果？”

孙智说：“水果太重，提着送礼太扎眼！”

杨芳又说：“送鲜花之类的东西也不合适，一般客户不太讲究这份情调。”

他们经过一家福彩销售店，孙智突发奇想，说：“买彩票送礼如何？”

杨芳说：“正好，我也这样想，这种礼品挺有新意，花钱不多，别人容易接受，反正是好玩儿的，料想也不会让人家中个什么大奖！”她说她买了多年的彩票都没中过一次奖。

他们俩这会儿完全不把中奖不中奖当回事儿，只是想玩一下花样找客户搞点儿存款。于是各人拿出一百元钱买了二十张双色球，每张十元钱。他们沿着大街笔直往前走，见了熟人的店就进去同老板聊一聊，说明来意是银行揽存款的，所有的老板都知道银行人一年四季到处揽存款，所以一点儿也不觉得很意外。只要哪个老板说他有钱存到银行里帮忙凑任务，孙智就拿出一张彩票送给他。

他们走了好几家店，老板都说现在手头紧，一时没有钱存银行。他们走到不远处的长宁街五金门市部，杨芳认识店里的老人叫张伯，张伯七十岁左右，是市五金公司的退休老人，每天在店里帮他儿女打理生意；因为离信用社很近，所以店里的周转资金都是他的儿女们存在信用社里。张伯精神挺好，和蔼可亲，见到杨芳就特别热情。因为他过去经常去白云储蓄所帮杨芳完成存款任务，一般只是把退休工资转成定期存款，或者办理一些生意上的转账汇款，换换零钱和残币等小业务，所以杨芳对老人很熟悉。

杨芳站在门市部柜前亲切地叫了一声张伯，然后说：“您老人家最近生意怎么样，有没有钱帮我完成任务啊？”

张伯说："我才存了五万块到信用社，如果你们急着要存款，明天我就取出来存到你们那儿去。"

杨芳说："那感情太好了，谢谢张伯经常帮我！"

孙智见老人答应了，就拿出一张彩票递给张伯，说："我们买彩票觉得好玩儿，送给您老人家，给您带来福气和财运哈！"

张伯说："彩票我没买过，不太懂行；不过我儿子经常买彩票，还有很大的瘾呢，就是中不了什么大奖！"

杨芳用祝福老人的口气说："但愿这张彩票给您带来好运，您注意看电视对号码，千万别错过了发财的机会啊！"

张伯笑着问："这彩票何时开奖？"

孙智拿过彩票认真看了看号码，说："就是今天晚上。"

张伯收好彩票放到钱柜里，热情地说："谢谢你们二位送来好运！"

离开张伯的店，他们又走了十几家店，送出彩票共十八张，算了一下承诺的存款有四五十万，也算得上是不小的收获了。

杨芳说："剩下两张彩票我留着晚上对号码，如果中了大奖，完成存款任务就没问题啦！"

孙智说："如果中了大奖，就不用再上班了，更不用谈存款任务了。"

天色黑下来，大约八点钟，两人分手各走各道回家去。孙智这时不知为何突然间有点儿精神紧张，脑子里尽是彩票中奖的事儿，这种状态很不正常，莫非这些彩票真有一张中大奖的！孙智越想心里越急，身上竟流出汗来了。

孙智快步回到家，没有心情去做别的事儿，就连儿子在房间里做作业他也没进去瞄一眼，径直坐到沙发上，打开电视机把音量调到最低，调到彩票开奖节目频道，睁大眼睛聚精会神地看结果，连黄雅娟洗澡的声音也听不到。彩票开奖号码一个个溜出来，最后结果：02 04 12 22 26 28 11，这号码把孙智惊呆了，他清楚地记得那张送给张伯的彩票正好是这组号码。

“天哪！怎么把这张彩票送出去了呢？”他哈哈大笑起来，好像神经有点儿失常。

孙智急忙打电话给杨芳，杨芳也正对着她手中的彩票号码，她说她一个也没有对上。孙智告诉她，送给张伯的彩票中大奖了，七个数全对上了。

杨芳在电话里半晌没说话，好像晕倒似的，好久才大声说：“真是没财运，头一次这样买彩票送人，就一下子让别人中了大奖，自己不知买过多少彩票，就是没有中过一次奖！”杨芳把自己骂了个狗血淋头。

孙智傻子似的自言自语，连他自己也听不懂说了些什么。黄雅娟洗完澡出来听出谁谁谁中了大奖，连忙问中了什么奖，孙智说该中的没中任何奖，不该中的中了特等奖，五百万奖金两辈人用不完。孙智说了半天黄雅娟才听明白，原来是买彩票送给了别人，别人中了大奖，自己后悔一辈子。她也顿时感叹：“想发财的总是没财运，没想发大财的财运滚滚来，老天爷真是没长眼啦，看不见我们这些穷人！”

黄雅娟沉默了一下马上又说：“想办法把中奖的钱分一半回来，两个人各得一半，怎么样？”

孙智摇摇头说：“这样做不合适，别人不愿意，哪有什么好办法？”

这一夜，孙智和黄雅娟都没法睡觉。十二点多时杨芳打来电话说：“今天天亮后我们再去张伯的店里，如果他不知道中了奖，咱就把彩票换回来，双方各得一半奖金。”

孙智说：“彩票送给了别人，还能收得回来？”

杨芳说：“也许能成功呢，试试看吧！”孙智答应试一试。

早上天刚亮，两口子就起床，陪儿子一起出家门，就近吃了早餐，把儿子送到了校门前，然后返身来到张伯的生意店。张伯店里很热闹，一个儿子和两个女儿都在，一家人正神采飞扬地说着彩票中奖的大喜事儿。孙智心里面一下子凉了半截，面部肌肉紧缩，想露出笑脸来神经却舒展不开，耳朵里不断传来张伯一家人喜不自禁的笑声，还有老人接连不断的感谢话。

杨芳急匆匆赶来，像泄了气的皮球似的一时说不出话来。张伯的儿子急着要去领奖，孙智说："必须先拿张伯的身份证到我们储蓄所里办一张银行卡，然后才能去兑奖！"

张伯的儿子说："我有你们的银行卡，何必再另办一张呢？"

杨芳对张伯的儿子说："你的是你的，跟你爸没关系！"

那儿子早已把彩票装进了他自己的钱包，打算独自去兑奖。孙智堵住他说："你要是这样不讲情谊和诚信，我们马上去法院起诉，这张彩票是我们丢失的，有彩票店的主人作证！"此话一出，那儿子很快软下心来，只好拿出彩票交还给他父亲。

上午，他们围绕如何兑奖的问题在储蓄所里争来吵去，都是老人的儿子想贪这笔财，杨芳和孙智坚决不答应。

老主任听清了事情原委，出来说了公道话："这件事应该公平处理，彩票是杨芳和孙智买来的，送给老人是为了请老人帮我们揽存款，是有条件和承诺的，子女不应该掺和进来，可以让一个女儿陪老人去领奖，杨芳和孙智也应该跟着去，这样可以保证安全把奖金领回来存在我们银行里。"

老主任的调解发挥了作用。孙智用张伯的身份证办了银行卡，杨芳打电话从她丈夫的单位矿管局借来一辆小轿车，让张伯的小女儿坐上车，杨芳和孙智一起陪着老人前往省城去兑奖。

车行两小时，到了省彩票中心，正好是下午上班时间，张伯的女儿要替他爸进去领奖，杨芳拦住她说："这样做是不可以的！"

张伯的女儿反问道："为什么不可以？我替我爸领奖天经地义！"

孙智说："这个道理很明白，我们送这彩票给你爸是为了搞存款，如果你将钱转到你自己的账上，我们的目的没有达到，送彩票也就没有意义了，如果不按当初的承诺办，这张彩票我们有权利收回！"

张伯的女儿怔住无话可说。彩票中心的工作人员站在门口迎接中大奖的老人，只准许老人一人进去兑奖，其他人只能在外面等候。

等了一个多小时，张伯出来，说："奖金领到了，交了税钱一百万，给希望工程捐款二十万，现在只有三百八十万了。"

孙智说："税钱是必须交的，捐款也应该！"

张伯说："凡是中了大奖的人都捐了，最低是二十万。"

回来的路上，杨芳对张伯说："彩票是我们送给您的，没有这张彩票就不会有这个大奖，我们也应该分享好处，就算是捐一半给我们也是应该的嘛！"

张伯说："那是应该的，但是我得同我儿女们商量商量再说。"

杨芳说："这有什么好商量的？所有权是您的，您完全应该自己决定！"

张伯的女儿说："那就一人一万吧！"

杨芳说："一万说不过去吧，每人至少五十万才好，要不然这事儿传出去，人们会说您老人家不仗义！"

张伯想了好半天，最后说："那就每人十万吧！"

回到储蓄所里，张伯取了二十万元，给了杨芳和孙智每人十万元，剩下的三百六十万，他们给老人存了五年的定期存款。

彩票中奖信息传得很快，仅仅两天时间，小小储蓄所出现了从未有过的热闹景象，客户比往日增了好几倍，存款增长了两千万，而且还来了一位记者，采访杨芳和孙智给老人送彩票的过程，问他们把这张彩票送给了别人是不是很后悔，杨芳说："当然后悔，后悔一辈子！"

孙智说："这种毫无预料的事儿只能想开一些，只当是没有这回事的，世上没有什么后悔药！"

过了几天，《西域晚报》登出了一篇题为《银行服务到家门，老人中奖不贪心》的新闻，于是前来存钱的人越来越多，一周时间，储蓄所存款又增了一千多万，加上员工揽进来的存款，一共增加存款五千万元，圆满完成了上级下达的存款任务，大家为此又高兴了好一阵子。

第七章　变故

18

过完元旦节日，存款考核兑现的绩效工资分配下来，孙智拿到了五千多元。他将这些钱毫不保留地交给黄雅娟，加上意外获得的十万元，黄雅娟兴奋了好长时间。她不再把自己关在屋子里，开始与院子里的同龄女人们闲聊家常，借机打听别家的男人拿了多少钱回来。她把自家男人拿到的数说出来，聊天的同伴感到很惊讶，那种羡慕的表情让她内心有了一种说不出的自豪感！

春节即将来到，黄雅娟打算让全家人过一个迄今为止最美好的春节。从结婚到儿子出世，小家庭虽然钱少，但小两口都上班，生活多是穷欢乐。儿子学前的五六年，两口子也从不为钱发愁，不担心会有缺粮少衣的时候。但黄雅娟下岗后，生活骤然清苦起来。孙智每月的工资一千多元，月月花得精光，家中美食越来越少，衣物越来越差，快乐离家越来越远。因为钱少不够开销，孙智整日闷声不语，黄雅娟常常心情烦躁，整天没有好气色，遇事火气冲天，让孙智躲避不及，儿子也退避三舍，常常躲到同学家里去做作业。清贫的日子越过越冷心，两口子省吃俭用，连儿子的衣物也买得少，甚至穿戴亲戚送的旧衣旧帽。黄雅娟自己也没有买过一件像样的衣服，从来不用化妆品。穷就穷吧！左右邻居的人差不多都一样，而孙智却还说比上不足比下有余，应该知足了。黄雅娟听到这话就火冒三丈，又吵又骂，骂孙智没本事。因为院子里有人确实富了，同一个银行里因为会揽存款、善放贷款而获得高收入的人，在院子里财大气粗。黄雅娟眼红得很，只能责怪孙智太无能。孙智听着总是哑口无声，但内心不免愧疚。两口子一般都待在屋里哪儿也不去。

这三个月来，运气突然发生逆转，幸福的日子从天而降，全家便有了精神气儿。孙智因为揽到不少存款，绩效工资高了不少，每月最少也能拿三千多元，黄雅娟的心情渐渐轻松起来。“彩票事件”虽然留下终生遗憾，但多得十万外财，给当家人带来了很大的安慰和信心。黄雅娟一下子有了那种富人的感觉。她有了钱，有了富裕的感觉，觉得扬眉吐气，想要处处显摆！儿子刚放寒假，晚上孙智下班回来，她就拉起孙智带着儿子到最大的超市，买衣服买鞋子，还买了很多儿子喜欢的书画。儿子孙哲很惊讶，问爸爸当了什么官，怎么一下子挣这么多钱。如何挣钱的事儿，孙智不便对孩子说得很多，只是告诉儿子，只有读好书才有好工作，有了好工作才有稳定的收入；小孩子现在多读书，长大才能多挣钱。

孙智近来也有了感想，从机关到基层不到半年，日子变化了许多。当初新行长说得对，人不能总在一个地方，不能守着过去的安稳，图变才有机会，多谋才有财源；虽然大头给了别人，自己只得一点点，也比完全没有的好。时代变得快，现在虽然还很落后，但总归比一年前进步多了。这要感谢陈志杰！他开始庆幸改革把他推到最前线，压到最基层，才有了意外挣钱的机会。

黄雅娟更加相信人靠运气马靠鞍的哲理，“马无夜草不肥，人无外财不富”是她的精神信条。她认为那十万外财也有她的功劳，要不是她头脑灵活，很快转过弯来，就错失了这次发财的机会。这时她开始提醒孙智，以后再有同样的机会，一定要向她报告，只要她有机会出面，梦想就会变成现实。黄雅娟高兴之余，对孙智也格外温顺了。孙智每天下班回来，她都满脸堆笑，热情周到，饭菜准备得格外丰盛，一个劲儿地要犒劳能挣钱的好丈夫。她总是有事无事就上街，逛商场购物上了瘾，只要是儿子周末或放假，她总要拉着一家人逛超市，给儿子买衣服买鞋子，自己也毫不犹豫地买好多衣服，买过去从没用过的高级化妆品。

看着爱人日子过得这么愉快大方，孙智宽心了许多；只要她高兴，一切随她的意；如此这般，夫妻之间总算有了点儿浪漫情调。不过孙智对黄雅娟如此出手大方的花钱方式有点儿隐隐作痛，觉得她的衣服和化妆品买得过多，不到一个月就花掉了三千元，孙智嘴上不敢明言，却总在算计每天的花销和购物的价码，算是提醒她不要忘了过去节衣缩食的日子。孙智好几次对她说，如果以后没有好运气怎么办？因为银行的人挣起钱来很偶然，运气好时能多挣，运气不好的时候没钱拿回来，更不能指望买彩票中大奖的美事儿再来一回；一个家庭会有很多大事急事需要钱，儿子以后读大学要用钱，赡养父母需要钱，等等。意思无非是劝爱人还是节省点儿为好。黄雅娟哪里听得进孙智含含糊糊的奉劝之音呢？现在有钱不用，难道留到下辈子再用吗？在她看来，钱财本来就如同小河的流水，今天用了明天又会有的。因为她不相信孙智往后再无财运和吉照，相反，老公的财运已经开启，钞票一定会如雪花般飞来；她同时也相信了算命先生的话，丈夫不能困在家里，走出去才能挣大钱，做妻子的一定要支持丈夫的事业，这个家才有光明前途。

19

过了春节，孙智又开始忙碌起来，全行开展拉存款“开门红”竞赛，下达了每人两千万的揽存任务。孙智有时同杨芳一起请客喝酒，有时买一些礼品送到客户家里搞上门服务，可收获总不是太理想。杨芳告诉孙智，过去为什么效果好，是因为她丈夫当着矿管局局长，管着全市一百多家矿山和运矿企业，面子大朋友多；而现在她丈夫被调到别的城市当环保局局长去了，面子和朋友也都带走了，再也不会有什么挣大钱的机会了，拉存款更没有以前那么容易了。孙智找了他所有的同学，把能拉进来的小笔存款都拉进了储蓄所，还不断让黄雅娟到处找她的亲戚和同学，搞得黄雅娟很厌烦。

看到孙智揽存款这么难，黄雅娟说："实在拉不到存款就不要勉强了，不要在亲戚和同学面前把颜面丢尽了。现在有了这些钱，买些股票也能赚钱，而且钱来得轻松，不必到处求人说好话。"孙智听了这话就不再四处颠来颠去跑客户了，因为此时所有的银行存款业务都很艰难，都悄悄提高利息，额外贴水贴息，对员工搞揽存计价，每万元给五十元工资；在这种形势下，拉存款靠喝酒也不灵了，必须明码实价，小恩小惠不管用，红包加厚才有劲儿。如此一来，拉存款也要冒风险，谁的靠山硬谁才有胆量。储蓄所人员的收入差距越来越大。张艳和刘爱玲最有优势，每月搞来几百万存款，月收入仍然保持在五千元以上；杨芳和邹小琴靠亲朋好友帮助，也有三千多元收入。只有孙智完全失去优势，一个月的工资不足两千了。他因此信心全无，只好依了黄雅娟，每到晚上除了给儿子改作业，就是陪爱人研究股票。

这几天股市行情特别好，股评专家都说马上还会有大行情，网络科技股领涨，大盘就像一匹脱了缰的野马，指数每天都在往上冲。黄雅娟以前买了两百股华海科技，几天就涨了十几元钱。黄雅娟于是情绪高涨，把手里的钱全投进去补了满仓，可买进去后这股票就不涨反跌了。黄雅娟说这股票最终总还会涨起来，就放着不管它。过了没多久，美国突然发生恐怖事件，引发全球股市暴跌，A 股大盘跟着直线跳水，华海科技连续多日跌停，孙智说这股票要快卖掉，要不然钱就全没有了。黄雅娟虽然心里急，就是不舍得卖，希望有一天能涨回来，这样放了两个月，十万元钱的股票只剩下一万多了。孙智的心好像一下子掉进了冰窟里，黄雅娟就像着了邪似的，成天说胡话，不时地对儿子发火，对孙智发怒，好几次孙智见她流了泪。孙智不再说什么，害怕刺激她。这段时间，外面不断传来有股民跳楼的坏消息，孙智担心黄雅娟情绪失控，走上极端，就不断劝她说，只要青山在，不怕没柴烧！

孙智的工作更不如意，没有完成存款任务，老主任总是唠叨不停，其实他自己也完不成任务，只是逼着大家晚上挨家挨户找客户，所有的人压力都很大。分行领导说了，所有储蓄所存款都必须达到两亿以上，一年内达不到这个数，就一律撤掉。白云储蓄所去年增了五千万，今年降了八千万，这种直线跳水，让大家的感受比股民好不了多少。因为股市低迷，很多人的钱都被套住了，哪还有钱存银行呢？因为拉不到存款，孙智的工资越来越少，每月只有一千多了。

日子一天不如一天，黄雅娟只好把股票卖了一万元钱，打算开个用编织机织毛衣的织衣店。孙智想，既然老婆想做点儿事，哪怕少挣点儿钱，也让她心里不空落，办点儿实业也许以后能好起来，于是鼓励她去做。可是黄雅娟拿着钱到省城去买编织机却上了大当，本来是要买正品的新机器，结果有一个人说他买了一台机器只用了半年，现在卖半价，黄雅娟就花了五千元买回一台旧机器，回来后却无法织出毛衣来，原来这机器是假货，根本无法正常使用。黄雅娟的情绪更差了，三天两头发火哭闹，这日子没法过了。孙智忍无可忍，两人就天天吵架，吵起架来孙智总是无力招架，渐渐沉默下来，最后干脆躲避起来，连睡觉也没有胆量上床了，干脆自己睡在沙发上。

这种日子持续了一段时间，最后黄雅娟说："我们离婚吧，离了婚，我自己出去找事做，你把儿子带好就行了，你保证儿子上好大学，等我在外面挣到了钱，保证儿子的大学费用，往后还要为儿子买房成家，没有钱，这个家就不存在了。"黄雅娟不是说的气话，也不是耍小孩脾气，她真的拉着孙智去法院办了协议离婚。黄雅娟去了深圳，她说有个同学在深圳当老板，投靠同学是她迫不得已的选择。孙智也没有劝阻，就随她自由地离去了。

20

黄雅娟走了，孙智安宁了许多。儿子开始很不习惯，睡梦里喊妈妈，学习上也有点儿心不在焉，期中考试成绩有点儿下降，从原来的班级第一名降到了第九名。孙智想，如果儿子有个伙伴，可能会高兴一些，对学习更有利，于是他让儿子每天晚上把周雄伟约到家里来，两人一起学习。孙智晚上什么都不做，只陪着两个孩子做功课，他更是用功研究儿子的课文，思考最好的讲解方法，与孩子一起学习讨论，终于使儿子的成绩恢复到年级第一的位置，周雄伟的成绩也从年级三十几名上升到二十几名。儿子放了暑假，孙智就请了年休假，带着儿子回老家打算安静地补一补各门功课。

他们每天都要到那个叫天沟的地方去，儿子说这个地方学习很舒适，一块平坦的大石头就是他的课桌，休息的时候就到那瀑布下面的潭水里游泳。儿子在快乐中渐渐忘了母亲，学习的注意力也集中起来了。他下学期就是初二，学习的压力越来越大，一步落后就会步步落后。孙智必须鼓励儿子奋发拼搏，力争以最好的成绩进入南泉中学的尖子班，只有考上最好的高中，才能考进最好的大学。这是父子俩唯一的选择，作为普通百姓之家，只有读书这一条路可走了。

山里空气新鲜，气温比城里低得多，父子俩过得十分愉快。孙智的父亲六十五岁，母亲六十二岁，身体硬朗，精神饱满。因为儿孙回来，他们更加忙碌，也更加高兴。两个老人每天在农田里忙一阵，中午做饭忙一阵，却没什么辛苦可言。孙智在儿子睡午觉时也帮父母做些农活。白天，孙哲做作业累了，孙智就带他到小河里捞鱼。孙智用他小时候的办法，把柳树叶放在细砂里捣碎，撒到水里，鱼儿就呛得漂了起来，父子俩见到很多鱼儿昏头昏脑地漂上水面，就用手快速地抓起来，抓起来的小鱼儿并没有死，放到水盆里又活蹦乱跳。他们每次抓一二斤鱼，鱼儿虽小，用红辣椒干煸，味道却特别好。他们在自己家里样样随便，觉得自己动手做出来的饭菜特别香，腊肉、香肠、土鸡、野生鱼，山中采来的鲜蘑菇、田地里摘来的新鲜蔬菜，老人把最好的东西都拿出来，让儿孙随意烹调，尽情品尝和享受，悠闲的日子让孙智忘了夫妻离散的隐痛。幸亏有这故乡凉爽而美丽的山水，否则他心里不会有一丝的快意。

老人也有不高兴的心事不便说出来。他们不见儿媳妇回来，心里有个大疙瘩。因为他们知道，最近两年儿媳妇没回来过，总是儿子和孙儿回来，很不圆满，两个老人有了疑虑。听说这年头城里人时兴离婚，加上黄雅娟的坏脾气，他们担心儿子儿媳走到了这一步。孙智看出老人的担心，没有说出他们离婚的事儿，只是说黄雅娟有个同学在深圳开公司当老板，她去那儿打工了，每月工资好几千；她能自己挣钱，有啥不好呢！

其实孙智心情特别复杂，尤其是晚上，一睡到床上，心里就觉得灰暗。离婚之事让他觉得太突然。他从来没有想到黄雅娟会要离婚的，想来想去认为自己并没有什么对不起她的。他和贺英在同一个办公室共事十多年，从没有发生越轨的事件。贺英比黄雅娟漂亮多了，很多时候他和贺英为工作而加班加点，单独相处，常常看到贺英那种对男人渴望的神情，孙智就装着一副麻木无情的样子；有段时间天气炎热，孙智协助贺英整理档案，两人天天晚上单独相处，贺英穿着短裙，白皙而有弹性的肌肤在孙智眼前晃来晃去。孙智明白女人的美意和用心，也知道她的男人常常在外面不回家，让女人独守空房；她的孤独渴望是可想而知的。贺英在感情上虽然表现很外露，但内心里却能忍住渴望，不常向孙智倾诉衷肠；因为她知道，孙智是有底线的。不可否认，孙智是很喜欢贺英的，但这并不是真正的爱情，真正的爱情需要共同的生活，需要持久的心灵融合，需要经受困难和艰苦的考验。贺英的确很漂亮、很迷人，性格也比黄雅娟随和温柔，这难免会让男人想入非非！尽管这样，孙智仍然相信他和黄雅娟的婚姻是没有什么大问题的；虽然爱情的成分不够多，但因为共同拥有一个家，有一个可爱的儿子，孙智觉得其他一切都不太重要。作为丈夫，理解和宽容是最重要的。十多年来，孙智为了一个家，为了儿子顺利成长，对妻子保持了应有的忠诚和忍让，在家事上依着她，在性格冲突时躲着她，在欲念上满足她；可是，黄雅娟为什么要离婚呢？难道仅仅只是为了钱吗？

第八章　纵情

21

贺英得知黄雅娟去深圳打工去了，就给孙智打来电话，孙智说正在老家休假，给儿子补补课，每年暑假都这样。贺英很欣喜，即刻带着儿子周雄伟搭乘一辆中巴车，风驰电掣般地来到了浏河村。

贺英曾经来过浏河村，只是没在村里住过。她很喜欢这风景优美的地方，除了享受风光和凉爽外，给儿子补课是个最好的理由，但她心里还有别的想法。

贺英带来不少水果，又给了孙智的父母一千块钱，说要打扰两位老人，这次要吃住好些天，应该交点儿生活费；再说这地方虽然好，但毕竟是农村，吃的和用的都是劳动做出来的，不能白吃白住。老人极力推辞，贺英硬是把钱塞进了孙智母亲的衣袋里。两位老人看着这位漂亮的客人，心里大有疑问，对这位特殊的客人自然是十分热情。因为是孙智的同事，又是专门来山里避暑给儿子补课的，于是就不当她是外人了。中午的饭菜，贺英极力帮着做，孙智亲手炒菜，一会儿就做了十个菜，全是城里吃不着的农家菜；孙哲和周雄伟更是高兴，因为他们分开了好几天，不能和同学在一起学习，心里总不是滋味儿，学习的效果也不好。在孙哲心里，能和自己的同学在自己的老家吃山珍野味，的确是件最高兴的事儿。

吃过午饭，两个孩子不顾休息，就开始用功学习了。周雄伟这一年学习成绩直线上升，学年考试成绩从五百多分增加到六百多分，所以贺英已经非常信赖孙智，觉得儿子的前途只有靠孙智才有希望。

孙智让他们每人做一份英语测试卷，就当考试一样，各自独立完成，然后才能发现知识点的不足在哪里。一样的测试卷，孙哲只用了一个多小时就完成了，孙智看了一遍，没发现有做错的；这卷子对孙哲来说太简单，而对周雄伟来说却有点儿难。他做了两个小时才交卷，分数九十八。孙智分析了试卷，发现他还是单词和词组记得不够充分；但孙智认为这孩子是很有潜力的，只要在记忆上下功夫，成绩很快就会上去。

孙智让贺英莫着急，大人越急，孩子就会越浮躁。对待孩子的成绩，贺英不能说不着急，但着急也没办法，主要原因是她爱人身在官场，只顾自己的地位和荣耀，一开始就没有重视。在周天寿心里面，当官比什么都重要；他认为只要自己当了大官，不愁儿子将来没工作。但现在的形势不比从前了；明摆着的事实是，有好多官员为了孩子升学和就业弄虚作假走后门儿栽了跟头，这才让他开始重视起来，一再要求贺英把儿子带好，请最好的老师，把儿子的成绩赶上去。

孩子以前的学习基础没打好，没有养成扎实记忆的好习惯，越往后词汇越多越难，只能花硬功夫巧记死记一起用，才能一步步提高成绩。孙智告诉贺英，要想在初中两年内快速提高成绩考上重点高中，肯定不是容易的事儿。他同贺英分析原因，认为雄伟注意力不集中，学习的过程中似懂非懂，没有深钻细研，现在提高成绩的办法就是强记，在深入理解的基础上多设置场景，提高兴趣，记忆的效果就会更好。

孙智让两个孩子一起读英语文章，让他们边读边对话，训练注意力。等他们读熟了文章，孙智就给他们讲文章中的语法和词句，划出重点难点，先强记一遍，然后再归类记忆一遍，随后再拿一份测试卷让他们独立做题，结果周雄伟成绩达到一百二十分。孙智说，读书最重要的是认真扎实，不把课文熟记下来就算不上扎实。就拿数学来说，公式不记牢，数学题就无法做出来。记公式的办法有很多，推导演算、死记硬背都要用，多种方法一起来，就把公式记下来了。孙智就这样认真细致地给周雄伟讲方法，雄伟一一照着做，觉得效果特别好。贺英内心里感动万分，说："儿子初中最后一年，能否考上南泉中学，就全靠你的智慧了。"这明显是给孙智加压力，孙智虽然没有满口答应，但也没有摇头否定，似乎觉得这已是自己的责任了。

第二天上午，两个孩子做了很多作业，孙智全都一一批改，错了的地方，孙智当下指出并要求他们立即改正。吃过午饭后，大家一起去天沟玩。贺英说要好好游泳锻炼一下身体，孙智找出黄雅娟曾经用过的游泳衣带上。四个人一起欢欢喜喜地来到天沟的瀑布下面。孙智让两个孩子再背一遍英语课文，比赛背诵，背熟了才能到潭水里游泳。这种限时记忆法效果很好，他们半小时就把一篇文章背熟了。

水潭有半个篮球场那么大，潭水只有半人深，比以前浅了不少；以前足有一个大人身高那么深，现在水只到大人胸口。因为太阳直射到水里，水是温热的；潭水清澈见底，连水底的石子也看得很清楚。水中有不少小鱼游来游去，两个孩子一进水里就追着鱼儿玩，很容易抓起鱼来，但鱼儿太小，他们抓起来就又放回水里。他们时而打水仗，时而在水下捉迷藏，真是趣味无穷，快乐无比。

孙智脱了汗衫和长裤，只穿着内裤进了水里，一会儿钻进水底，一会儿浮起来仰面朝天。贺英脱下外衣穿上游泳衣，显得精神奕奕，像个跳水运动员一样英姿飒爽。他们游累了，起来坐在大石板上聊起很多事来。说话中，孙智又表露出对黄雅娟的愧疚和对她提出离婚的不解。

孙智感叹地说："现在的女人，为什么动不动就要离婚呢？年轻人离婚可以理解，可中年女人离婚的确说不过去。为了孩子和老人，生活怎么样都应该挺住，夫妻争争吵吵是常事，不该说离就离，拿婚姻当儿戏！"

贺英笑着说："你孙智真是书呆子！现在是什么时代了？哪个女人心里只装着一个男人？男人也一样，很多人脚踩几只船，只有你孙智这样的人，学的是伦理道德，只有自己的妻子。婚姻嘛，不过是一种伙伴关系，把男女相对固定在一起生儿育女，并不能把人永远捆在一起，一旦缘分耗尽，就只能散伙了。常言道，夫妻本是同林鸟，大难临头各自飞。时代变化这么快，很多人在两性问题上并不在乎传统道德。”

孙智说：“如果都这样，社会还能稳定吗？尤其对孩子和老人，伤害会有多大！”

贺英说：“你能管得着社会稳定不稳定吗？你能制止那么多伤害孩子和老人的事情吗？这都是社会变化的结果。社会的开放，也包括结婚离婚的自由。男女在一起，过不好就应该离！如今的时代，钱的多少对夫妻情感和婚姻的质量影响是最大的，没有谁能改变这种现象，水往低处流，人向高处走嘛！”贺英问孙智：“难道你就没有感受到黄雅娟内心里还有别的男人吗？”

孙智说：“听她自己说在我以前谈过恋爱，她没说谈了多久，也没说谈到了什么程度，因为谈恋爱是很自然的事儿，城里男女都这样，所以我也没有打听他是谁，她也没有说那个人后来怎么样了，我从没有想过她以前的事儿，因为我觉得这都是很正常的现象。”

贺英说：“这是女人的秘密，她不会告诉你的。她告诉你她从前谈过恋爱，这已经是太过于直率的了。女人大多是不会说出以前的事来的，这是她一生的秘密。黄雅娟的初恋情人我知道。她现在去深圳，就是去她的初恋情人那儿了。我认识他，是我高中的同学，他们俩一起读电大，谈了三年多，后来一起被招工到棉纺厂，再后来男生因为同别人一起私分货款被抓去判刑，释放后就去深圳打工，攒够了钱就自己开了个服装厂，因为他学会了时装设计，服装厂发展得很快，需要有自己的帮手。”

“原来是这样！”孙智觉得很意外。

贺英又说：“这种事意外吗？我们那个时代，社会风气就很开放了，男孩女孩早恋很普遍，等到你和她结婚的时候，她已经是场上的熟女了。”她盯着孙智诧异的眼神接着说：“不说黄雅娟，我也一样，在同周天寿结婚之前，我就同高中的一位同学在一起了，两年多时间，你能说我们之间没有什么事儿吗？”

孙智很好奇地问：“你们为什么会分开呢？”

贺英说：“那男孩子没有考上大学，就去美国自费读大学，他的叔叔在美国，他完成学业后就留在美国做了建筑师，而我一个不善于读书的女孩子，是必定不能与他志同道合的。但我心里还是经常想着他，就是同周天寿在一起的时候，也经常梦见他！”

听了贺英这番话，孙智茅塞顿开，突然理解黄雅娟了。他抬头看看天顶，低头看看天沟，眼前浮现黄雅娟嬉笑怒骂的各种表情来，还有她那些疯狂的举动。他问自己，这就是现代女人吗？这世界真是变得不可思议了！

22

房子是四合院，前排三间房，一间是伙房，一间是饭堂，一间是洗澡间。左边一排是孙智的大弟孙勇的房子，一共四间，孙勇高中毕业没考上大学，先在家种地，后来学了开车就到一家矿山开车运矿，十年前自己买了运矿大货车，赚了几十万就在柳林镇上买地建了新房。他这房子所有的家具物品一应俱全，每年过年时一家三口才能回来住几天。右边的房子是二弟孙祥的，也是四间房，现在一家三口也在柳林镇。孙祥自己搞了个建筑队，平时很少回来住。后排靠山坡的房子是两个老人的老房子，建于 1958 年，后来经过几次修整表面如新，一间是老人的睡房，一间是仓库，除了储存粮食的木柜，还堆放了很多棉被和旧衣物。孙智因为户口在城里，名义上在老家没有自己的房子，但他回来最多，从儿子孙哲出生的那年起每年都要回来过夏天，每逢春节必然回来过年。他们每次回来都住在孙勇的房子里。这房子里面装修比较好，每间房子都是睡房，地面上铺着木地板，木板床很大很结实。现在孙智父子俩，贺英母子俩，四个人各睡一间房。房门朝南，窗户朝北，南北通风，夏天窗门大开，夜间凉风习习，睡觉极为舒适。

晚饭后，老人家同贺英拉了一会儿家常。贺英从老人口里得知，周天寿原来也是浏河村人，他的父亲与孙智的母亲是表兄妹；天寿的父亲最先在镇上的粮管所工作，后来他们一家人进了城，亲戚之间就没有来往了。周天寿大概五岁时就离开了老家，在城里长大，记不得这儿有亲戚了。

老人睡觉后，孙智用英语同两个孩子交流对话一个小时，然后就让孩子看电视。为了保证他们良好的起居习惯，孙智让他们看电视不要超过两个小时就必须睡觉，以免影响第二天的学习。

孙智因为早上起得早，中午没睡午觉，晚上就有些困乏，于是忙完孩子们的学习，就冲了凉提前睡了。贺英陪着孩子们看完电视，只待他们洗澡睡觉后，才用热水冲洗了身子，就到左边的第三间房子去休息。这是间最好的卧房，孙智的母亲将房间打扫得很干净，床上用品全是新的。晚上贺英睡在这床上感到很舒服，整个晚上都睡得很安然。

孙智睡得很熟，酣声传到外面，让贺英听到很舒心。他在睡梦里又见着了黄雅娟，也梦见了贺英，有时她们好像是同一个人，有时又是两个不同的女人。在他眼里，黄雅娟羞色全无，而贺英却像个娇羞的少女。

贺英这个晚上心潮起伏，翻来覆去睡不着，因为白天玩得痛快，兴奋的感觉还没有消退，这时心里特别乱。她迷乱了，进入梦境，恍恍惚惚下了床，借着窗外的月光，走到孙智的房间……

孙智清醒过来时，全身已是汗水。他从窗外照进来的月光中看清了眼前的女人是贺英。贺英张开身子静静地躺着，脸上挂着满足的笑容；而孙智却像做了错事一般，向贺英说："对不起，刚才迷迷糊糊，没有克制住自己，做了荒唐事儿！"

贺英咯咯笑着说："没有什么对不起的，要说对不起的是我！我要谢谢你才是，没有你，我今夜绝对是无法入眠的！"

孙智问："你怎么知道我梦见你的？"

贺英说："我早就知道你梦里有我，过去我们在一起的时候，你就经常偷看我！"

孙智说："我可不敢攀你的高枝儿，就是心里想也不敢去碰你！"

贺英又说："你这种男人我知道，满腹的仁义道德，我不碰你你就永远也不会碰我，我可不是那种等着男人的女人，过去我就想碰你，但是没有理由呀，我们各自有家庭。

孙智说："我是无意中出轨的，这种快乐会长久吗？以后你如何面对周天寿，我如何面对黄雅娟呢？但愿我们不要毁了自己的家！"

贺英说："我知道你心里还有黄雅娟，你不过是被家庭观念束缚了脑子，黄雅娟在外面心里也不会有你，女人的心是善变的！我们应该珍惜现在，一刻快乐值千金，不要自己责备自己了！我对周天寿也是这样，他需要我时，我就去做一夜夫妻，他离开了我，我就要有我的自由和快乐！"

孙智说："我承认对你常有思念和渴望，但那也不是真正的爱情，而只是人的本能，是应该克制的，不能因为一时的冲动毁了灵魂和家庭！"

贺英说："这就够了，只要你对我有思念，有渴望，有冲动，我们就应该有现在，就应该抓住机会让自己欢娱，不要为已经逝去的旧情而放弃现在。我对爱的理解很简单，你对我有渴望就说明你爱我，我对你很满足就说明我们能够融合在一起。"

孙智不话说了，但他心里却想，这事儿会不会有什么不好的后果，如果黄雅娟知道了会怎么样？如果周天寿知道了又会怎么样？这毕竟是件不光彩的事情啊！

接下来的几天，他们每天都要到那天沟瀑布下的水潭里游泳，孩子照样是先学习再游泳，他们学习起来很专心，游泳的时候很顽皮。孩子游泳的时候，两个大人就爬山，边爬山边聊天。他们有时说说过去的事情，有时说说以后怎么办，好似商量人生大事一样认真。

孙智说："我和黄雅娟谈恋爱时间虽然不长，但感情基础还在，黄雅娟提出离婚，并不意味着这个家已经解体，她是因为自己成了家中的负担，更多是为儿子着想才离开的。”

贺英说：“女人的心眼有时男人无法猜测，女人离家太远，结果就很难预料！”

孙智担心黄雅娟以后很有可能再嫁给别人，就不愿再说下去。贺英转换话题说起她自己的事儿来。她说她和周天寿本来就没有很深的感情，因为他是领导，撮合他们的人很多，他们相处后的第一夜就在一起，自己并没有在乎感情的深浅，而是身体的需要；等有了孩子，才慢慢有了依赖，有了感情；再后来就各自厌倦了，但有了儿子，就像一根筋牵住了两个人，想分也分不开了！贺英毕竟是聪明人，她说她现在的男人并不是她和儿子的终身依靠，因为这个人在外面的情况太复杂。贺英说这话时并无伤心的表情。孙智似乎理解了其中的奥秘，自责的理由顿时烟消云散了。

关于爱情，孙智是有很多思考和感想的。他懂得人间爱情是最珍贵的，自古以来男女爱情的美丽传说，都是人类对理想生活的梦想和追求，是男女之间心灵和肉体的完美结合，然而这种理想化的爱情是受制于特定的社会形态和自然环境的。在相对稳定的环境中，男女爱情乃至因爱情而形成的家庭关系也是相对稳定的，而现实社会却纷繁复杂不断变化，现实生活中的爱情不再是我们想象的那样，常常因为生活的改变而发生变故，甚至常常是悲剧性的结局。在孙智看来，传统的社会形态所形成的家庭关系才是男女稳定结合的基础，也才是最现实的爱情存在。我们的父母就是在一个和平安定的环境里，在一方水土之上从劳动中取得生存的资源，甚至在互不相识的时候就结合在一起生儿育女，儿女的成长成了他们感情的纽带，从而有了稳定和巩固的家庭。过去的生活大都是贫穷的，贫穷的生活还会有什么梦想和追求吗？没有梦想的生活反而是快乐和幸福的。现在社会处在剧变之中，社会开始富裕，生活已经多元化，人人都有梦想，正是由于梦想太多才导致传统的家庭观被撕裂，爱情仅仅是男女之间虚无缥缈的梦境，是依附在物质之上的精神企望。孙智不知道自己和黄雅娟那段稳定的生活算不算爱情，如果不是为了钱，如果没有生活的突然改变，他们会分离吗？

23

孩子们的暑假快要结束，孙哲突然说要去看望外公外婆，每年的暑假儿子总要去一趟外婆家，今年到现在还没去过，让老人总惦记着有些不忍心。孙智想，应该满足儿子这份做外孙的心意，再说，黄雅娟离开了家，老人到现在都不知道，自己也应该去看看老人，让老人放心。孙哲的外公外婆住在蜜桃镇西郊的果树园，离西域市三十多里路。顾名思义，蜜桃镇是盛产蜜桃的地方，早年叫黄桃镇，因为出产的黄桃比别处甜，所以改名叫蜜桃镇。儿子的外公原来是镇林业站的职工，外婆是果园场的果农，包产到户的时候分得一片果树林，有一百多棵黄桃树，每年能收一万多斤黄桃。夏季是黄桃收获的季节，采摘黄桃时全家大小都会回去帮忙，但这几年老人年纪大了，没有力量管理好果树，产量就少了许多，收获的时候都是水果商贩自己上树采摘。

蜜桃镇的黄桃名扬天下。在西域市也到处都有卖黄桃的人，有的是蜜桃镇的果农自己运来卖，但大部分是水果贩子采购外销。孙哲自小就爱吃黄桃。每年暑期末了，黄桃大量上市，黄雅娟就带着儿子回老家帮老人采摘黄桃，虽然老人家的黄桃不是很多，但自家人是吃不完的。孙哲每次到外婆家，总把黄桃当饭吃。孙哲和妈妈每次来到外婆家，总要和妈妈一起帮助外婆卖黄桃，他们用板车推到镇上，零零星星地卖出去不少，价格比批量卖给水果贩子的高一块钱，每天下来可以多卖二三百块钱。孙哲的妈妈下岗三年，每年夏天就回老家靠卖黄桃赚两千块钱。

有一年，黄桃大丰产，黄雅娟将黄桃运到西域市来卖，足足一卡车，卖了十多天才卖出去一半，另一半烂了只能倒进垃圾堆里。因为那几年黄桃太多了，遇上大丰收，黄桃就无法处理。从那年起，只有六岁大的孙哲就懂得了一个大道理，什么样的好东西都不能太多，太多了人们总是承受不住，最后成了垃圾，污染环境。现在的人们为了多挣钱，爱把特产当产业，产量一多起来就成了灾。这就是凡事不能太过头的道理。这两年好多了，虽然是黄桃上市的旺季，但街上的黄桃不像从前那样满街都是，而且价格也比从前高了许多。

孙智年假全部用完，只好请张艳代替他连上两天班，他带着儿子去蜜桃镇。他们坐中巴车一个多小时就到了镇西的外婆家。孙哲的外婆和外公这时正在树下搭着木梯摘桃子。黄桃树很高，高处的桃子他们摘不下来，就眼睁睁地看着果子坏在树上，白白浪费一半有余，如果请人采摘或者让水果贩子来采摘，每公斤要少收入一块钱。

老人见了外孙和女婿回来，非常高兴。孙哲很亲热地叫了外公和外婆后，就马上像猴子似的爬到树上采摘高处的桃子，这下可以把树上的桃子全部摘回来，让老人家多卖出几千块钱。孙智当然也是很会爬树的，只是他身体重，担心把树枝压断，那些长在偏枝上的桃子就不摘了。一会儿工夫，父子俩摘下了两大筐桃子。外婆做好午饭，他们回去吃饭。老人仔细地看外孙，见他个子长高了，满脸的高兴。老人更为女婿意外来到乐呵不止，因为孙智通常只会在春节时来一次，夏秋时节从未来过蜜桃镇。

两个老人都七十多岁了，因为成天劳动，看起来就像八十多岁的样子。他们身体不是很好，各种老年病让他们显得力不从心。孙智带来一些老人常用的营养品，又给了他们五百元钱，算是尽一点点孝心。两个老人并不知道女儿女婿离婚的事儿，只是不断地问孙智，这年月到处在出事儿，让雅娟到南方打工是不是安全。孙智只能安慰老人，告诉他们这种打工的活儿一般不会有什么事儿，再说黄雅娟已是快四十的人了，哪能不会自己照顾自己呢！

孙智和孙哲吃过午饭，只在屋子里坐了一会儿，就又开始帮老人摘桃子，半天工夫就将树上的黄桃全部摘下来了，外公挑出了不少大个儿的留下自家人吃，剩下的准备卖出去。外婆到镇上叫来收购桃子的贩子，他们开着小货车来了，一筐筐地称了重量，总共两千五百公斤，每公斤三块五角钱，总共卖了八千八百元。外婆拿出八百元给孙哲读书用，孙哲不敢说不要；如果说不要，外婆就会不高兴。他接过钱，又悄悄放到外婆放钱的铁皮箱子里；过两天，外婆就会去信用社去存钱。孙哲每年都这样，凡是外婆给的钱，他都会悄悄放回去，外婆不会算账，是发现不了的，这也算是外孙儿一点点特别的孝心吧，因为在他心里，外公和外婆是最辛苦的人，何况他们是老人，一年到头只有这些收入，怎么能收他们的钱呢？

父子俩吃了很多黄桃，怕吃得太多不舒服，就帮老人做家务，把里里外外打扫得很干净。晚上他们吃过晚饭，便到镇子上走了一圈。他们边走边说老人的事情，儿子十分担心老人的身体，问爸爸以后外公外婆怎么办，孙智也不知道应该怎么办。他知道黄雅娟的哥哥也很困难，虽然他在省城钢铁公司当工人，但工资低，还经常停产，一家三口住的小房子已很旧，却没钱买新房子。

儿子的问话让孙智更觉得挣钱的重要，他觉得自己前半生真是浑浑噩噩，如今后悔万分。他现在十分理解黄雅娟对钱的渴望，更同情她挣钱的辛苦。孙智认真思考起来，自己还有什么挣钱的路子和办法呢？

孙哲在外婆家玩得很痛快，两天时间没有做一点儿作业，父子两人头一回不谈学习上的事儿，围绕着老人做事儿，尽量让老人高兴。可是到了第二天上午，外公血压高的毛病突然犯了，左脚也中风了。这可急坏了孙智，他和孙哲用推车把老人送进了镇上的医院，两人轮流守护了一夜。

孙智因为要上班，只好打电话让黄雅娟的哥哥黄玉林从省城赶回来照顾老人。黄玉林回一趟蜜桃镇很不容易，让他回来实在是不得已而为之，但对他来说，照顾父母是儿子天经地义的大事。

第九章　灵性

24

贺英在孙智的老家只住了一周，她看着儿子学习很有长进，感到由衷的高兴；而她自己也不再像前些日子那么郁闷，那么心烦，心里对孙智感激不尽，依依不舍。她为了能和孙智保持这种状态又能方便孙智辅导儿子读书，便毫不犹豫地在学校周围寻找房子。她花了一天时间，终于找到一套非常满意的房子，月租金三千。贺英当即租了下来，又花了五千块钱买了三个房间的床上用品和日用品，随后给孙智打电话，让他带儿子搬来居住。

这房子正好在几所学校中间，东西两边都临近马路，两条大街夹着两所学校，北边是实验小学，南边是第一中学，都是全市最好的学校。孙哲和周雄伟在这里从小学到初中，小学他俩上课同班，上学同路；初中因为按入校成绩分班，孙哲在尖子班，雄伟在普通班，但两人课外时间几乎都在一起。新房离南泉中学只有十分钟的路程，孩子中考后到南泉中学上学也十分方便。

贺英在寻找房子的时候，突然有了一个大胆的想法，如果把学校周围的旧房子买过来，能租就租，能卖就卖，只要不空着，就一定稳赚不赔。她把这想法牢牢记在心里，开始想钱的办法。她自己手里有一百多万存款，又找亲朋好友借来两百多万，开始悄悄地收购旧房。这些旧房的主人大多是孩子已考上大学、生活有了新打算的中老年人，他们一般不太在意房子的市场价格，都是早出手早安定。

贺英对孙智说："这房子现在租住一段时间，等我赚够了钱就买下来，让你和两个孩子都住在这儿，陪着孩子搞学习，孩子考上南泉高中后就不用再换地方了。"

孙智觉得贺英这样做有些不妥，让她花这样大的代价，自己过意不去，如果自己出一半的钱，自己的工资就不够用了。贺英坚持说这房子不要孙智出钱，只要能把儿子学习成绩搞起来，她就非常高兴。对她来说，承担房租没有任何问题。

孙智走进房里看了看，觉得房子太大了，三室两厅，一百八十平方米，前后两个阳台。他很吝惜花钱，极不情愿地说："完全用不着这么大的房子，租一套小房子够两个孩子住就行了，何必花这么多钱呢？"

贺英说："这个地方就是小一点儿的套房，租金也是两千多，不如干脆就租大房子，只要住着舒服，以后挣够了钱就买下来！"贺英把她打算做房产生意的想法说出来，孙智又有些吃惊，觉得这种生意需要很多本钱，就当她是在白日做梦，不置可否地笑了一笑。

孙智毫无思想准备地住进了宽大的新房，心里十分纠结。孙智在银行里分得的房子，面积只有六十五平方米，而且特别陈旧；现在住在这套大房子里，觉得身上有了很大的压力。他不得不认真对待，像真正的老师一样，把工作以外的心思都放在孩子身上。

孩子们的暑假还有一个多月，除了让他们完成学校规定的暑假作业外，孙智又买来一套完整的作业题让他们每天做一点儿，还给他们买来篮球和乒乓球，让他们学习累了就打球。

孙智休假结束，回到正常工作状态；贺英的假期还有一周，她已开始做生意了，两天时间就在学校附近买了三套旧房，并且很快租了出去。她中午和晚上就来新房里生火做饭。孙智晚上回来吃过饭就给孩子检查作业，督促他们改正错处，两三天便形成了习惯，生活完全进入一个全新的阶段。

临近孩子们上学的时候，周天寿从党校回来，贺英就带着周雄伟回到市机关大院自己的家中，趁这个机会，孙哲问：“爸爸，明明是两家人，怎么现在搞成一家人了？虽然房子住着很美，但心里很不舒服，要是妈妈回来了，妈妈住哪里呢？”

孙智告诉儿子：“这是暂时的，因为要帮周雄伟补课，贺阿姨才租了这套房子，这对两个人的学习都很有利，再说有两个大人关照，有人帮着做饭，也有人管好你们的学习，这样不是很好吗？如果你妈妈回来了，我们还可以回到自己家里去住。”

儿子说：“只要爸爸不忘了妈妈，我学习一定会很好的。”

因为有了孙智，贺英就更超脱了，她完全不用为儿子读书操心了，腾出了很多时间。她上班很轻松，不像在银行，除了上班，中午晚上还要加班。档案局的工作，每天就是按程序办公，每个人的分工都很明确，她做的事只有一件，就是收存各单位送来的档案资料，登记编号，整理装订，装袋置架，每天的业务量并不多。有时上班没有事儿，她就和同事们一起上街买菜，买完菜别人回去了，她还要在马路两边走来走去，几乎所有的马路她都要逛个遍，因为马路边的墙上和电线杆上有很多房产买卖的小广告，她每遇见一条小广告，都要把电话号码存在手机里，然后打电话约定时间看房子谈价格，如果合意就买下来，很快办理过户手续。一个月时间，贺英买了十二套房子。房子都是用亲戚的身份证办的房产证。这些房子她并不是空着，都在最短的时间租出去了。

头两个月，贺英没有花费多大精力就赚了三万块钱，心里特别高兴。她觉得这是周天寿走后才有的好运，因为周天寿在家时她就完全想不到要去租房，不去租房也就不知道房子的市场行情。每次转手一套房子，都能赚好几千元，她赚钱的愿望从此更强烈了。现在她觉得，时常和孙智在一起，全身的每个细胞都活了，脑子清晰而富有想象力，一走上街头就能很快发现商机。她认为这一切都是孙智给她带来的。她想起这样的诗句：一切智慧最先来源于灵感，而灵感来源于对爱的梦想。

贺英生意上的事儿并不全都告诉孙智。因为白天各自忙着自己工作上的事儿，只有吃过晚饭后才有时间出去寻找机会。校区周边的房源不是很多，而且多是老旧房子，价格还比别处贵，涨价也比别处快，只要能拿到手的，她统统拿下；稍远一点儿的房子，只要价格不太高，她也不放弃。贺英看了很多套房子，越看越想多买，于是借了很多钱，又买下了二十多套旧房，能卖的卖出去，短时卖不了的就出租，没有空着的时候。她觉得这地方的房子价值不在当前，两三年内必然还有很大变化，房价必然还会上涨。

孙智并不关心贺英在做什么，他仍像老师一样细心辅导孩子做功课，批改作业，寻找他们学习上的不足之处，有针对性地寻找最佳学习方法，这样效果当然很好。初二上半学期，周雄伟的考试成绩都在六百分以上，进入年级二十名以内。孩子惊人的进步，不仅给了母亲挣钱的灵感和动力，更让孙智信心十足，不断获得新的启示。孙智越来越清晰地感受到，自己对孩子的辅导越来越精准，孩子的欠缺他了如指掌，甚至当他看过周雄伟的作业和测试卷后，马上就可以判断出他的差距或不足，迅速而有效地加以弥补和改进。他认为孩子考上南泉高中已经没有太大问题，只要高中阶段也坚持不懈地努力，考上名牌大学也不是一件困难的事儿。

25

孩子们一个学期的苦读又快结束，转眼又到了冬天。没有雨雪的天气并不寒冷，晚间的街市十分热闹，特别是学校周边街道，一到晚上大量学生上街吃烧烤，让街道显得十分拥挤。

贺英八点钟在家里洗好澡，穿上冬衣，步行半小时，买好孩子们爱吃的羊肉串儿，来到租住的房子里，等待两个孩子从学校回来。孩子们在十点钟以后才从学校回来，所以她可以充分利用这一个多小时的时间与孙智多聊一会儿。

他们大多谈论孩子的学习。贺英虽然学问不深，但知道读书是大有讲究的，只有孙智懂得其中的奥妙。孙智让她不要担心孩子，孩子只要一上路就不用多操心了。现在两个孩子都很知事儿，懂得父母的心事，不会虚度光阴的，只是在学习的方法上要时常总结，经常提醒他们找难点抓重点，如何把功课做得更扎实。

孙智告诉贺英，雄伟其实很聪明，接受能力和理解能力都很强，只是心力不太集中，考虑问题比较宽泛，理解和思考不深不透，解答问题不够精确，考试失分较多，只要解决了这些问题，成绩就能很快升起来。

除了谈孩子的学习，他们不免谈到各自的家庭。孙智说："其实我在家里操心不多，都是黄雅娟操心，操心太多就容易走火，黄雅娟的固执让我没有任何办法，她想做的事无论如何也阻挡不住，这正是我们出现危机的直接原因。"

贺英说："其实我很早就不再相信夫妻之间有什么难以割舍的感情，我和周天寿从结婚到儿子长这么大，两个人都不知道什么是爱情，但从来没有吵过架，也没说过要离婚的话，周天寿顾不了家，我也不会责怪他。他早把工资卡交给了我，每次回来也带不少钱回来，我很知足，从不过问他外边的事儿。周天寿嘴上很甜蜜，从不让我生气。夫妻生活很平淡，既没色彩也没波澜。"

孙智说："男女之间情趣和爱好可能是主要因素，多数人不知道如何找到共同语言。"

贺英说："他的情趣和爱好很多，虽然没有什么交流和沟通，但他很能满足我的虚荣心，每次都会送给我一两件礼物，让我活得没脾气。所以我从来没想过要离开周天寿，也不管他在外面如何，只要他回到家里，我就是他的爱人，随他如何对待，周天寿不在家时，我的心情就会很轻松。"

孙智问：“过去周天寿也不经常回家吗？他工作上的事儿，你一点儿也不知道吗？”

贺英说：“打结婚起，他都是每周回家一次；他说应酬太多，工作太忙，从来不说他工作上的任何人和事儿；在他眼里，工作和家是两个世界！”

孙智又问：“他不在家的时候，你怎样生活？一点儿都不学习吗？”

贺英说：“很孤独，别的女人爱打麻将，我一点儿兴趣都没有。总想找事做，想自己多挣钱，我做过化妆品生意，也做过药品生意，做成一笔能赚点儿小钱，但很累！有时也想看看书，但仅仅是消遣！我这种人，如果爱学习，早就不是现在这样子了！”

孙智说：“其实钱够用就行了，每天都想着挣钱，心里不是很累吗？”

贺英说：“挣钱其实也是谎言，我从来不缺钱，完全是打发时光，但是挣钱越多人越有精神，有无穷的力量，心里对家的感觉就越来越平淡了。”

贺英不谈她对孙智的感受，只说无论男女都不要亏了自己，身体是老天爷赐给的，该享受的时候就要尽情享受。

孙智想，贺英说的都是大实话，人到了这种岁月，还能心怀什么爱情？心怀爱情是很容易受伤的！享受那些自然赋予的东西也许是最现实的选择。

26

学校放了寒假，孙智和儿子回到自己家里住了两天，贺英又打来电话，说周天寿今晚宴请他们父子二人，让他们到野玫瑰酒店。孙智没有犹疑，带着孙哲搭乘出租车五分钟就到了野玫瑰广场，坐电梯上五楼走进一个小包间。贺英一家三口在餐厅恭候他们。

孙智见到周天寿，礼貌带笑地叫了声“周秘书长好”，周天寿站起来握着孙智的手说：“孙老弟别叫官衔了，我们俩以兄弟相称，我大你三岁，你叫我大哥好了。”周天寿虽说要以兄弟相称，但落座后还是用官腔问话：“听说你爱人到深圳打工去了，何必嘛，快四十的女人还出远门吃苦受累，不应该呀！”

孙智回答说：“人各有志嘛，她要出去闯荡，谁也拦不住！”

周天寿又说：“也好，你可以更有主见地培养儿子了。我离开后这一年你真不错，儿子进步很快，这样下去上南泉中学的尖子班不成问题。我已找了刘校长，准备把雄伟调到尖子班去，和孙哲一起学习更方便！”

孙智说：“孩子的关键在他自己，只要精力集中了，学习就进步快，雄伟很聪明，懂事儿了，也有志向了，考上大学是没有问题的。”孙智表露出信心十足的样子。

酒菜上桌了，周天寿让服务员打开一瓶茅台酒倒入两个大酒杯里，说道：“就这一瓶酒，我俩一人半斤，贺英和两个孩子喝饮料。这是家庭小聚会，你们都随意，边喝边聊天。”

周天寿的话很多，他讲了在北京的很多新鲜事儿，见到了很多领导，听了好几位经济学家的报告，感受很多。发展经济就是要转变思想，树立多挣钱的思维。他的志向真远大，还要读在职研究生，毕业后要找路子到省里任职。孙智听后大开眼界，同时又觉得不可思议。

在孙智的思维里，人在官场向上爬，一定是非常艰难的，心也是很累的……接下来，他们讨论了孩子以后的发展方向问题。

周天寿说：“我研究过，百分之九十的高级领导不是出自文哲史专业，而是出自理工专业。大部分官员来自工矿企业的领导，而工矿企业领导又都是来自技术岗位。但你们金融系统例外，因为专业性很强。所以我认为孩子读大学就选择理工科，先做个技术人才，沿着技术之路往上走。”

孙智听后表示认同他的观念，至于儿子将来是否进入仕途，他从来没想过。因为学技术曾经是他的愿望，所以他早就决定让儿子学理工科。孙智自从走进这个社会，就开始后悔当初大学选错了专业。

周天寿又说：“我在北京读书，贺英在家很辛苦，也很孤独，我在外面很牵挂。我俩既是兄弟，就不要有什么顾虑，只要日子过得开心就行了。孙老弟与贺英是老同事，以后互相关照，我就很安心。幸好，你离婚了，有了自由，为了孩子们，你们合作配合会更好，我也很放心。”

孙智听后不知其意，贺英笑着朝孙智做了个怪脸儿，好像是在告诉他，你就放心地陪我吧，我丈夫不会怀疑你的。孙智半斤酒算是过量了，这会儿脑子有点儿麻木，看不出贺英笑脸里藏着何意。

第十章　意外

27

孩子们过完了寒假，就回到学校上课了。孙智更加忙碌，白云储蓄所存款增长了三千万，总余额达到一亿六千万，但仍然面临被撤并的危险。全所人员花费极大的精力拉存款，可进展总是不尽人意。

贺英为孙智拉了三百多万存款，她的亲哥哥贺强是电力局的工程师，他把存在 H 银行的一百多万存款转存到了白云储蓄所。贺英在城区的亲戚和朋友，也都来存了钱。因为贺英的帮助，孙智拉进来的存款已是全所最多的。白云储蓄所六个人用尽了全部的关系，但还是不够完成任务，就连杨芳也没有办法完成任务了。反正是完不成的，大家就失去了积极性，摆出一副坐以待毙的样子，等待最后的机构撤并。到了这时候，大家好像对银行撤并网点已经无所谓了，而且都有了一定的心理准备。

胡少林可不是这样想，他是老党员，把完成存款任务当成了政治任务，总是每天一如既往，鼓足干劲，催促大家拉存款。他认真登记每个人拉来的存款数字，并且给每个人谈心，鼓励大家树立信心，力争保住白云储蓄所不被撤掉，如果储蓄所在他手里被撤，将是他一生的耻辱。胡少林自己也拼起命来拉存款，他甚至连所里的日常事务也放下了，每天骑着摩托车城里城外地跑，每条街道的每个店铺，周围农村的每家每户，他都一一跑了个遍，虽然也拉了不少存款，但总是填不平每天流失后形成的“大坑”。

杨芳仍然喜欢和孙智一起到街面上的商铺挨门挨店去找客户，哪怕是几百元的存款也不放过，只要主人说出什么时间能去存钱，孙智就记上名字和时间。这样连续一周两人共拉了五十多万存款，这样的效果简直差极了。杨芳说，像这样老老实实拉存款，何年何月能达到两个亿呢？她问孙智，能不能想想别的办法，神不知鬼不觉地把其他储蓄所的存款转进来，孙智说，这只能是最后一天搞过夜存款的小伎俩，过了月末时点，再把存款转出去，又会是个大坑，下个月任务更重，而且这种操作很危险，弄不好会把自己套进去。

杨芳有了这种想法，孙智突然警觉起来。有一天，孙智发现杨芳提包里有很多储蓄卡，感觉很奇怪，但转而又想，银行人个个都要拉存款，多办些储蓄卡并不是什么奇怪的事儿，但如果这些卡都是客户的或者是用客户的名字开办的，那就有风险了。因为行里有规定，银行人员不能私存客户的账户工具；但实际上大家手中都有很多别人的银行卡，如果是自己的亲朋好友，风险就是可控的；如果是做生意的大老板的银行卡，风险就大了。孙智只是隐隐约约感到这事儿有点不对劲儿，但因为两人的关系这么紧密，孙智不便明说，只是想暗中提防，怕她犯错误。但孙智的想法最后还是落空了，杨芳终于出了大问题。

三月末的一天，杨芳在为客户办理业务时，将一名他行客户的两百万资金转到了她保管的另一个客户的储蓄卡上，打算完成了这个季度的任务，过了季末时点再给客户转回去。可谁知刚过季末，这笔钱就被栗阳县法院扣划了，待杨芳知道时已经来不及挽回了。杨芳一时急得难受，不得不把事情悄悄告诉了孙智，孙智大惊失色说：“无论如何，现在赶快去追，就是追到那家法院，也要把钱追回来！”孙智想，虽然这钱已经到了法院，但不一定付给了债权人。

杨芳打电话把这事儿告诉她丈夫，她丈夫在外地，不能亲自出面去栗阳县追款，只是打电话从他原来的单位矿管局借了一辆小车，孙智同张艳换了个班，陪同杨芳一起去追款。栗阳县城距离西域市区有一百多公里，借来的小车车况不是太好，司机不敢开得太快，大家连中午饭也顾不上吃，一个劲儿地赶路，力争下午两点钟以前赶到那家法院。小车终于在下午两点到了栗阳县城，可因为交通拥堵，行车缓慢，加上道路不熟，直到三点才到县法院，但没有想到的是，法院已把钱款划给了当事人，钱已经没有办法追回来了。

杨芳很沮丧，只好把自己所有的存款都拿出来，还向亲戚借了很多钱，把钱款凑齐归还到原主的账户上。那张储蓄卡的主人是个矿老板，也是杨芳从外地拉来的老客户，同杨芳关系很熟，只是因为他原来的矿井出了安全事故，赔了不少钱，矿山也被关停了，所以才转移到这里来倒卖磷矿。杨芳并不知道这个矿老板欠了电力公司上千万的电费，被对方起诉，法院判定他无条件还债，于是他的银行账户被法院申请冻结了，资金只能进不能出，进来的钱立即被扣划。现在这种状况完全是个无奈的结局。

杨芳找到这张储蓄卡的主人，老板说他早就没有用它了，没想到杨芳还用它转存款，这样的事儿他也没办法，只不过这笔钱他认账，但是现在没有钱归还，别人欠他的也很多，等收回了钱，才能还上杨芳这笔钱。杨芳没办法，只好等待他以后有了钱能还回来。

杨芳陷入困境，没有一天好过的日子；好在事情没有让别人知道，如果让分行领导知道，杨芳一定会受到处分，因为银行的制度很严，即使银行没有任何损失，只要严重违规，就会被追究责任。

杨芳性格很开朗，没有让这件事儿给拖住，照常上班，照常说笑，就像没发生任何事儿一样。平时孙智总是很粗心，不会发现哪个人有什么不好的心情，但现在的孙智却时常觉察到杨芳的忧郁和烦闷。杨芳只比孙智大三岁，以前过得很滋润，心情乐观开朗，看起来只有三十来岁，而现在她好像一下子变到了五十岁，必定是因为那笔惨痛的损失忧心所致。孙智明白，尽管那位老板承认了两百万是他的债务，但他的处境已不可能好转，如果他不能收回过去的货款，就无法还清杨芳的钱，冒险所付出的代价，必然改变她的后半生。

杨芳的老公是个不大不小的干部，很长时间主政全市的矿业管理，钱也许少不了，但出现这样的巨大损失，对家庭的打击也是不小的。杨芳告诉孙智，他的女儿大学刚毕业不久，在省城一家小医院做实习医生，工资也不是很高，女儿结婚需要一大笔钱，因为在省城买一套住房要一百多万元，本来她的积蓄都是为女儿结婚准备的，现在却竹篮打水一场空。

28

杨芳想要把她现在的住房卖了，再买一套小房子，拿出钱来给女儿结婚买房。按现在的房价，杨芳的房子可以卖八十多万元，再买一套小房子大概要二十多万元，可以拿出六十万现金来，另外加上女儿丈夫的钱，也可以在省城买一套一百平方米的住房。孙智把这个信息告诉了贺英，贺英很快就去看了杨芳的房子，决定先买下，谈好价八十万元，贺英支取了两笔存款，付了款，办了所有手续，杨芳也很快买了一套五十六平方米的旧房子，只要二十一万元。杨芳不仅卖掉了房子，还变卖了一些不常用的金银首饰，凑足了七十万元，打算先在省城为女儿买套二手房。杨芳觉得完成存款任务已经没有什么希望了，就请了年假，到省城去了。

贺英买下了杨芳的房子，异常高兴，因为这房子在矿管局的大院内，地处城中心，既临街又安静，面积两百平方米，房子有八成新，以后必定能卖出个好价钱。只过了一个月，贺英打探到有人要买房，立即带着买房人看了房，谈好价一百万元，贺英转手就赚了二十万元。孙智见贺英这样赚大钱，既为她高兴，也有些不安，因为这毕竟是自己的同事遇到不幸后的无奈选择，这种买卖的确有些不公平。孙智虽然觉得不太公平，但心里还是偏向贺英，觉得她如此能赚钱，很快会成百万富翁。其实孙智并不知道，贺英早就是百万富翁了，而且不止一百万。贺英不会把自己的家底儿告诉孙智，但她的钱都存在白云储蓄所里为孙智完成存款任务，加起来有五百多万元。这么多的存款单，贺英并不放在她自己的家里，而是放在她为儿子读书而租来的那套房子里。她买来一个保险柜，除了现金和存款单，她还从家里拿来很多金银首饰放在保险柜里。这种奇怪的举动让孙智心怀不安；对这样的事儿，孙智没有资格询问，只当贺英的任何事儿他都不知道。

这段时间业务比较少，有时好半天没有一个客户，大家上班的时候无所事事，也不再像以前那样有说有笑了；每个人都想着各自的心事。

29

一年过半，经济形势没有好转的迹象，股市持续低迷，很多企业仍然是要死不活的样子，银行不仅缺少资金来源，各项贷款也不能正常收回，撤并低产低效益的网点依然是银行业直面竞争的现实选择。

孙智从机关到基层整整一年，这一年之中，他有过一段时间的欣喜，但大多数时间都在奔忙和焦急中度过，他精神时常疲惫，心态也淡然了，极力不去考虑工作上的事情。

白云储蓄所存款已经下降了八千多万元，离两亿元的撤并警戒线差距更大了，就连老主任也表现出无望的情绪来；但他要求大家坚守岗位，注意安全和风险，即使被撤并，也要为全行留下好印象，如果发生事故和案件，所有人走出去也不光彩，而且再无重新分配工作的余地。大家都很听话，按部就班井然有序地工作着，一方面杜绝闲聊分心导致业务上出现差错，另一方面格外注意外面的动态，防范意外事件发生。

但难以预料的事还是发生了。一个客户取了十万元，出门走到马路边，就被两个骑摩托车的人抢走了。劫犯飞车而去，很快不见踪影。客户马上返回储蓄所，急得浑身哆嗦。孙智按程序马上打电话报了警，向上级保卫部报告了案情。

警察来了不少，勘察了现场，看了抢钱人逃走的方向，就说这个储蓄所很不安全，因为它地处复杂的火车站和汽车站附近，而且向北和向东两个方向的出口很多，抢劫犯很容易逃脱，要求银行尽快撤掉这个储蓄所。市分行无奈只好提前做出撤并白云储蓄所的决定。

白云储蓄所的命运终于有了最后的了结。国庆节之后，陈志杰带领各部门负责人前来处理撤并事宜，最主要的是人员安置问题。

胡少林因为提交了提前内退的申请，市分行批准他提前两年内退。杨芳、张艳、刘爱玲均已年过四十，可以有两种选择，一是停薪留职，按当地最低工资标准发基本生活费；二是解除劳动合同，按劳动合同法规定给经济补偿。孙智因为是大学文化程度，可以留用再分配；邹小琴因为年轻而且是中专文化程度，也可以留用再分配，也可以自动辞职，但没有任何补偿。为了孩子读书不受影响，孙智和邹小琴都决定留下来服从再分配。他俩被安排到离市区较远的花果山分理处上班。当人事部经理宣布安置结果后，陈志杰表示让大家考虑两天时间，由每个人自愿做出选择。

胡少林邀请大家到餐馆，这是白云储蓄所全体同事的最后一次集体聚餐。胡少林很开心，他说几年前就想内退，可一直下不了决心。他早就打算在老家双泉镇办一个养猪场，各种条件齐备，就等内退后开张。他内退后每月可以拿到一千五百元工资，如果办好养猪场，经济上肯定比在银行上班好得多，所以他十分乐观，说以后大家过年需要猪肉就去找他，保证供应最好的猪肉，价格也一定很优惠。

老主任的好心情影响了大家，每个人都很痛快地吃吃喝喝，谈论今后的的打算。杨芳说她决定离职，离职后去省城她女儿那里带外孙，再过半年她就要做姥姥了，这是件大喜事，自然也很高兴。杨芳这半年就像过了十年似的，头发白了，面容苍老了。她在大家面前强颜欢笑，而内心的忧郁从面孔上就可以看出来。她两百万的损失，换了任何人都承受不起，她还欠下几十万的债务，哪能高兴得起来呢！杨芳外表的变化，大家都感受到了，却不知道她发生了什么事情。只有孙智知道事情的原委，但他只能在暗地里安慰她，让她无论如何在精神上要快乐一些，欠下的债务以后慢慢还，说不定那个老板经营好起来能归还一些钱来。

杨芳以前是大大咧咧的人，性格开朗，爱说爱笑，喝酒也很豪爽，今天这酒她却喝得少。因为餐后大家要分离，都有一种难舍难分的情绪。张艳说她准备辞职，然后到她丈夫的保险公司做保险业务，现在正是保险行业生意红火的时候，离开银行她求之不得。刘爱玲是最难选择的人，她的爱人原是H银行市分行的副行长，只因那家银行的贷款业务出了一些问题，被免了职务，现在只是保留级别做了巡视员，没有任何职权，这对刘爱玲影响很大，再找一份工作没有那么容易，但她也决定离职后再作打算。孙智和邹小琴将要到花果山分理处上班，虽然是个不错的选择，但那里的情况也不容乐观，因为那里离城区较远，存款也只有两个亿左右，如果不尽快增加存款量，总有一天也会被撤掉，所以孙智和邹小琴心里并不轻松。

第十一章　功夫

30

清早，孙智紧张地到花果山分理处报到上班。这个分理处在西域市最北端，是该市最大的水泥生产企业花果山水泥股份有限公司总部所在地，离市区六公里，坐公交车到达最后一站下车，然后还要步行半小时才能到达。孙智刚下车，扫视了四周，远远望见邹小琴从另一个方向走过来；他站着等她走近，大声叫了小琴，小琴笑盈盈走近他，然后两人沿笔直的上坡公路向目的地走去。

他们事先并没有约好时间，而是同平常上班一样，一如既往地按规定的时间去上班。为了避免迟到，孙智六点半就同两个孩子一起走出家门，目送他们走进校园，然后从学校大门前的公交汽车站台搭乘六路车，二十多分钟到达这儿；而小琴住在更远的市公安局家属区，早上六点就要出发，先送女儿上学，再搭乘二路公交车半个多小时，正好七点钟不约而同地在这儿遇见。两个同行者并不是巧遇，而是相同的工作和生活带给了他们一些相同的机会和命运。孙智和小琴在一起共事一年多时间，从来没有单独在一起走路聊过天，现在他们在这儿遇上了，彼此格外热情，有了眼光的交融和开心的笑容。他们忘记了前天与老主任和三位大姐不欢而散的离别情景，此时肩并肩地走在一起，心情显得格外平静。他俩步调一致，时而身子挨到一起，时而又稍稍分开，让外人看起来并不像一对逛马路的情侣，而只是彼此熟悉的同路人。

他们缓步走到花果山下，坡地上是密密的梯田，大片的玉米成熟了，穗子的香味在空气中弥漫，让人神清气爽；走到半山坡，迎面而立的是高大的围墙，墙体是用清一色的红砖砌成的，向两边延伸到很远的地方；从围墙里伸展出来的树木粗壮而高大，标志着围墙已不很年轻。

走进厂区大门，呈现出另外一番景象，路面很宽，人在路上就像走进树林一般；路两旁的树木是清一色的梧桐，树干粗大，枝杈横生，树叶遮挡了天空；抬头向树林深处望去，是一片空旷辽远、幽静阴森的景象；正前方是一段长长的上坡路，蓝天和白云在头顶上织出一条不太整齐的飘带，把他们的视线引向远方；偶尔有几辆小轿车上上下下，因为不是上班的高峰时间，路上没有其他行人。

孙智和小琴不紧不慢地走在马路边，好几分钟过去，他们都不知说些什么。孙智想，同事之间应该是有很多话要说的，只是因为话题太多，一时不知从何说起。孙智忍不住先开口说话了，他小声问："小琴，听说你爱人在公安局上班，为什么不让他开车送送你呢？"

小琴说："我爱人只是个侦察员，出门都骑摩托车。"小琴说话时低着头。

孙智只好再问一句："让你爱人骑摩托车送送你也挺好！"

小琴有点儿不悦地说："说点儿别的行不行？别再说我爱人，我爱人他姓公，白天黑夜都在搞侦探，哪有时间接送我上下班！"

孙智吃了闭门羹，只好低着头向前走，不料小琴侧过身子靠近他，笑嘻嘻地说："听说你儿子读书很行，考试总是第一名，是不是你爱人很有水平啊？"

孙智抬起头，看着小琴黑亮亮的眼睛，想了想说："是我儿子很聪明！"

孙智觉得找到了话茬儿，问她女儿学习成绩如何。小琴说她女儿不爱读书，丈夫常常责怪她无能。

孙智说："教育儿女并不是女人的事情，子不教，父之过！你丈夫不能责怪你。"

小琴说："这么说，你儿子靠你每天培养教育？"

孙智说："我原本就是教书的，教不好儿子就白读了十几年书！"

小琴说："我爱人压根儿不懂教孩子，我自己也没主意，为女儿读书成绩不好很头痛，但女儿天生喜欢唱歌跳舞，每次表演都少不了她。"

孙智兴奋了一下说："那就很好嘛！你应该发挥女儿的艺术天赋，趁她岁数小多学歌舞艺术，将来朝艺术方面发展不是更好吗？"

"可是学艺术要花很多钱，我自己不懂艺术，不知道怎么培养孩子！"小琴十分惋惜地回答孙智，接着又说，"一个普通人的家庭，能培养出艺术人才吗？无非是唱唱歌跳跳舞，自己快乐快乐也就行了，怎么能当职业呢？人是要靠挣钱生活的，如果花很多钱培养一个不挣钱的女儿，我这样的家庭是做不到的。"

小琴话语里透露出对女儿未来的担忧和无可奈何，很希望从孙智那儿得到什么好主意，但孙智这时似乎没有什么好主意，一个小女孩不爱读书只爱唱歌跳舞，这是现在很多独生子女的状况。但孙智知道，孩子不爱读书，与父母没有良好的引导有关，于是又问小琴："你女儿在幼儿园时就只喜欢唱歌跳舞吗？"

小琴说："她没上过幼儿园，从小在我老家由我妈照顾，因为我哥哥的女儿与我女儿芸芸差不多一样大，我妈就说两个丫头一起带，省得在城里上幼儿园既花钱又麻烦。"

孙智问："你这样做是因为自己带小孩有什么困难吗？"

小琴说："因为我爱人经常出差，我每天上班很早出门，就只好交给我妈了，我每周回去一次，也没有在意小孩子从小读书识字这么重要，孩子长大一点才发现起步晚了，读书没有别的孩子基础好。"

孙智说："小孩子从生下来都是一样的聪明，父母的培养和孩子的生长环境决定了她的兴趣和习惯，只要你和你爱人从现在起注意引导，她很快就会爱上读书的，一个读小学的孩子，一切都是可以改变的！”

小琴说：“最大的问题是他爸爸经常出差，对孩子成长非常不利！”

孙智对小琴的爱人有了一点儿好奇，问：“你爱人是公安学校毕业的吗？怎么不会亲自教孩子读书呢？他自己也不爱读书吗？”

小琴说：“他是当兵转业的，是个特种兵，武艺高强，所以转业后就进了公安局。”

孙智又说：“按理说特种兵和普通兵种不一样，转业是有优待的，到地方公安局都是带官衔儿的。”

小琴说：“他十八岁当兵，二十八岁退伍，我们结婚时他已三十岁。他到公安局就是四级警官，现在是二级警官，刑侦队副队长。”小琴说这些时声音有点儿激动，好像也有点儿自豪感。

孙智说：“那真不简单！副队长就是副科级，他一定是很敬业的！这么说你也很幸福，你女儿长大后可以去当警察，女承父业是最好的选择！”

小琴说：“我才不会让女儿去当警察呢！我希望她好好读书，长大当个老师，或者当公务员，当医生都可以。”

孙智说：“那倒不一定是这样，警察有不同种类，有管户籍的警察，有管边境口岸的警察，也有管监狱的警察，但都是要凭高考读了大学才可以进入的，总之读好书才能有个好职业。”

小琴说：“正是因为读书太重要，所以我很着急！”

孙智说：“不用着急，你去学校找一找她的老师，请老师帮助多多引导，只有父母重视，老师才会重视！你自己每天晚上守着她学好课文，做好作业，一定会有进步的！”孙智说出这些安慰小琴的话，是按照他自己的习惯思维脱口而出的，并没当成真的建议。

当今社会，孩子的教育的确是个很特殊的问题，他的儿子从出生就没有离开过父母，儿子从进入幼儿园，他就每天给儿子讲故事，念诗文，从没有放松过对孩子的精心培养。父亲始终如一的教育，才让儿子养成了良好的读书习惯，保持住稳定扎实的升学基础。对于小琴的女儿，孙智不便说得很多，但他觉得如果从现在开始重视，一定是会有改变的。如果是他自己的女儿，他一定会做到这一点。因为现在的时代，孩子光靠学校是不行的，只有同学校老师密切配合，才能把孩子管理好、培养好！

小琴听了孙智的话，默默注视着孙智关心人的表情，似乎已经从他那儿获得了不小的希望。两人沉默下来，向前走了两分钟，便到了花果山分理处门前。他们并没有立即走进屋去，而是站在门前扫视着周围的一切，看见楼房周围成片的桃树林，他们的内心顿时亮堂起来。

31

花果山分理处主任名叫王红梅，她是孙智很早就熟悉的网点负责人，但熟悉并不等于了解。有关她的过去，孙智只是道听途说过一些。王红梅是这个水泥股份有限公司董事长熊天雷的妻子。关于这个大型国企老总的故事，在这个城市有多种传说。王红梅原来是公司的秘书，后来成了熊天雷的情人，再后来就成了第三任妻子，调到 G 银行后很快就当了分理处主任。王红梅当主任十多年，把这个拥有数亿元流动资金的大公司三分之一以上的存款抓到了手，没有特殊关系是绝无可能的。所以王红梅在 G 银行是谁也动不了的人物。

王红梅看着眼前的一男一女来报到上班，没有什么客气话可说，让他们先打扫门前的卫生，擦亮大门玻璃，中午直接接班上岗。孙智和邹小琴紧密配合做完了卫生，王红梅就把孙智叫到她的办公室，交给他一项特殊任务，让他写一篇稿子，这稿子要登在《西域日报》上，让孙智一定写好。稿子的内容王红梅没有说得太明白，只是说文章如果登了报，对花果山分理处的存款增长有好处。孙智很快就明白稿子要写什么样的内容和事例了。

但孙智刚到这儿，从哪儿找事例呢？他对女主任说能不能让他了解一些情况后再来写，王红梅说：“你们这些文人不要太实在，写文章就是要动脑子，有事例，还要脑子做什么？”王红梅一句话让孙智很快找到了感觉。

王红梅将自己的座椅让出来，孙智坐在电脑前，稍思片刻，马上就在电脑上输入了文章的大标题《“圣母娘娘”守望花果山，“猴儿兄弟”拥抱天下客》，副标题是“G银行花果山分理处优质服务纪事”。两个小时，孙智就写出文章初稿，所有的内容和事例全是他编出来的，但都是围绕银行服务的一些细小故事而展开的，写得有鼻子有眼睛，尤其把花果山分理处为水泥公司近万人办理代发工资的服务宣扬得风生水起、细致入微。王红梅做过企业的秘书，对文章并不外行，看了很是满意，一字未改就立刻用电子箱件发到了报社。

孙智完成了写文章的任务，王红梅马上就调整了孙智的岗位，让他做客户经理。孙智心里不太喜欢这种鞍前马后上窜下跳的岗位，但也并没有拒绝。下午半天，王红梅到分行开会，孙智看了一些上级文件和企业报表，然后就到厂区熟悉情况，享受这两年来难得的半天自由。

花果山是西域市最好的森林地带，地势居高临下，站在山上可以将山下全城尽收眼底。因为西域城并不大，据说不足五十万人口，整个市区并没有多少风景名胜，只有花果山是人们常年游玩的好去处。这里树木繁多，春天樱花和桃花成林成片，赏花的人群川流不息；夏天果实压满枝头，风景也很不错；秋天桃子一片片成熟，前来赏景和买卖果实的人络驿不绝；而到冬天，山上成了躲避风寒的好地方，即使下雪树枝结冰，游人也不会减少。将这地方取名花果山，自然是援引《西游记》中的花果山之名。孙智过去虽然多次来过，但并未仔细赏景，现在他身处景中，自然要多走多看。

现在是初秋，早熟的桃子已大量上市，树上晚熟的果子白里透红。此时孙智无心赏景，而是想仔细测算一下这万人国企到底能有多少资金可以存在银行里。厂区的职工大都居住在山的南坡，分东、南、西、北、中五个居民小区，每个小区有四五十栋楼房，还有两大片民工平房分布在北边山坳里；西北方向两公里长的山坡上分布着几十个采石场、好几处水泥生产装置和大量厂房和工棚。孙智预计花果山上除了正式职工，起码还有四五万家属和流动人口，存款的潜力应该是不小的。

这家国企是全省重点水泥生产线，产品供应很多国家重点工程。这样的大企业必定是各银行争夺的财源宝地，企业周边有多家银行的营业网点，只有G银行的花果山分理处在企业正中，面对水泥公司总部大楼。就是这样的优势位置，存款却不是最多的。现在是水泥销售淡季，存款任务却再次加码，竞争显得如火如荼。

第二天，《西域日报》登出了孙智写的报道文章，占了第三版三分之一的版面，大标题压在一幅花果山彩色风景图片上，没有落上写稿人的真名，而是随意写了个笔名叫“金智”。文章发表后，宣传的效果立刻显现出来，一天共进来存款六百多万元，王红梅十分满意。她说，分行又下达了四季度存款任务五千万元，如果完不成任务，绩效工资就很少了，明年就会更被动，而且还有被撤并的可能。晚上召开了全体员工动员会，王红梅传达上级行的会议精神，分配给每个人存款任务一千万元。

32

周末晚上，王红梅要孙智陪她去招待几个大客户。王红梅开着一辆桑塔纳小轿车，带着孙智去帝豪大酒店。孙智坐在车后排，看着眼前女人驾车的时髦样子，心里有一种不可名状的感受。她年龄在三十五岁左右，头发烫成了棕红色，伸展成大波浪；脸上化了很浓的妆，看起来光亮而红润；眼睛大而深邃，眉毛画得很长，把眼睛衬托得像两口水井。她驾车的动作很灵巧，搭在方向盘上的手指白净而丰润，长指甲染得鲜红晶亮，有点儿像广告牌上的模特儿，风韵十足。据说花果山水泥公司老总熊天雷快六十岁了，配着这样年龄的夫人，很容易让人产生联想。

孙智跟在王红梅身后下车走进帝豪大酒店香港厅，坐下来等客人到来。王红梅主动告诉孙智，客人都是腰缠千万的水泥采购商，银行要增存款，离不开他们，所以陪他们喝酒要尽心，在这些人面前，一杯酒都不能少。王红梅点了菜，要了四瓶茅台酒。

不一会儿，进来五个人，王红梅介绍说有两位是江峡水利水电工程公司物资采购部的老总，另外三位分别是花果山水泥销售公司张经理、财务部刘部长和张副部长。客人到齐，大家围席而坐，边吃喝边谈业务。王红梅喝酒的样子很地道，她用那五钱小杯一口一杯，客人们都有些醉意了，她却若无其事。王红梅逐个敬了一轮酒，孙智也接着敬一轮。被称为国酒的贵州茅台酒力的确厉害，十几个回合下来，孙智喝晕了头。王红梅看孙智有些不胜酒力，就拿过酒瓶向客人敬了最后一轮。

喝完了酒，大家吃了面食，王红梅放下餐具，向客人说起存款的事来，她要求客人把最近的货款全都打过来，客人表态说，尽量把货款都存到这里来，只是不能急，因为公司最近资金紧张。这餐酒席大家都很随意，一切都由王红梅与客人交谈，孙智默不作声，但从谈话中孙智了解到其中缘由，明白花果山分理处存款主要是商家的货款，季节性很强，每年春夏是货款流动的高峰，每到年末，各路商家货款支付基本结束，水泥公司将销货收入用于购进原材料和燃料，存款就所剩无几，这时候是银行最难过的日子。

上级行逼着各网点抓存款，就像是逼着公鸡生蛋一样。王红梅这样的基层领导，也算得上是事业心和责任性极强的人，不放弃任何一点希望。孙智心里对王红梅有了敬佩之感，因为她并不是完全靠着当老总的丈夫的权势，而是靠自己的闯劲儿和酒席上的胆量。这也令他对王红梅的家庭和她同熊天雷的关系产生了不少的疑惑。

宴席结束，王红梅给客人安排娱乐活动，客人说不要别的娱乐，就去花果山游泳馆游泳就很好，王红梅说：“那太好了，我也想游泳，我每三天游一次泳。要不是有这么好的条件锻炼身体，成天吃吃喝喝，恐怕早就成了大肥猪了。”她眼盯着孙智笑了笑，对客人说：“孙智是我们分理处的新员工，还没在这儿游过泳，今天有孙智陪着大家，一定会有新感受！”

孙智摇摇头说：“对不起了，今晚只有儿子一人在家，不能让儿子没人管，改天有了时间，一定再陪大家去游泳！”

王红梅收起笑脸，瞪了孙智一眼，一副很不高兴的样子，但她马上就又笑起来，说：“孙智一个大男人，既当爹又当妈的，的确很不容易！我要是有个儿子，也不会玩得这么无聊。”

客人都说陪儿子是最重要的事情，让孙智快快回家去。孙智离开酒店，拦了出租车回家去了。王红梅开着车带路，客人各自开车去了花果山游泳馆。

第十二章　爱心

33

银行基层网点的客户经理是“万金油”的角色，既要对外负责企业客户的各项服务工作，又承担内部的综合事务和安全管理职责。在白云储蓄所那种业务比较单一的小网点，一般不设置专职的客户经理和综合岗位，一切全由网点主任包办代替，但在花果山分理处这种对公业务比较全面的营业机构则是必不可少的。因为客户经理事务繁杂，又要懂得一些统计会计知识，还要有一定的文字功底，所以一般人难以担当如此重任。孙智来此之前，是一位年轻的大学毕业生担任客户经理，但他不久便辞职去了深圳。这个岗位虽然没有职务级别，但能够享受一定的岗位津贴。孙智很有信心把这份工作做好，决心不辜负女主任对他的信任。因为他有过去在分行办公室做秘书的工作经验，现在做起事来得心应手，王红梅对这位大材小用的新帮手感到称心如意。

孙智每天六点钟就起床，同儿子一同走出家门，坐公交车二十分钟，然后走路半小时，七点半准时到达。他上班前打扫好卫生，然后迎接送款的钱箱，负责保卫人员定点检查，这时候他的精神处于高度警惕状态，只有等钱箱安全到达柜员岗位后，再检查三道安全门全部锁好，他才能离开营业厅回到办公室。他与王红梅的办公室仅有一门之隔，开着门就连在了一起，所以他的一举一动都在王红梅的眼皮底下。孙智做完所有杂事，就开始统计前一天的存款贷款数据，还有各种中间业务的收入，做出一份简易的报表传真给上级行各部门，然后独自一人到企业送财务单据，忙完所有一切事务后，自然还要向领导报告相关情况。

王红梅对孙智没有那种苛刻的指指点点，更没有细心的谆谆教诲，相反，她很随意地告诉孙智，工作不必过于认真，有些事儿能简则简，能拖则拖。比如，向上报送报表不必填写实实在在的数据，每天估算几个数据报上去就行了，没有人来查你的数字是否真实。再比如，发给企业的单据也不必每天都送，每隔两三天送一次就行，没有哪个企业的财会主管天天关注他们的财务数据。其实，王红梅对待自己的工作也是很松散的。这几天资金形势比较好，贷款自然回笼，存款天天上升，她显得格外清闲。她让孙智也放松放松，几次约他一起出去走走，孙智不好意思，对女主任的邀请不予理会。孙智从来没有随同领导一起散步的经历和习惯，面对眼前的女上司，他更不愿如影随形。

王红梅似乎已经感受到孙智的拘谨和保守，便不再主动邀请他出去散步，而是直接走到他的办公室，未请自便地坐在他面前，并不是谈工作，而是谈家事。孙智的家事他没有向外人讲过，可王红梅却知道得很多。她问孙智："你有个可爱又聪明的儿子，读书那么优秀，在最好的初中，每次考试都是第一名，可你的爱人为什么还要同你离婚呢？黄雅娟我认识，长得挺漂亮，她在棉纺厂当过出纳员，我们打过交道。"

孙智抬头看了看王红梅，觉得她问得莫名其妙，笑着说："每个人都有不同的想法，不同的愿望，我怎么知道黄雅娟为什么要离婚呢！现在的人都有点儿精神病，就连我也有点儿精神病，总觉得一人挺好，现在天天和儿子在一起就更好。儿子离开了母亲，读书更专心，所以读书成绩就更好了。"

王红梅说："哪有妈妈舍得离开儿子的，更何况那么优秀的儿子？"

孙智说："现在的社会，什么样的事儿都会有，不稀奇！"

王红梅说："难道你的儿子亲父不亲母吗？如果儿子不喜欢母亲，那她就只好离开了。"

孙智说："黄雅娟离开家不是儿子的原因，是因为钱，金钱能使鬼推磨！为了钱，女人什么样的狠心都可能有，这种女人你没有听说过吗？"

王红梅说："我是女人，可我觉得孩子比钱重要！孩子是大人的宝贝，有钱的快乐哪比得上有孩子的欢乐呢？我要是有个孩子，就不必把钱看得那么着迷。没有孩子，我只好以挣钱为乐趣。"

孙智问："你没有孩子吗？这倒也是一件怪事儿，为什么不生个孩子呢？"

王红梅被孙智问到伤心处，说："我想生孩子，可是我丈夫不行，我命不好！"

孙智突然觉得这番对话有些滑稽，也有些出格，同一个没有孩子的女人讨论家事没什么意义，只好最后说了一句："女人不生孩子其实没关系，抱养一个孩子也很好，现在社会私生子很多，只要你愿意收养，一定有人给你送上门来！"

王红梅叹了一口气，两眼盯着孙智看了一会儿就回到了自己的办公座位上，呆呆地坐着出神。

孙智知道王红梅的一些旧事，那不过是道听途说而已。他所了解的花果山水泥公司，一直是西域市独家经营的国营"金牌"企业，经济效益好、职工福利好、工作环境好，令全市工薪阶层人人羡慕。熊天雷是这个企业的开山元老，主政公司经营二十多年，地位和权力无人能比。王红梅与熊天雷结成夫妻后，老马行长很快将她调入G银行，一开始就是办事处主任，享受正科级待遇，改名为花果山分理处后，搞过多次公开竞聘，没有谁能把王红梅比下去。前十年，她依靠丈夫，公司一半以上的存款在G银行，即便是竞争最激烈的时候，也能保持三分之一以上的存款份额。王红梅被G银行所有领导视为"揽存女将"和"掌上明珠"，给了她很多荣誉，她所获得的工资待遇远高于其他的中层干部。

孙智自从王红梅进入G银行时就认识她，只是没有直接的交往。在所有人看来，她是最幸运的，唯一不幸的是没有生儿育女。熊天雷比王红梅大二十五岁，这种婚姻很难说是爱情的结果，潜在的危机深不可测。但这个女人城府深，心机多，大家对她都很冷漠；如果没有工作上的事情，一般不去招惹她。现在的孙智，无意去探寻一个女人的秘密，但他今后要天天面对这个女人，自然会对她的一切产生好奇和关注。

34

孙智晚上回到家里，贺英也谈到王红梅的一些旧事。她说她很了解王红梅，说这个女人心狠手辣，熊天雷的第二任妻子就是她给拆散的，熊天雷的所有财产都掌握在她手中。她很贪婪，对员工非常刻薄，绩效工资分配她总要分得一半以上，凡是拉不到存款的人几乎没有绩效收入，很多人不愿意到花果山分理处上班，就是因为王红梅不近人情。分行领导早有所闻，可就是动她不得。贺英还告诉孙智，王红梅的绯闻很多，传说她和很多商家采购员关系密切，常常与那些有钱人彻夜寻欢作乐。关于这一点，孙智有些将信将疑，因为一个中年女人，已经没有什么资本去讨好那些腰缠万贯的商业老板，顶多就是酒肉朋友，大多只是迎合业务上的需要罢了。

贺英看着孙智每天来回奔波很辛苦，便买回一辆摩托车，让孙智上下班有了很大方便。孙智对贺英这种慷慨解囊的做法既感激又内疚，他不便拒绝，只好默默接受。晚上回来时贺英正在做饭；两个孩子回来后，四个人同桌就餐。

刚开始的时候孙哲和周雄伟都不太习惯，就好像换了爹妈似的很别扭，他们只埋头吃饭，却总是一副不太高兴的样子，这样的气氛有点儿沉闷，孙智沉默不语，只有贺英时常寻找话题来打破沉寂。贺英说现在这就是一家人了，让孙哲把她当妈妈看，一个孩子有两个妈妈难道不好吗？但孙哲始终不叫眼前这个女人妈妈，而是叫贺阿姨；周雄伟也只叫孙智为叔叔。孙智很高兴，让雄伟叫他叔叔。两个孩子吃过晚饭去上晚自习，贺英和孙智就有了自由活动的时间，但他们不会在这样的时间里做别的事情，而是共同寻找挣钱的机会。

为了尽量避免被熟人看见，贺英给孙智买了时髦的瓜皮帽和太阳镜，自己也戴了一顶漂亮的丝绒帽，配着一副墨镜，装扮得很像魔术演员。正是秋凉时节，他们穿上风衣，把身体遮挡得严严实实，没有谁能认出他们，所有擦肩而过的人都认为这是一对逛马路的时髦夫妻。他们自由自在地在大街小巷转来转去，专门寻找马路两边的各种房产信息。孙智从不询问贺英生意如何，因为他没有做这种生意的资本，觉得自己只是配角，贺英如何做，他一概不问。但贺英却在高兴时告诉他赚了多少钱。贺英说，就这半年多时间，自己赚了一百万。这个数字把孙智吓了一跳，心想就这样倒买倒卖房子，还能赚一百万？

他很快想起杨芳的处境，考虑是否应该把这种挣钱的信息告诉杨芳，算是对杨芳的一点儿帮助。当然这事儿只能悄悄告诉杨芳，不然会得罪贺英的。在孙智心里，杨芳是豪爽而有情义的大姐，她的困难让自己憋在心里很难受。孙智很快给杨芳打了电话，杨芳却说，这种生意本钱大，人也很累，她说她没有能力做房产生意，只能做些不要本钱的小生意。

杨芳说，她正同张艳一起做财产保险，现在做保险很挣钱，她做了一笔电网公司的保险大单，一次就赚了一万多。如果孙智有路子，用下班休息时间联系渠道，少不了让他赚钱。这话对孙智很有吸引力。孙智让贺英这么破费地帮着，心里实在过意不去，一定要想办法自己挣钱，自己交房租或将来买房子。眼下这摩托车的钱，应该尽快还给贺英才是。再过两个月，周天寿休假回来，孙智打算搬回自己房子去住。到那时，一定得远离贺英。如果哪一天离开了贺英，还是要把挣钱当大事，于是就暗地里研究起保险来。

杨芳给了孙智一本《天安保险公司产品大全》。孙智晚上躺在床上看了起来。贺英见孙智聚精会神地看着书，就翻看了一下，好奇地问："看这种书有啥用？"

孙智说："现在做保险也很挣钱，想业余做点儿保险。"

贺英说："算了吧，做保险能挣多少钱？不要把儿子读书的大事耽误了，还是多研究研究教育吧，这是你的专长！"

孙智说："靠你挣钱哪能行？你是你，我是我，我不能占你的便宜！"

贺英顿时很不高兴地说："钱的事，你不要太担心，我挣的钱，也有你的一份，没有你带儿子读书，我就不会想着做这种生意来挣钱，我赚钱的灵感是你给的，所以功劳有你的一半，将来儿子读大学的钱你也莫操心，只要两个孩子能上好大学，所有的钱我保证不会少。"贺英从保险柜里拿出存款单，十几张加起来一百多万。贺英一再强调这是他们共同的成果，似乎完全把孙智当成自家人了，这让孙智心里更纠结。贺英见孙智很坚决，想了想说："保险也是靠关系才能做成的，你没有硬背景，单人去做白费力。周天寿有两位有实权的兄弟，明天我联系一下，让一点儿保险给你做，但都是一锤子买卖。"

孙智看着贺英，突然觉得很疲劳，闭上眼睛就睡着了，很快进入梦乡。他一觉醒来，已是深更半夜，贺英竟然还没回她自己的家，而是拿着计算器在计算什么，还有一个厚笔记本记着密密麻麻的数字。

35

孙哲和周雄伟期末考试结束，结果让孙智大吃一惊，周雄伟的成绩进了班级第七名，年级第十名，而孙哲的成绩却下降到班级第八名，年级第十二名。儿子每科的成绩居然都是下降的，总分比以往少了四五十分。孙智不免担心起来。他看了儿子一学期的作文，有一篇叫《想妈妈》的作文让他格外认真地看了起来，全文是：

我想妈妈了。

妈妈去南方打工，离开我有一年了。虽然她有时给我打电话问好，可见不到妈妈的身影，我心里总是很茫然。

妈妈在家的时候，我总是那么淘气，爱做鬼脸，爱大喊大叫，爱哼小调，也爱哭鼻子。妈妈离开太久，我什么都爱不起来，变成了小木偶，上课没心，走路没劲，吃饭不香，睡觉不甜。

妈妈在家的时候，我总是她的敌人，她不高兴的时候总拿我当出气筒，有时打我，有时骂我。妈妈走了，我再也不挨打骂了，但没有了打和骂，我却没那么安心了。

快一年了，我总是爱做梦，有时梦见狗在咬我，有时梦见狼在追我，有时梦见一群魔鬼在撕扯我………

我不知道，为什么所有的同学都不离开妈妈，每天都能见到妈妈，有妈妈带着上学，能吃着妈妈做的香喷喷的饭菜，能让妈妈带着上街，可我没有。

为什么妈妈会离开我，跑到千里外的地方去打工呢？

妈妈最爱钱，难道因为爱钱不爱我了吗？难道钱就那么重要吗？难道只有南方才能挣钱吗？

爸爸每天管着我，让我读书读书再读书，学习学习再学习，但是没有妈妈在身边，读书学习很艰难。

妈妈在家的时候，我爱爸爸，因为爸爸很可怜。爸爸只会工作，不会挣钱；但爸爸的心思我明白，他让我读好书，上个好大学，然后改变他的命运。

妈妈走了，我才知道爱妈妈，哪怕妈妈不挣钱！妈妈的心思我也明白，为了我将来有房子，有小汽车。

这世界，命运对每个人都不一样，有的人很有钱，孩子不用多读书；有的人，一生读了很多书，却还是个穷光蛋。妈妈读书少，爱钱胜过爱自己，为了儿子的将来，只能放弃儿子的现在。

我很想很想妈妈，不知道她怎样为人打工，是不是给有钱人当包身工？南方的高楼大厦很气派，那里面都有打工人的血和泪！

我害怕妈妈变成了皮包骨头的包身工，害怕妈妈变成了白发苍苍的老太婆……

我想妈妈，希望妈妈早点回来！

儿子的作文有点儿催人泪下，孙智突然明白儿子成绩下降的原因了，于是脑子里立刻有了一个大胆的决定。

第十三章　迷失

36

孙智决定让儿子去深圳看他妈妈，但并不是孙智送他去，而是让儿子独自一人去。十五岁的儿子从没出过远门，让他只身去繁华的大城市，的确有些冒风险。但在孙智看来，这样做，至少有三个好处：一是让儿子看到妈妈，只要他见到了妈妈，下学期就会安心读书了；只要儿子亲眼看见妈妈是安全的，就再也不用为妈妈担心了。二是可以让儿子体验打工的辛劳，增强读书奋斗的愿望。三是让儿子独自远行，能锻炼他适应社会的能力。孙智把这想法告诉儿子，孙哲十分高兴，笑哈哈地说："别说让我一人去深圳，就是让我人一去美国，也保证不会走错路。"

寒假第二天，孙智特意买来一个比儿子书包更大的背包，装了寒假作业和课本，带着路上要吃的面包、火腿肠、快餐面和矿泉水。因为行程要十二个小时，所以孙智教了儿子很多旅行常识，一再叮嘱儿子路途不要搭理别人，不要吃别人送给的食物，不要买车上贩子零卖的东西，所有问题都要询问火车上的服务员。孙智一早送儿子上了开往深圳的火车，并将儿子出发的信息发短信告诉了黄雅娟。当天晚上，黄雅娟发来短信，告知儿子已顺利到达。

孙智送走了儿子，就收拾衣物准备回到自己家里去。贺英说她丈夫放假也要回来，她也要带儿子回到自己家里去住几天。贺英因为儿子成绩提高很快，成了学校重点辅导的尖子生，心里别提有多高兴，对孙智的感激自不必说，还时时露出难舍难分的样子。孙智要回到自己家里住，她也不便再说什么。虽然是短暂的分别，也似乎影响了她的心情，脸上没有那种和蔼可亲的模样了。当然还有另外一个原因，儿子离中考只有最后一个学期了，稍有放松成绩就会下降。最后一个学期的重要性，贺英心里很清楚。但孙智好像不太在乎，孩子放假嘛，也不必盯得那么紧，最好要有娱乐，让孩子紧张的神经松一松，反而有利于下学期投入更紧张的学习，但前提是不能让孩子玩得太野。孙智叮嘱贺英，不要让孩子去网吧或与不爱读书的同学混到一起，只要做到这一点，就不会有大问题。再说，雄伟这孩子已经懂事儿了，不会整天贪玩而不顾学业的，他让贺英尽管放心。

离过年还有一个星期，周天寿从北京回来，特意打电话请孙智吃饭，孙智说工作很忙，婉言谢绝了。孙智觉得很对不起周天寿。尽管周天寿对贺英持开放态度，但要是有朝一日计较起来，自己承受不起。何况周天寿早把孙智当成了朋友，而朋友之间是要肝胆相照的，不可做鸡鸣狗盗之事。这种道理孙智十分明白，他很担心周天寿回来见面时会出现尴尬的场面。

但是孙智没有想到，第二天中午，周天寿开着车来到花果山分理处，像是不速之客一样走到孙智的办公室，让孙智受惊不小，一时不知如何接待。他很拘谨地给周天寿倒上一杯热茶，然后忐忑不安地站着不动。周天寿自己坐到沙发上，热情地说："我去北京一年多，儿子的读书成绩好起来，我们两口子就很放心了；照这样的成绩，考上南泉高中不成问题，上重点大学希望也很大，但要考上名牌大学，还要继续努力，还需你多帮助、多管教、多辅导！"

孙智说："雄伟这孩子现在成绩超过了孙哲，考上南泉中学没有问题。因为孩子的学习兴趣上来了，有了钻研精神，保持下去，将来一定会考上好大学的！”

周天寿说完儿子的事情，又问了孙智工作和工资方面的情况，一副关心备至的样子。他说银行一线员工工资低，实在让人难以理解，以后会慢慢好起来的。接下来他小声说：“贺英是孙弟的老同事，理应以兄妹相处，我常年不在家中，无法照顾她的生活，还请孙老弟暗中相助！”

孙智听明白了，暗中相助，意思是千万要注意影响。孙智连声说：“岂敢！岂敢！”

周天寿见孙智一脸诚恳的表情，轻轻拍了他的肩膀，又拉着他的手走出大门，从小车后备箱里拿出一件礼物送给孙智，说：“这东西老弟一定用得着，算作是朋友之间的一点儿纪念吧！”

孙智看是一个手提电脑，就说：“这电脑对孩子的培养当然是大有用处的，只是这么贵重的东西，我受之有愧呀！不过可以暂且留下来，等孩子考上大学后，再归还给您。”

周天寿摆摆手说：“不用还给我，这样的东西对我来说，哪里值得一提呢？我在党校有一台，家里也有一台，以后方便交流，你建个 QQ 聊天室，我们可以经常网上见面，也可以随时了解儿子的学习情况。”孙智爽快地收下了周天寿的礼物。

周天寿离开后，王红梅从外面走进来，有些好奇地问孙智：“你和周秘书长是老朋友吗？他到这儿来看你，说明你们关系很不一般嘛！”

孙智回答说：“原来认识，贺英让我给他儿子补课，借他电脑用一用。”

王红梅说：“这电脑还用得着向他借？我家有电脑，我很少用，你拿去用就是了！”

孙智说：“是他主动借给我的，他拿我当朋友，没办法拒绝他！”

王红梅说：“那倒也是！你结交了这样的朋友，以后好处是很多的，说不定他从党校回来，就要当副市长了！你交好这个朋友，以后你就有靠山了！”

孙智说："我倒不希望得到他的什么好处，他把儿子读书的大事儿托付给我，我只不过是尽力而为罢了！"

37

晚上下班后，王红梅把大家留下来开会，分配新一年的存款任务。花果山分理处没有完成上年度的存款任务，虽然水电物资公司汇来一千万元，但因为别的企业存款取走太多，实际上存款只上升了八千多万元，只完成任务的百分之八十。所以全处人员季度绩效工资人均只有两千多元，加上基本工资，每人的月工资不到三千元。因为春节将至，大家为缺钱过年急红了眼，轮番跟王红梅吵闹；王红梅没办法，只好把自己的绩效工资拿出五千元，给每人增加了五百元。她说新一年的任务更重，新年计划任务又是一个亿，加上去年欠的两千万，全年要完成一亿两千万。她希望大家共同努力，只要完成任务，损失的收入还会补回来。一季度是关键，只要大家齐心协力，完成全年的一半不成问题。王红梅的意思大家很明白，是要逼着每个人去揽存款，等一季度完成了任务，再将上年少发的补发给大家，这是一个很特别的损招，大家只能望而兴叹，硬着头皮接受任务。

这地方搞存款和别的地方不一样，每年都是一季度猛增，第二第三季度保持稳定，而到第四季度就猛降。因为企业存款增减受效益和季节的影响，而居民个人存款大多需要员工从其他银行挖过来，完成任务的可靠性比较差，没有特殊手段是不行的。春节期间，上级行配备了很多新年拜年礼物，有年画、对联、台历和挂历，这些都是用来送给普通客户的礼物；还有很多纪念币，是送给贵宾客户的礼物。派发礼物的目的就是让大家走近客户，从别处把存款转过来。这是上级行安排的任务，也是每年春节必须做的工作。孙智觉得这些手段很俗气，但是每个银行都是用这种办法拉拢客户，送礼成了银行习以为常的节日礼节，每年都有新花样。因为不这样做，没有别的什么好办法去接近千家万户的百姓。每到春节送礼时，大家虽然很烦，但又不得不尽力去做。

礼物要挨家挨户地送上门，两千多户居民，不是一个晚上能完成的事情，接下来的一周每个晚上都要在下班后再去送礼。王红梅分配了送礼的任务，每两人一组，分东、西、南、北、中五个组，要求每家每户都送到，一家都不能漏。大家自由搭配结成对子，最后只剩下孙智和王红梅两个人，王红梅看着大家都用大提袋装着礼品离开，就让孙智抱起两箱纪念币放到车上。王红梅打开车门让孙智坐进后坐，便启动小车直奔花果山南坡中区的企业领导住地，领着孙智挨门逐户送纪念币。

如今送礼都是很有讲究的，送给尊贵客户的礼品必须精致而有档次，这纪念币当然是最好的东西了。纪念币本身价值不高，只是因为其中的稀有品种被玩家炒得飞涨，收藏纪念币成了一种新的时尚追求，特别是工薪阶层的人士对收藏的爱好越来越浓。对送礼者来说，表面上看只送去了几十块钱的礼物，不违反什么规定；实际上它的价值远远超过礼品本身。

水泥公司的很多职工比较富裕，历来是各银行争抢的对象，他们这些尊贵客户，一直被列为送礼的重点。送礼名单是王红梅上报到市分行确定的，总共八十五人，但并不是每人都一样。纪念币分为两个档次，一种是特种精品包装，是近年国家发行的五元面值纪念币，每盒二十枚，虽然表面价值只有一百元，但市场价已达到一千多元；另一种简装纪念币，是近年国家发行的普通一元面值纪念币，每盒也是二十枚，而市场价值也超过两百元了。公司有十八名尊贵客户，都住在王红梅家附近，送起来比较方便，只是需要一户户按门铃或敲门，然后每户一盒送进门。孙智只是手拿礼物，王红梅挨户叫门，把东西送进去，然后同主人说些热情和感谢的话儿。王红梅似乎毫不在乎什么面子，她是代表银行上门服务的，新春佳节能给左右邻居送来一份礼物，更是备受欢迎的好事儿，因而所到之处都是热情欢迎的气氛。每家都要花去十多分钟，送完了八份礼物，时间就到了九点多钟，车里还有十盒礼品没有送出去，王红梅就说把礼品留在她家里等到明晚再送。

38

王红梅回到自家门前开锁进屋，让孙智将车里的礼品抱上楼来放到沙发一旁，孙智转身准备回家，王红梅却拦着他说："吃过饭再走吧！一直想请你来家做客，只是没有合适的机会。今晚是个好机会，我爱人到省城去了。晚上让你这么劳累，我心里过意不去！我是一家之主，家里的一切都由我操办；虽然没有儿女，但东西都很齐全，过年的美食也准备了不少，坐下来一起品尝品尝吧！"王红梅拉着孙智的一只胳膊，让他在沙发上坐下后又说："我做几样西餐，十分钟就做好了，绝对的美味儿！"孙智听后有些心动，毕竟时间已晚，肚子确实很饿，坐下来就不想站起来了。况且女主人的盛情已让他备受感动，享受美味更是他此时无法推辞的欲望。

王红梅打开房灯，用摇控器启动了空调，又打开挂在正面墙体上的液晶电视，一时间江海滚动的画面飞奔而来；音量很低，《春江花月夜》的轻柔旋律沁人心脾。女主人家中华贵的陈设和高雅的情调，让男客人的心情顿时轻松愉快起来。

孙智扫视房间，三室两厅的房屋十分豪华，客厅和卧房的地面都是茶色花地毯，墙面是木雕的古朴图案，天蓝色真皮沙发呈环形摆放在客厅中间，房顶吊灯闪烁着黄白相间的光束。孙智大开眼界，心醉神迷。他想，这样的贵夫人拥有这么富足的生活，却还在为挣钱疲于奔命，为了拉存款不惜请客送礼，并且在员工工资上大打折扣，这真让人不可思议！孙智想起同事们那些让人扫兴的情绪就很想离开，可此时王红梅从厨房里端着一大盘食物放到了沙发前的方形茶桌上，又从豪华的酒柜里取出两瓶洋酒，华丽的酒瓶和淡黄色的酒在灯光下闪闪发光。

房间内的温度渐渐升起来，王红梅脱下外套，露出浅色内衣，肌肤在乳白色的灯光下显得柔和而光洁。她让孙智也脱去外衣，孙智只解开衣扣，露出白色衬衣，结实的胸膛依稀可感。王红梅看了看孙智平静的姿态，微笑着拿起酒瓶说：“这叫法国白兰地，世界名酒，也是别人送来的。”孙智显然又饿又馋，口干舌燥，食欲猛然上升。王红梅把酒倒入两个高脚酒杯，浓浓的酒香钻进了他的鼻孔，让他有了未饮先醉的感觉。

这西餐看起来美味可口，有牛排、牛奶面包、桂花糕、炸鸡腿和烤鸭等，对孙智来说都是上品。他吃得很快，忘记了喝酒，王红梅开始拿酒向眼前的男人挑战，用豪壮的口气说：“好男人就得会喝酒，喝酒是男子汉的象征，来，一口一杯地喝！”她一口喝了一大杯，孙智也不得不喝下那杯酒，第一杯酒味道有点苦，可第二杯就很香，他越喝口感越好，女人倒的每一杯酒，他都一滴不漏地喝进肚里。

女人边喝边说话，孙智似听非听。王红梅很有些醉意了，说话东一句西一句，一会儿说她命很苦，一会儿说她很有钱，可有钱并不能带来幸福，这一生做女人太不值得……

孙智竖起耳朵听她说话，自己也开始说起了胡话：“我也是，这辈子做个男人不像个男人，啥事儿都由女人摆布！”

王红梅哈哈大笑说：“有女人摆布好啊！没有女人摆布的男人不是真男人！人一生就是要最实际的，不要愧对自己的青春！”

孙智不只是喝醉了酒，身上也有了燥热的感觉，心里有了难耐的渴望。

喝完了两瓶酒，王红梅突然站起来，双臂抱着孙智的腰，用力推着他说：“走，洗澡去！”孙智被推进了热气腾腾的洗澡间。

第十四章　缘分

39

又到过年时，银行放了四天假。腊月二十九下午，孙智搭乘最后一趟班车回到了老家浏河村。这是孙智头一次独自一人回家过年，这令他的父母很不高兴，老人见这一大家人不能团圆，只能唉声叹气表达不满。大弟孙勇和二弟孙祥两家人都回来了，他们劝孙智说，不要让嫂子在外打工受苦了，让她回来照顾儿子，以后儿子上大学如果缺钱，全家人都是可以帮助的。孙智说，黄雅娟一心想挣大钱，非要远走高飞；她的意愿，谁也无法阻挡！孙智在老家只是过了年，正月初一就回到了城里。往年这时候，孙智还要到蜜桃镇去给儿子的外婆外公拜年。今年因为黄雅娟远在深圳不回，两个老人被黄玉林接到省城过年去了，这让孙智省了一点儿心。

从初一到初三，孙智哪儿也没去，待在家里埋头学习儿子的英语课文。初四，银行开门营业。花果山分理处十名员工按时返岗上班。这儿并没有什么节日气氛，大家相互问候，三言两语诉说了过年的情况，然后各就各位，等待前来存钱取钱的客户。孙智没有具体业务，就独自打扫室内室外的卫生。孙智见到王红梅并不主动说话，王红梅也只是不断拿眼睛看孙智，孙智见到她闪闪的目光总是往别处躲闪。

自从那晚两人一起在酒后出了格，孙智就不想再同她多说话；第二天他们仍然一起送拜年礼物，像没发生任何事儿一样前呼后应。两人完成了送礼任务，王红梅要开车送他回去，孙智摆手拒绝，独自骑车从林中小路回去了。过年这几天，孙智每每想到这件事，心里总不是滋味儿，觉得王红梅并不是那种醉酒之后的逢场作戏，而像是早有预谋的圈套。现在王红梅脸色红润，头发也梳理得十分讲究，全身洋溢着成功者的神态，更叫孙智心中有了上当受骗的感觉。

孙智的目光溜到邹小琴脸上，小琴脸色有些阴沉，像是家里发生了什么不幸的事儿。上班后孙智走进营业厅，问了她过年的情况。小琴说，过年这些日子，她的爱人在外地执行任务，老人生病住在医院里，让她没有安逸过一天。更让她忧心的是，女儿期末考试成绩不好，她焦急万分，不知如何是好！孙智宽慰她几句，却没有什么好办法提供给她，只在心里思考怎样才能帮帮她。邹小琴的女儿他见过，长得很像她妈妈，水灵灵的眼睛，甜甜的嗓音，天真活泼可爱，只是因为兴趣太广泛，思维太分散，学习成绩就没法好起来。孙智想，这种好苗子只能培养她的兴趣，歌舞艺术是她最好的选择。但是这种选择是要有先决条件的，没有好学校和好老师，只会浪费好苗子。孙智没有机会和邹小琴探讨这些问题，只是杞人忧天。但他不知为什么就爱想这些问题，就连邹小琴的一举一动也能牵动他的心思。孙智想起自己家里有一本书，是介绍如何培养孩子学习兴趣的家教励志书，他很早就认真看过，觉得对父母培养孩子的兴趣和习惯很有帮助，便特意回家找来交给小琴，小琴接过书，十分感动地回馈他一张温情的笑脸。

黄文斌是分理处年龄最大的员工，比孙智大五岁。他当过兵，在部队当过连长，因为在一次抗洪救灾中负伤留下轻微的残疾，复员后被安置到G银行做保卫工作。在G银行第一次压减机关人员的时候，他被下放到了营业网点，在分理处做操作员已经五年了；虽然业务上已经很熟，但因为年纪大，加上手臂受过伤，办业务时不太方便，工作绩效总是比不上别人。他的家庭比较困难，妻子曾在市棉纺厂当工人，下岗后一直在市环卫局做临时工，每月只有一千多块钱。夫妻双方的老人都在农村，虽然衣食无忧，但看病就医既不方便又不肯花钱用药，身体状况越来越差。七十多岁的老人，膝下无人照顾。老黄的女儿正在读高二，因为成绩不够好，让夫妻俩心里很着急。老黄不爱多说话，见到孙智也只是淡淡一笑。孙智站在柜台前，总想和老黄多说几句话，却找不到什么话题。

另一个柜台的两名员工，一个叫陈宜蓉，一个叫刘善芝，都是接近四十岁的女人，虽然家庭条件不错，但孩子读书成绩却不太好。因为春节之后刚上班，没有客户进来存取钱，于是几个人在闲聊中谈到孩子读书的问题。陈宜蓉首先问孙智："听说孙经理的儿子读书总是第一名，您是用什么办法让孩子这么优秀的？把您的经验介绍给大家，让我们也学一学如何培养好自己的孩子！"

孙智想了想说："我的儿子读书其实也并不是特别好，只是从小花费的功夫多，基础扎实一些。孩子的学习不是一天两天可以冲上去的，必须一步一步来，万丈高楼平地起，知识都是一点儿一点儿积累起来的。"

陈宜蓉又问："我和善芝的儿子马上初中毕业要上高中了，有什么好方法让他们考得好一些？这个时候，孩子们都很吃苦，但就是效果不太好。学生都想考上南泉中学，考不上南泉，孩子都会觉得没面子，读书兴趣也就差远了！"

孙智说："初中考高中并不难，难的是上尖子班。上不上南泉并不重要，重要的是尽量把成绩考好一些，力争能上尖子班。因为每个学校都有尖子班，学校都是把最好的老师配在尖子班。初中最后一个学期，不可能面面俱到，也不能啃硬骨头，只能把容易得到的分数抓到手，所以还是基础知识最重要，就像筛面粉一样，把已经掌握好的知识点筛出来放到一边，把掌握不牢的知识多做两遍，巩固一题放过一题。最好是把过去的作业和试卷归到一起，把做错过的题目再做一次，直到融会贯通为止。"

老黄听了此话，也有了兴致，问孙智："高二的学生也可以这么做吗？"

孙智说：“当然应该这么做，每次期末复习和高考前的总复习都要这么做；学校老师也会这么安排的。考前的复习，重点就是查遗补缺，巩固学过的知识；虽然不可能全部弥补过去的缺失，但补一点儿是一点儿。高考主要考的就是基础知识，把基础知识上的不足多弥补一些，考分就会高一些。”

孙智与大家终于有了交流的话题，但不是自己的工作而是孩子的教育。中年父母最关心的就是孩子的中考和高考，也是他们最大的精神压力和思想负担。孙智能够尽其所能为大家提供的一点儿思路和方法，都是他培养和辅导孩子的经验总结，能与同龄人交流分享，也算是同事之间能够互相交流的一种缘分；而对于还没有做母亲的王红梅，他找不到与之交流的共同语言，面对她渴求的眼神和心灵的呼唤，他不知道还会有什么机缘巧合等待着他，更无法预料往后还会走入何种境地，因为自己天生就是个饱含同情又缺少自制力的“书呆子”，是个容易上当受骗的穷男人。

40

孙哲正月初十才回来，带回他妈妈黄雅娟的一封信，孙智拆开看：

孙智：

你好！

儿子在深圳玩得很开心。过年时我们没吃过什么好东西，但我们玩得很好。我在深圳一年多，从没游过什么地方，靠打工挣钱的人，都是这样。儿子来后，我和他游了不少景点，因为春节景区免费开放，不花钱的旅游，尽量不让儿子错过。明年春节，你如能请几天假，带儿子来深圳过年，父母一起陪儿子好好玩一玩，那就更好了。

我在深圳一家服装公司做销售，刚开始时每月只有两千元，现在业务做熟了，每月可以挣到三四千元，这样做下去，每年能存三四万，等儿子大学毕业，就有十几万积蓄，买房的压力能小一些。但房价飞涨，靠打工挣钱，恐怕这辈子也难给儿子凑够房钱。一个没有职业的母亲，也只能尽一尽心意，以后要靠他自己。你一直认为我太爱钱，一切只为钱，我不否认。这世道谁不爱钱呢？你以为你每月有两千块工资就能万事无忧吗？我们都是中年人，生活时常有麻烦，不能想靠儿子将来为你养老。我现在不挣钱，老了只会沿街讨饭。这个起码的道理，相信你已明白。读好书是儿子以后生活的关键，我给他讲了这个道理，让儿子早点儿知事。你让他来深圳，是很正确的。你把心思放在儿子身上，只要他考上好一点儿的大学，我就很满足了。

听说你和贺英租了一套房子，对儿子上学读书很有好处，我只能表示支持。但同领导的家室打交道，你要注意影响，相信你能把握好自己。我虽然没权力干涉你个人的想法，但为了儿子，希望你暂时不要考虑再婚的问题，待儿子读了大学，你我各自再婚也不迟。最后，希望你为了儿子的将来，多挣钱，少花钱。祝你一切平安！

黄雅娟

2002年2月18日

孙智看完了信，有了更多深思，脑子也更乱了。他不能责怪黄雅娟什么，只能怪自己无能，没有本事挣钱。他心里增加了对钱的渴望和期待。他想，应该像贺英那样多长些生意头脑。现在最让孙智害怕的是王红梅，她突然闯入他的私人空间，让他心里完全没有了主意。作为一起上班的同事和下属，他不知道以后如何面对。这让孙智对王红梅的过去增添了格外的好奇心。因为她说过，她是个苦命的女人，虽然有钱，但没有得到过真正的幸福。这话里隐藏了什么秘密呢？他觉得应该了解一下她过去那些不凡的经历。

但是在花果山分理处，没有人聊过王红梅的家事，大家从不背后说起她的一切，工作时间冷眼相待，下班之后避而不见。孙智原在机关时，听说过王红梅在绩效工资分配上与员工的尖锐矛盾。事实上，每个营业网点都存在着同样的问题，基层员工的绩效工资考核和分配很难做到公平合理，银行的存款就像江河里的水流一样，来来去去谁也说不清属于谁的功劳，如果当权人存有私心，问题和矛盾就会更加突出。王红梅是受到责骂最多的网点负责人，大家都说她把一些公共存款当成自己的业绩，在收入分配上自私自利，独断专行。因为这种事大多无法核实清楚，每当分配绩效工资时，她总是比别人拿得多得多，大家觉得很不公平，反映到市分行却查不出实据，问题常常不了了之；大家只能把愤愤不平压在心里。如果不是工作上的事，谁都不去搭理她。在这样的人群中，王红梅的确很孤独。

孙智很不理解，王红梅并不缺钱，为何这样自私呢？有人说越有钱的人越自私，不自私就不会成为富人。孙智只能从这种流行的言论中寻找答案。人在金钱方面的思想很容易判断；而在感情方面，如果不了解一个人的过去，就找不出这个人现在的目的。孙智开始注意花果山群众间的一些议论。他很快认识了一个五十多岁的工人老师傅，他过去和熊天雷住在一块，交往也很深，从他口里，孙智了解到一些熊天雷和他前后三个妻子的故事。

41

熊天雷是20世纪60年代的大学毕业生，原来是江峡水电工程局的工程师，他的第一个妻子是同一个单位的工程师，两人育有一儿一女。1972年，江峡水电大坝急需高标号水泥，发现西域市花果山下的石灰岩可烧制高质量水泥，熊天雷带领几个有文化的年轻人，就地招了两百多名工人建起了这个水泥厂，当时年产量只有五万吨；经过三十年的发展，现在年产量有两千多万吨，成了独立的工业区，生活文化设施自成体系，职工对收入和福利都比较满意。这里的职工都记得熊天雷的好处，说他是个有能力、有品德、有责任心的干部。他的家庭比较复杂。前妻同他离婚后带着一儿一女去了美国。据说她的弟弟在美国，她到美国后又新立了家业，儿女都在美国读书成了家。1987 年，熊天雷同市文工团一个离过婚的京剧演员结了婚，只过了一年，那女人就离开了，据说是到上海某京剧院当了演员。1990 年，厂里从市工业学校招收了一批中专毕业生，王红梅就是那批学生里最漂亮的女孩子，熊天雷让她当了秘书，一年后成了他的第三任妻子。但不知为什么，他们结婚后十多年没有生孩子。

在孙智看来，熊天雷的人生是丰富而曲折的，也是十分耐人寻味的。让人不可理喻的是他的第一段婚姻和第一个妻子，夫妻二人是大学同学，又是一起创业的技术人员，并且有了完整的家庭和儿女，怎么会有夫妻离异的结局呢？据说 20 世纪 80 年代中期有一次出国潮，一些有海外关系的知识分子为了学技术不惜抛家弃子去了美国。按常理来说，他们应该夫妻同去，离婚并非情势所迫。如果不是性格冲突和感情破裂等特殊原因，他们是不会走到这一步的。熊天雷的第二段婚姻发生在 20 世纪 80 年代末，那时全国上下大搞精神文明建设，企业为了培养文艺人才，常常与文艺界联谊，熊天雷爱唱京剧，作为企业领导人，又有机会结识文艺演员。他和那个京剧演员的短暂相处上演过一段浪漫的爱情故事；因为不能志同道合，最终只能分道扬镳。这种婚姻只能算作露水夫妻。事实并不是贺英说的那样，熊天雷与第二任妻子的离异与王红梅没有任何关系，他们分离两年后王红梅才来到花果山。王红梅与熊天雷之间的爱情故事没有谁知道多少。据说熊天雷经常带着王红梅出差，而他们宣布结婚也几乎是突然发生的事。熊天雷比王红梅年长二十五岁，王红梅在她二十五岁时嫁给了五十岁的董事长，这在当时的确让人不可思议。人们议论纷纷，有人说王红梅把美貌和青春交给一个半百的老头子太不值得；有人说熊天雷交上了厄运，他们之间不会有什么爱情之果，无非是在上演一段农夫和蛇的故事。孙智不知道他们这样的婚姻最终结局会怎样，只觉得王红梅的今天让人可叹和可怜，最后的结局一定是可惜和可悲！

说起王红梅，这位工人老师傅说，这女人太厉害，把熊天雷的钱管得死死的。他原来经常救济一些孤寡老人，自从有了王红梅，就很少救济别人了，所以厂里的职工都不说这个女人的好话。身为董事长和总经理，为了避免影响工作，他将王红梅调到了银行。水泥厂改制成股份公司后，熊天雷就很少过问具体事务，大部分权力交给了副总刘奇威。刘奇威是市建材工业局派来的正局级干部，他的妹夫在C银行西域市分行当行长，这种情况对王红梅很不利。据说刘奇威在市里有很深厚的背景和关系网，而熊天雷只是凭威望在名誉上掌权；现在的领导无论威望也好，正直也好，都顶不上关系网。所以熊天雷现在只是象征性的一把手，实际权力掌握在二把手手里。因为水泥公司最后要靠刘奇威的各种关系上市融资做大做强，厂里的少壮派干部都听他的，熊天雷的圈子只是那帮年长的老工程师和老工人。王红梅对熊天雷的最大不满就是他放弃了大部分权力。熊天雷经常出差在外，懒得管公司的具体事务，连家也很少回来。王红梅现在倒也平静了，任丈夫走南闯北，也不管他是否缠上别的女人。王红梅自有她的活动圈子，有没有别的男人也很难说。王红梅自己有车，经常一个人在外陪客，其中名堂必定不少。厂里很多人说，熊总和这年轻的女人结婚，只不过是找了个好看的花瓶，既不能产子，也不能服侍男人。孙智从这个老工人师傅说话的表情看出，他对熊天雷既尊敬又同情，而对他的三个妻子都有些憎恶。

在孙智看来，王红梅虽然有她的酸甜苦辣和悲情苦衷，但她毕竟是精明女人，不知不觉把自己的底细了解得清清楚楚，她的居心何在呢？作为一个形式上已经离婚的男人，如果没有自制和防备，极有可能被她玩弄或俘虏。因为男人和女人同时冲动起来是必然要出格的，就像干柴遇到烈火，燃烧起来就很难控制。人世间的风流故事，往往都是时间和环境造成的；人欲本烈，天赐机缘，悲怨相惜，日久生情，偶然的冲动带来必然的结果。孙智感到自己如临深渊，不知如何面对，只能用沉默和冷淡与之保持适当的距离。

第十五章　冷静

42

贺英说话算数，她专门找了周天寿的弟弟周天保，周天保是市粮油储备公司经理。她说她想试一试做些保险业务，不是她亲自来做，而是另有朋友来做。这笔保险是下年度全市粮油仓库的财产保险，全年总额大约是一百万，需要走正常的招标流程。

贺英还联系了市公交公司，她的表弟王成友是财务科长。虽然全市公交车的保险不是一家保险公司承保，但他可以保证让天安保险公司得大头。贺英还通过周天寿过去的下属，现在在几家国企做领导的熟人谈妥了几笔保险，加起来也有近百万保额。一起算下来，可以从中提成十几万元佣金，扣去应付的其他费用，也可以得到十多万元收入。贺英把这些收获告诉孙智，孙智找了杨芳和张艳，说好这些保险由她们出面去与客户商谈，做成之后自己只得一半。孙智自己也找了几位在教育系统当领导的老同学，谈了几笔小额保险，虽然佣金很少，但也是一种收获，比银行发给的工资多了很多。

孙智觉得贺英说得很对，保险业务做起来也很难，完全靠关系说话，没有特殊关系实难做成；问题的关键在于，这种完全靠拉关系的业务，孙智不善于言传交易背后的秘密。过去虽然由杨芳带着做了不少拉存款的业务，有了一些经验，但那一套小恩小惠的办法在保险上并不适用，所以孙智有些灰心丧气了。

正月十五过后，周天寿回党校去了。孙智在贺英的催促下，又带着儿子回到租住的房子里。贺英说：“现在房子价格涨得很猛，必须把这套房子尽快买下来。房子以后肯定会增值，现在趁有这些钱马上买下来，等儿子考上大学后再决定是卖还是留下来。”她要把房屋产权放在孙智名下，理由是拿她自己的身份证过户，会给周天寿的前途带来麻烦。

孙智说：“如果暂时放在我的户头上当然没问题，只是时间不能太长！”

贺英说：“你只是个平民百姓，名下有几套房产都没任何问题，这房子我是不会让周天寿知道的；我倒是挺想永远留着，不论什么时候都有一笔可以增值的财富，如果以后用不着了，再卖出去也不会亏本！现在买房的都是聪明人！”

孙智说：“我家那套小房子以后怎么办呢？这样做我的家就完全散了！”

贺英说：“你那个前妻，脾气同你完全不相配，你们很难再回到一起来了，而且你也不是能挣钱的人，所以你应该有个长远打算。我和周天寿这辈子只有夫妻名分，就说这春节吧，他回来一个月，大部分时间都在外面会朋友，在他的圈子里喝酒打牌玩女人，不说顾不上我，就连陪儿子的时间也没几个小时，我和他做夫妻的事儿更不用提了。”

孙智明白，贺英早把自己当作了感情依托，他答应贺英把房子的产权放在他户头上。贺英找房东谈好价，一百二十万元成交，让孙智去房管中心办了过户手续。

孙智原本想把贺英的儿子送进了重点高中后，就可以同她结束那种特殊的关系，没想到事情会发展到这种不可分离的程度。在他心里，并没有重组家庭的想法，也没有永远甘为情人的念头；他甚至还想，黄雅娟有一天回来，就算是没有感情，他也愿意复婚，不能让儿子面对一个破碎的家。但这个时代，不会让他有这样的选择。像贺英那样，既要保住儿子希望的幸福家庭，还得紧靠领导丈夫，不管丈夫是否忠诚于她。而孙智呢，自己的处境实在尴尬，他完全失去了生活的目标，像秋天枯黄的树叶飘落在湖水里，随浪漂泊，找不到真实的归宿在哪里。对他来说似乎一场生活的悲剧已经上演，这一切源于什么呢？孙智想，人到中年本应该享受成熟或收获的幸福，却不料竟搞得如此支离破碎，失去了心灵的归宿。人不得不为生计而奔波，为金钱而忙碌，为欲念而放纵，未来还能有什么选择呢？他想起了黄雅娟的信，确信她不会放弃对金钱的追求而回归一个圆满的家庭，因为这世界让她找不到知足的理由，她会永远在外奔波，也许真是为了儿子的将来，真到了知足的那一天，又会是怎样的情形呢？如今与其在风中飘摇，不如活好自己的当下，做好眼前每件事，问心无愧才是真。孙智如此想来，觉得贺英的想法才是最实际的。

43

杨芳和张艳到孙智约定的几家公司签订了与天安保险公司的财产保险合同，很快让企业支付了全部保费，孙智得到了五万元佣金。他把这些钱拿回来交给贺英说："这是我们共同的收入，应该让你保管。"

贺英却说："这钱你留着算作私房钱吧！男人不能没有钱，你有孩子读书，有父母，孩子还有外婆外公，往后要用钱的地方多着呢！你靠银行那点儿工资是无法应付的，你得有所准备，将来该尽的责任都要尽到。"

贺英看着五万块钱，又笑着问："不是说佣金有十万吗？怎么只有五万了？"

孙智说："总共有十万，我拿了一半，都是过去的同事，她们都是靠做业务取得收入的，所以我是按她们说的办法分配佣金的。"

贺英又笑着说："你看你，还说要做生意呢！像你这样做生意永远都不赚钱。生意场上讲究的是讨价还价，分文必争，你抱着同情心去做生意，哪能挣钱呢！我做房产生意时，谈价格精确到元，如果换成了你这样的人，不说赚钱，不赔钱就算不错了！”

孙智被贺英说红了脸，只好说：“这事我一开始就有同情心，两个离职的同事，日子也过得太艰难，如果不让她们赚钱，以后就难合作了。”

贺英说：“的确应该让大家都有钱赚，我是说讨价还价是生意场上的惯例，交易是不讲同情的。比方说，十万元的总数，你多说几句话，让她们各得两万，你就可以得到六万。换成我，让她们每人得一万就不错了。我虽然不缺钱，但该赚的钱必须赚得满满的。你们这些读书人，讲的只是道德道义，仁慈仁爱，不是做生意的料！你还是把心思放在带孩子上面吧！我是因为没有太高的文化，不懂得如何教儿子读书，所以才有空闲时间做生意，为的只是打发时间。但是只要有赚钱的机会，我从不放弃。除了你们读书人，没有谁会跟钱过不去！就是将来成了富翁，也还是要有钱必赚的。只要有钱赚，心情才更好，生活才更有乐趣！”

孙智就像在被洗脑似的，思想上更有了对钱的感觉，也有了更多挣钱的兴趣和欲望。他说：“那就以后只做房产生意吧，这些钱就当本钱！”

贺英又笑着说：“这点儿钱能做本钱？这离转手一套房子的本钱差得远呢，现在做一次房产交易，最少要五十万。”

孙智说：“那就加到你的本钱一起做，多一些本钱不是更好吗？”

贺英说：“你还是留着做别的大事吧，儿子马上进高中要用钱，老人们病了要花钱，兄弟姊妹之间的人情往来也要钱，凡用得着钱的地方，一个也不能少！你在单位上班该用钱的事儿也要舍得用，要不然会让人家瞧不起你的。”

孙智听了这些话，心里激动起来，觉得贺英真是通情达理。他突然对赚钱的事儿敏感起来，趁上班跑企业的机会，仔细寻找道路两边墙上和树干上的房产广告。他发现花果山居民区卖房的人也有不少，记下了广告上的电话和地址，然后逐一观看了房子的位置，接下来就挨个打电话问价。

有一栋房子在最东边的树林旁，北边是体育馆，南边是高尔夫球场，道路两旁安装了很多健身器材。孙智认为环境很好，就每个单元走走看看。楼中的二单元门前墙上有一张售房广告，二楼一套两室一厅的旧房急于出售。孙智打了户主的电话，户主说他已退休迁回峡江市，现在这房子是多余的。孙智问户主打算卖什么价，户主说房子有六十八平方米，因为环境好，打算卖二十五万。孙智问他二十万卖不卖，户主说最少要二十四万，孙智说想买这房，但只有二十万，如果愿意就再联系。

孙智把这信息告诉了贺英，贺英很快来看了房子，她说这房子虽然面积小，房屋旧，但环境好，二十三四万拿到手也值得。但贺英说还是忍一忍，说不定对方会让价，然后就在树林边等着对方回消息。果然没多时，对方打来电话说，如果真想要房，可以先进去看房间，价格可以再商量。于是两个人回到那套房的门口，一位老大爷开了门，两人进去仔细看了一遍，房子是二十年前的老房子，没太多装修，所以价格不太高，但有的人看中的是居住环境，如果户主耐心地等，房价还是要看涨的，现在拿到手后再卖出去二十五六万是可能的。贺英回家后立刻决定买进来，便准备好钱等对方让价。只过了一晚，对方再打来电话，因为家中有人得了重病急需钱，房子必须尽快卖掉，价格可以再让五千元。他们很快把房子买了下来，又过了一周，贺英找到了另外的买主，五天后转手卖了二十六万，十天时间净赚两万元。

接下来，孙智在花果山居民区又买进卖出了五套房，一个月下来赚了十三万。孙智觉得做这种生意来钱既快捷又轻松，决心一心一意做下去，他很快练熟了看房议价的本领。贺英表扬孙智说，其实读书人如果换换脑筋，学做生意也很快，孙智的眼力和谈价水平没话说。从此后，每天晚上，孙智都主动同贺英一起上街找房源，贺英有些担心儿子读书没人管。但孙智告诉她，其实两个孩子都不用管了，这就像是学骑马一样，只要扶上了路子，度过了波浪期，可以完全放开让他自己骑着跑。现在儿子都已知事明理，而且有了读书的兴趣和动力，完全可以放手不管了，他们只是管好生活保证孩子们的学习时间就行了，以后成绩一定会逐渐提高的。孙智的话，贺英完全相信！

44

早春二月是一年之中最寒冷的月份。尤其是春节之后的一段时间，连续下了两场大雪，气温格外低，人们尽可能穿着厚厚的衣裤，抵挡从北方袭来的寒潮。路面上除了上班下班的人流来去匆匆外，其他时间极少看到行人。分理处因为安装了水泥厂供应的暖气，上班时间坐在办公室内很暖和。孙智早上到岗后只在营业厅内外巡查了一遍，然后到办公室里坐着只顾做他该做的事儿。

王红梅这些天极少到分理处来，她有时在分行开会，有时去人行办事，总是有很多理由不到办公室里来。她每天早晨上班时间都要打电话告诉孙智她一天的活动和去向，直到晚上下班也没来此露面。这段时间存款自然上升，没有招待客户的需要，王红梅独来独往，忙忙碌碌，没有人知道她真实的行踪。临近三月末，王红梅向市分行请了半个月假，说她丈夫病重在省城住院，她要去尽一尽妻子照顾丈夫的责任。临行前她打来电话要孙智临时负责分理处的工作，却没有明说有什么具体任务和事项。

其实并没有什么特殊的任务，除了日常安全必须密切关注外，其他一切都是按部就班。因为春节送出去大量礼品，这儿的居民懂得以礼还礼，基本上不去别处存款，而是就近来这儿存些小钱。因为全厂职工都有代发工资的专用储蓄卡，来的客户也多数是就地转存，而能转存定期存款的毕竟是少数，多数人的工资只够当月的花销，所以分理处业务显得并不忙碌。虽然一季度是全年抓存款最重要的季节，但它的主要来源是水泥厂的货款，货款的回笼从年后开始，企业存款每天上升近千万，而购买原材料每天支出数百万，总的来说存款是在一天天不断增长，到三月初存款总量达到三个多亿。孙智作为临时负责人，并没有为存款操心，而是做些他原来的日常工作。其实，作为客户经理，只要存款正常增长，贷款没有新增，一般是没有什么大事要事可做的；而主任请假离去，孙智就有了很多空闲时间做自己的事。他无非是看书学习，学习的内容都是全日制高中的课程，他在为两个孩子下学期进入高中学习提前做些辅导的准备。半个月时间，一本厚厚的英语课文他全部吃透了；直到王红梅假期结束回来，他才回到工作状态。

王红梅休假回来，兴致勃勃地走进办公室，精神和气色都不同往常，那神情里自然流露出一种从未有过的轻松和喜悦，像是在某种痛苦释放之后迎来了希望的光芒。她不再像以前那样滔滔不绝地说话，而是把所有想说的话压在心里面，默默无声地用脸色和笑容表现出来。孙智坐在他的办公位置，并没有站立起来迎接王红梅归来，只是随意地行了一个举手礼，用两眼打量她片刻之后便埋下头来继续做手头的工作。

王红梅对孙智这种冷淡的表现已经习以为常，她没有主动接近他，更没有问及他工作上的任何情况。她双手拉起长款羽绒服，缓缓地坐在靠背椅上，然后和往常一样开始打扮自己；她用亮丽的方形镜子观赏自己的面容，梳了头发、描了眉毛、涂了口红，然后望着孙智久久发呆，有时抿着嘴巴暗自发笑。孙智发现她的举动带有一种沾沾自喜，像是有了一种很特别的意外收获，情不自禁地流露出暗暗得意。她的举止神态让孙智觉得自己陷入了一种被轻视和嘲笑的境地。作为男人，他所担心的无非是沦为女人的工具，为此他有时很想坦诚地和她交流，却又担心这种交流会让她更加肆无忌惮。

其实，孙智已经懂得，男女之间因为酒后失去理智的偶尔越轨是不必在意的，但事过之后需要双方多一份谨慎。他终于站起身来，拿起一叠近半个月上级下发的文件走向王红梅，王红梅抬起头来笑脸相迎，用略微红润的双手接他递过来的文件，却不知不觉抓在了他厚实的手腕上。孙智本能地缩回手，再将文件重重地放在她的办公桌上；他转过身去，看似严肃的脸上终于没有经受住温情的考验，忍不住偷偷笑了起来。

第十六章　冲动

45

春天来了，花果山美丽如画，道路两边的柳树条上结满了绿色珍珠，桃树林里各种花色次第开放，花絮飞扬，成了一片花的世界；赏花的人群从大道小道不断向山上簇拥，工业区成了城中人不花分文的旅游胜地，花果山分理处门前道路和对面的桃树林也异常热闹。

这些日子，每个人都很忙碌。游客来到，大多随身带些小钱，有的人还带来残破币，顺路存入这个原本客流量不大的分理处；还有些客户不在城中的营业网点存取钱，而是专门到这个风景优美的地方享受银行服务的悠闲之乐。分理处业务量比平时多了好几倍，自然造成了人手紧张。

在营业室内业务繁忙的时候，孙智总要进去帮帮忙，做些辅助的事务。大家各自忙着手里的活儿，没有工夫多说话。黄文斌是综合柜员，半天收进来的现钞堆满了他的钱箱，他无暇顾及，聚精会神地处理业务。他眼帘下垂，操作电脑时眯起眼睛看屏幕。孙智见老黄有些疲惫，就帮他用扎条把钱钞一把一把扎起来，然后整齐地摆放在钱箱里。

老黄抬起头来对孙智微微一笑，只说了声“谢谢！”孙智立刻说：“黄大哥辛苦！这个年纪做这种细活不容易呀！”

老黄说：“这年头，难得有人还有同情心哈！”

孙智说：“不是同情，同是天下沦落人，大家同吃一个锅里的饭，彼此应该互相照应。”

老黄说：“这世道，相互照应的要求有些过高，大家能各自照顾好自己就不错了。”

老黄话里面的情绪，孙智是明白的。他多次要求换岗位，但分行不同意，原因是没有什么轻松的岗位可以换；不论年龄有多大，只要人活着就必须坚持到退休。老黄的处境，孙智是很理解很同情的，只是不关自己的事，就不便多说什么。他无声无息地帮老黄扎完了钱，再转身帮助邹小琴整理残币，而邹小琴却若无其事，面部没有任何热情的表示。

临近中午，人渐稀落，邹小琴柜前已没有客户，她回过头来看着孙智扎起来的一大堆残币，才抬起头来说了声：“谢谢领导帮忙！”

孙智笑了，说：“你把我当领导，这就太离谱了！如果我是领导，也不会有机会做这种细活儿了；我和大家一样，只是打工的，一切听从领导安排！”

孙智还想多说些话，这时王红梅来到服务大厅，问起了存款增长情况，孙智才想起统计这两天的存款数据。

孙智拿起几张报表，认真计算起来，然后报告王红梅说：“本年累计新增九千六百万，本月新增五千四百万。”

王红梅听后说：“很好，这是历年来增得最好的季度了。大家辛苦了！”王红梅说完话就出门开车离去。

因为没有了客户，大家突然聊起了闲话。陈宜蓉和刘善芝先是窃窃私语一阵，然后说起了王红梅，一个说：“这个官夫人近来变化很大，不仅心地比以前善良了一些，样子也和蔼了一些，可奇怪的是，她最近突然富态了。”

另一个说：“看样子怕是有喜了，看那肚子，明显挺高了。”这话让孙智心头一惊，感觉大事不妙。

两个女人接着议论，一个说：“女人十年怀一胎，怕是不那么简单！”

另一个说：“她爱人不到六十岁，让她怀上个娃儿不是什么怪事，七老八十的老男人还会有生育呢！”

“为什么十年没有，现在却突然有了？是不是请人借种了呢？”

“现在的社会，不育不孕找人借种的事也很多，网上常有这种求种的广告。这也是人的一种自由，没啥稀奇的！”

两个女人的话越说越让孙智惊慌。他和王红梅的事已经过去了三个多月，没想到她真的怀上了，让他担心的事儿真的发生了，想一想她那副得意的样子，他脑子里又涌起了受骗上当的感觉……一个男人，怎么就会轻易钻进女人的圈套呢！

46

孙智吃过午饭，骑着摩托车绕道到王红梅家楼前，将车推入一片桃花林中，见四围没人，快步冲上三楼王红梅家门前，按了两下门铃，王红梅开了门，见是孙智，高兴地扑上来，孙智躲开她，快速闪进屋，关上门，直问王红梅：“大家都说你怀上了，是谁的，不会与我有关？”

王红梅咯咯笑着说：“怎么会与你无关？你做的好事，休想脱了干系！”

孙智严肃地说：“不跟你开这种玩笑，如果与我有关，请你尽快处理掉，要不然会大祸临头的！”

王红梅收起笑容说：“这事就是跟你有关，也不会关你什么事，你想，我有老公，孩子生出来，他姓熊，或者姓王，而不是姓孙。所以你不要担心任何事！”

王红梅说着就拉着孙智到沙发上坐下来，两只有些肿胀的手捏着孙智的一只手，轻声细语地说：“这事真是要谢谢你，我一个女人，过去十年没能生孩子，心里好难受。不是我不能生，是熊天雷没有这个能力，他和他的第一个妻子生了两个孩子，然后做了手术，所以第二个妻子又和他离婚；在这之前他瞒着我，厂里很多人知道这事，但都瞒着我。后来我知道了，但我没法同他再离婚！开始我觉得有没有孩子都无所谓，可现在我特别想要孩子，想做母亲。你来后，我就更想要孩子了！你不要把事情想得那么坏，这是好事情，不仅我要谢谢你，熊天雷也应该感谢你。但我不会说孩子是你的，永远都不会说出来的！我真希望你对我好，有了一个孩子，我就不担心什么了！熊天雷病重住院，不知道他还能活多久，到时候你如果愿意，我给孩子取名姓孙，你多一个孩子不是很好吗？我有钱，养个孩子不是问题。现在我需要你，求求你帮帮我，帮我生了这个孩子！”她拉着孙智的手，抚摸那白生生凸起来的肚子，又情不自禁地嘻笑起来。

孙智脑子里成了一片空白，不知道再说些什么，愣愣地看着女人的脸，一副追悔莫及的表情。王红梅站起来，从冰柜里拿来一瓶奶汁饮料，倒了两杯，递给孙智一杯，说：“孩子已经三个多月了，我每天梦里都是你！”说着一口喝了饮料，孙智这时也口渴起来，一口喝尽了一杯饮料，便呆坐在沙发上不知所措，他还想劝说王红梅把孩子打掉，但看到她坚定而又无所畏惧的神态，就无法张开嘴巴再说下去……不知过了多久，他心里渐渐发起热来，王红梅脱了长裙，背过身去，孙智心里油然升起一股冲动，忽然有了一个恶毒的念头，想让她肚里的孩子流产，于是便疯狂地对待这个欺骗他的女人……此刻王红梅一切都不在乎，任由他折腾了好一阵子，孩儿仍然在她肚子里安逸地躺着，女人的嘻笑更是让他灰心丧气。

孙智无可奈何地跑下楼，骑上摩托车，车轮在桃花林里飞快转动，连车带人跳跃着向山下飞驰，桃花纷纷撒落下来，落在孙智的头顶上。他不顾花瓣在眼前纷飞，也不顾车轮将多少花瓣压进土层，摩托车在林子里“呜呜”向山下飞，飞到农田里，飞到堤埂上，飞到马路上，一路狂奔，回到自己房前。他快步上楼，快速开门，最后径直进了洗澡间，用冷水冲洗自己的头脑，冲洗了汗淋淋的身子。贺英正躺在床上午休，她睁开眼，见孙智这副模样，觉得异常奇怪，她惊奇地问他：“你今天怎么了？”

贺英以为他错吃了什么药，急忙起身倒了一杯热水，让孙智喝下，可孙智不断喘着粗气，脸上却是一副痛苦的表情。贺英大声问他，他却说不出一句话来。贺英让这现象弄得不知如何是好，只得用劲儿让孙智慢慢恢复平静。

孙智在贺英的一再追问下，终于说出了事情的原委。贺英说："这事不怪你，你是受害人，那骚女人使用诡计，还用药物引你上钩，她肚子里的孩子要么让她打掉，要么要她给你一笔钱了断，不然你就和她对簿公堂，状告她使用毒品，侵害你的人身权利，对你身体造成损害！"

孙智说："这种事儿很难找到证据，是不是用了药也不好说，如何同她打官司呢？不能让别人知道，搞得满城风雨，弄不好她会反告我伤害她！"

贺英说："她在酒和饮料里放了药，街上药店里都有卖的，美国货，其实是一种生物碱，能强烈刺激血液和神经，对身体危害很大，应该算是一种有毒的药物。"

孙智说："损害我身体事小，她肚子里的孩子以后是麻烦，留下一个孩子在世上，会让我以后寝食难安的！我只想让她把孩子做掉，别的都不重要！"

贺英说："如果她不流产怎么办？她是诚心想要一个孩子才这么做的，一定是先准备好了的！她只要给你钱，孩子就和你没有关系了。姓熊的当老总这么多年，有的是钱，让王红梅给你一百万，然后就当什么事也没有了。"

孙智说："这种事不好找她谈，一个女人，真谈起来就让人心软！"

贺英说："这事让我同她谈，我让她往后不敢再骚扰你！"

47

贺英让孙智骑着摩托车带上她到王红梅家里。王红梅见了贺英，惊得呆立在沙发旁，不知如何是好。但她很快冷静下来，请客就座，倒了茶水，亲热地说："贺大姐真是贵客，怎会想到来我家，是不是有什么事情要商量？"

贺英装出一副热情的样子，说："王主任算得上是银行的精英，上流社会的贵人，不是一般的女流之辈，想必什么事都是好商量的。只是应该对自己做的事有一个了结，免得给别人造成后患；凡事只要好商量，对各方没有影响，就是最好的结果。"

王红梅看了一眼站在一旁的孙智，立刻明白贺英来的目的。她苦笑了一下说："这事情还用得着贺英姐帮助出面商量，我和孙智的事，我们自己商量就行了，他有什么要求，我尽力满足就是，何必劳您大驾呢！"

贺英说："王主任也是个女人，一定看明白了我和他的关系，我们不仅是多年在一个办公室上班的同事，还以兄妹相称，至于其他别的关系，你完全可以随便猜想。妹子对哥的事不能不管，如果是哥的问题，妹子也可以责备他。现在发生这种事，你明白应该怎么办。我只是作为见证人，让你们处理得公平一些。"

王红梅立刻回应道："这样说，我花钱了断，让孙智说个数，他要多少我给多少，给了钱，以后同他没有任何关系。这件事了断后我就辞职离开，我到别处去生孩子，以后就在别的地方生活，这样你们就可以放心了。"

贺英没想到王红梅这么爽快，脸上表情马上柔和起来，笑着对她说："王主任是能干的女人，到哪里都能做成大事业。我这位孙兄人品诚实，心里还老想着道德仁义，家境不太宽裕，能有一笔钱自然是好，但他精神上的承受能力有限，不能有太多牵挂，希望王主任以后无论走到哪里，尽量忘记旧事。"

王红梅说："我真不知道您和他有这层特殊关系，要是知道，我才不会难为他的，怪我一时犯傻，迷了心窍！贺英姐也是女人身，想必能够谅解！人活在世上，都有他不幸的经历，女人有更多的不幸！假如您有我一样的悲苦，也许会有相同的愿望。您想，一个没有孩子的女人，这日子过得多么难受！我想要一个自己的孩子，这个愿望终于实现，别的我都顾不得了！至于男女间的感情，我不当回事，更何况，我和他还没有产生感情，不会缠着他的！”

王红梅说这话很真诚，很激动，贺英受到感动，有一副关心关爱的样子，问：“王主任过去为何没有生一个孩子呢？这种年龄的女人生孩子可是难受得很！”

王红梅见贺英有了些同情心，接着说：“我本来是有个孩子的，那是在学校读书时怀上的，因为恋爱失败，流掉了。嫁给熊天雷时，不知他已绝育，当时也没有感受到没有孩子的痛苦。我这个女人，悲苦就从那时开始。因为没有孩子，丈夫经常出差，我只得拼命工作打发时间，所以才当了这个主任。”

贺英进一步受到感染，关切地说：“现在你有孕在身，怕是不能再拼命上班了，更不能找别的男朋友了，安心把孩子保养好；你有了孩子，就该做个家庭主妇了。孩子的成长教育可是最费心费神的事，比当官挣钱重要多了！”

王红梅说：“贺英姐难得来一次我家，今天我当是有了个知心人。过去我们在一个银行工作，您对我的事情也有耳闻。在银行工作，因为工作压力大，要不断结交朋友，因为工资分配还会得罪同事，知我者总说我兢兢业业、豪情仗义；不知我者说我小气刁蛮、风流散漫。说句心里话，我情愿做个普通职工，不愿把自己搞成很高傲的样子，更不愿得罪人。但为了大家多挣钱，我又不能不乔装打扮，四面运筹，尽些力所能及的努力，让大家多些收入。别看我平日神气，其实我内心苦闷。我要这个孩子，心里就是不想把这个分理处主任当下去。有了这个孩子，我就会很超脱的。”

接下来，她问孙智：“你说个数，我马上给你！”

孙智不说话，还是贺英回答：“这事孙智问过我，我说王妹子挣钱也不容易，好在你有个做大老板的丈夫，今生今世钱多得用不完，孙智是个穷百姓，为防止以后出意外，你就给他一百万，只要你不再影响他，就算完全了断！”

王红梅毫不犹疑地答应：“那就一百万吧！”说完就拿出手提电脑打开，用网上银行支付给孙智一百万元。就在那一瞬间，孙智低下了头，好像突然被一块沉甸甸的大石头压在了心头。

贺英的目的顺利达到，笑着说：“王主任是个明白人，知道今后怎么做，不论在什么地方，都要顾全孙兄的名声，不然对大家都不好。他的为人品德你是知道的，如果哪一天你和孩子有什么不幸，孙兄也不会坐视不管的！”

王红梅点头说：“那当然，只要我活着，就不会再来烦扰孙智！”

“那就好！”贺英说完就拉着孙智的手出门而去。

第十七章　牵挂

48

这是孙智最烦恼的一天，虽然贺英出面处理了他和王红梅之间的麻烦事，可他心里仍然十分苦恼。晚上孙智彻底失眠了，他想了很多，虽然在王红梅身上发生的事不是他的错，后果也不应由他来承担；但毕竟是同事，还要继续相处下去；即使她离开，也不会中断一切往来；有了这点儿关系，就等于心里装进了一份心思。现在，她肚子里怀着自己的孩子，岂能不闻不问吗？有了孩子，作为生父，他能视而不见吗？更难料见的是，面对孩子的母亲，自己能不关怀不同情吗？这生米做成的熟饭，只能由自己吃下去。尽管事情看起来已经了结，但无论她走到哪里，都无法解脱他和孩子的血缘关系，孩子永远会牵动他的心。王红梅说要离开这里，但在这个城市的 G 银行里，再没有一个更适合她工作的地方了。她如何考虑她和孩子的将来呢？离开花果山，对于王红梅和未出世的孩子来说又意味着什么呢？一个女人被迫离开她已熟悉的环境，一切都会更加艰难。尽管她有钱，但她是一个没有寄托的中年女人，独自生养孩子，那将是一种怎样的生活状态呢？所有这一切，都让孙智担心受怕。想到这些问题，孙智很想劝她暂时不离开花果山，一切顺其自然，只要有利于工作和生活，有利于孩子成长，其他的事情都不是很重要的，就连做父亲的责任，他也是不会逃避的。

第二天，孙智上班后，看到办公桌上压着一封信，拆开看，是王红梅写给他的。

孙智：

我到分行交辞职书，批准前我请假去省城医院，不再上班了。分理处的事请你帮着料理一下。一季度的绩效工资如果分配下来，请你平均分给大家。过些天，市分行领导会来作人事调整，不管谁来当主任，都不会影响大家的，请你代我向大家说明一下。我安顿好丈夫，就回老家住些日子，然后到深圳我妹妹家里，打算就在那儿把孩子生下来，然后买套房子，不会再回来了。

我非常感谢你，请你代我对大家表示感谢！

王红梅

2002 年 5 月 16 日

孙智看了信，眼睛有些湿润了。他没想到事情发展到这一步，竟让一个女人默默离开她长期工作的地方而另外选择生活路径。也许她早就有了这种生活的谋划，对她这样有钱的人来说，或许是一种最现实的选择。只是她肚子里的孩子，会不断牵着亲生父亲的心。

孙智想起王红梅说过的话，想起她那副乞求的可怜样子，想起她快要做母亲的身子，他问自己，难道女人都是这样吗？假如黄雅娟没有儿子，假如贺英没有儿子，她们也会像王红梅一样吗？如果不是女人，而是孙智自己，也会因为没有孩子而痛苦吗？是的，是会有痛苦的，因为人是有感情的动物，爱情和性爱是人的本能，生儿育女也是人的本能，凡是违背本能的缺失都是痛苦的。孙智无论过去和现在都把孩子当作自己生命的一部分，孩子也越来越成为他的精神支柱，儿子的快乐也是父亲的快乐。黄雅娟也是这样，为儿子挣钱，成为她一生的压力。生儿育女是所有人的成功和自豪！孙智想到这些，忽然明白了什么叫危难，人若缺少或失去应有的东西叫危难，处在危难中的人，不管他有多少身外之物，都是极其痛苦的。人若能创造条件排除危难就是机会，抓住机会弥补缺失，也是人的本能。王红梅作为女人，而且人到中年，生育儿女是她最大的需求和渴望，她有理由寻找和抓住这样的机会，而你并没有失去任何东西，相反你创造了一个新的生命，让一个即将失去花期的孤独女人回归母性，这岂不是天降大任吗？今天你所失去的仅仅是一种自尊、一种局限于家庭观念的传统私念，这对于把一个可怜的女人从危难中拯救出来显得太微不足道了。

孙智很想把那笔钱退还给她，但他很快又想到贺英的话，作为一笔应对未来意外的保障，是可以留下来的。他真心希望有朝一日，她作为孩子的母亲，还会指望他，更希望自己能够尽到亲生父亲的所有责任。

49

孙智按照王红梅的信中托付，填报了一季度绩效工资分配表，然后又完成近十日的存贷款报表，如实发到市分行相关部门。随后他从凭证箱里取出近两天的企业资金账单，骑着摩托车一家一家地送去。当他送到花果山水泥公司财务中心时，得知熊天雷董事长已处在病危状态，有人问孙智，王红梅是否在省城医院照顾董事长，孙智回答说王红梅已经请假，但不知道是不是照顾她丈夫去了，女人的事情，男人不便询问。

到下午下班的时候，孙智得到熊天雷去世的消息，他并不感到意外，因为王红梅说起过她丈夫的病情，作为夫人，她似乎早就有了心理准备，但这个时候，她却没有任何消息。花果山已沉浸在哀悼气氛中，职工大礼堂、体育场、厂前花园有很多祭奠的人，他们胸戴白色小花，有的捧着花篮，等待熊天雷的骨灰从省城运回来。等候在这里的，不仅有当地职工和家属，还有很多从外市赶来的退休老人。

水泥公司总部发布告示，定于 2002 年 5 月 25 日上午 9 时在花果山大礼堂举行熊天雷同志的追悼会，公司职工自愿参加。

孙智不知道应该做些什么。按惯例，企业领导人去世，银行方面必定是要派人去吊唁的，一切都要等待上级通知。孙智只是普通职员，没有资格代表银行去履行这种礼节，但他作为王红梅的同事，理所应当去尽一尽哀悼之情。

市分行终于发来通知，让孙智代表花果山分理处参加熊天雷的追悼会。

次日早上九点，花果山水泥公司职工大礼堂里站满了人，这是一个万人大礼堂，却从未有过万人聚集的场面，现在的情形给人一种悲壮的感觉，好像逝者是个值得敬仰的英雄人物。前来吊唁的社会各界代表，除了本市党政机关领导外，还有省经委和省建材工业局的领导，市直企事业单位领导等。一百多个花圈摆放在前台，正中悬挂着熊天雷的遗像，这显然是他中年时代的照片放大的遗像，可以看出他的刚毅和慈祥。

陈志杰代表G银行参加追悼会，他站在最前排，孙智把花果山分理处敬献的花圈送到前面，就走到最后排恭恭敬敬地站着。孙智从来没有经历过这种追悼大会的场面，现在的感受不免有些震惊。他环顾四周，观察有无王红梅的身影，细细扫视一圈也没有发现她的影子。孙智同时也发现，这个葬礼竟然没有一个逝者的亲人到场。

主持人念了前来参加追悼会的宾客和敬献花圈的单位名单，当然只念了那些有身份和地位的。孙智没有认真听这些，而是注意倾听追悼词的内容，他认为追悼词才是最重要的，是对一个人一生的评价，人活一世，死去皆空，盖棺定论，能不能留下一个公正的评价，就看活着的人是否公道。按理说，熊天雷这样的创业先驱，一生的评价应该是很出色的。但他的追悼词却写得简约随意，只介绍了他的简历和生平，没有说他是西域市建材工业的开创者之一，也没说他是花果山水泥有限公司的创始人之一，对他的为人和道德评价只字未提，这与那些老干部老工人的评价是不一致的。在孙智的记忆里，过去无论何人，只要他一生没有做过缺德事，人们都会给予高尚的评价。而现在人们常常十分轻视人的生死，那么，人生在世，还有什么东西值得追求呢？孙智心里如此感慨。

熊天雷的骨灰安葬在花果山深处的“工人陵园”，这是熊天雷在20世纪70年代末专门为职工开辟的陵园，园里安葬了十多位创业元老和一百多名工人。陵园里的墓碑都是用黑色大理石制成的，碑上雕刻的字迹清晰庄严，被茂密的松柏遮掩着。据说，公司的第一代创业者去世后都是免费入园安葬的。熊天雷被安葬在陵园的中心地带，这是公司几位元老为他选定的位置，表示他就是花果山水泥公司德高望重的创始人。

王红梅自始至终没有参加丈夫的葬礼，这引起了众人的议论，当然不乏责骂之声。孙智回到分理处，也听到了客户的种种议论，大家好像已经猜到王红梅作为董事长夫人不能参加丈夫葬礼的原因了。

50

王红梅的辞职申请暂无消息，市分行也没有派人来接手，更没有指派孙智临时负责这里的工作，他现在履行的是王红梅的托付，过去也是这样，她休假和临时离开期间都是委托孙智临时负责的，孙智对工作从来没有敷衍应付过；他一直按照安全第一、规范优先、存款为重、事务不漏的原则，按部就班有条不紊地做好一切事务。银行所有的工作都是有规章可循的，他只是每天督办检查，更多是事前提醒，然后做好每天的情况记录。就是王红梅在职的每一天，全部事务也都是他这样做的，王红梅只是动动嘴皮而已。

孙智如此坚持了半个月，市分行分管人事和营运业务的郝副行长率领相关部门负责人前来检查工作，以口头方式指派孙智为花果山分理处临时负责人，等待下一轮改革调整和网点升级，然后公开竞聘网点负责人。他希望孙智同志好好工作，保证完成二季度的存款任务，确保不发生任何安全和违规问题，争取创造条件参加竞聘。

然而孙智的工作并不顺利，令他想不到的事情发生了，企业存款出现猛烈的下降，短短一周就下降了五千多万，这是以前从没有出现过的现象，原因是花果山水泥公司的对外采购款全部从这里付出，购进煤炭累计支付两千多万，支付其他材料款一千多万，还额外支付了外购钢材款两千多万元，这都是公司为扩大产能而提前预备的原材料和基建物资。作为一种计划外开支项目的集中支付，一家银行是无法估计和承受的，但想不到的是公司管理层完全不考虑对G银行的冲击，而公司在其他银行的专项存款却丝毫没有动用，这是极不正常的现象。

孙智把这一情况作为急件向市分行发送了报告，同时找到公司的财务主管，阐明这种集中支付的做法对花果山支行乃至G银行资金的稳定性影响很大，这名财务主管却说，这是平衡银行之间关系的一种正常行为，因为担心原材料涨价，公司必须提前储备，只有在花果山支行的存款余额是最多的，比H银行多出六千多万元，所以公司决策层决定先动用这笔钱预购全年的物资，公司存在其他银行的钱也会在下半年支付出去，用于预购明年的物资。这个理由让孙智无话可说，存款下降的局面无法挽回了。

孙智心里很清楚，熊天雷的离世必然导致银企关系出现一边倒的极端情况，就算是王红梅不辞职，也阻挡不住企业的极端行为。市分行行长陈志杰专为此事前来调研，带着孙智拜访了花果山水泥公司刘奇威总经理，刘总坦率地说，公司集中采购是根据市场变化作出的决策，不可能提前告知银行，请银行方面支持和理解。无功而返的陈行长默不作声地离开了，没有对孙智作出任何指示。

事已至此，依靠这家水泥公司已经不行了，兔子不能总吃窝边草，必须眼睛向外寻找新的存款来源。孙智不想让存款就此垮下去，他还是想有所作为的，不是要证明他自己，而是关系到大家的收入和饭碗。孙智把这事告诉贺英，让贺英为他想想办法，贺英却说，银行拉存款其实就和保险公司拉保险一样，走的全是关系，你没有这样的关系，休想抓住这样的财源。但贺英还是给周天寿的弟弟周天保打了电话，让他临时转出一些资金帮助一下她的老同事，当然也不会少了他的好处。随后贺英又给她的表弟打了电话，也让公交公司支援一些存款。贺英说这是她的两个最可靠的关系，但都不会拿出太多的钱来。

孙智立刻去找了周天保，这位粮油公司副总经理的权力是有限的，但他尽力而为，叫来财务科王科长，让他从仓储建设专项基金中转出一千万存到花果山支行去，就说是为了购买优惠水泥的方便，因为购买水泥修建仓库是不久以后要发生的支出，这个理由名正言顺而且光明正大。王科长当即随孙智去花果山分理处开了公司账户，又到 C 银行转出一千万到了 G 银行花果山分理处。孙智为了感谢周总救火式的帮助，将他自己保存的一套纪念币送给了王科长。接着孙智又去公交公司找了贺英的表弟王副经理，谈了他那儿的情况，但公交公司因为属于财政补贴的企业，流动资金不多，没有特殊理由也不能直接转款出去，但他说公交公司有两家关联企业都属于私人开办的公司，一个是油料供应公司，一个是维修公司，他与这两家公司的老板关系很铁；在他的帮助下，这两个老板去花果山分理处开户各存了五百万；孙智取了一千元，每人给了五百元表示感谢。

孙智紧紧张张忙了一周，但存款还差三千万，他已无计可施，只好动员大家各自想想办法。大家看见孙智如此操劳和焦急不安，都自觉自愿地行动起来，利用下班休息时间尽力去找熟人，断断续续拉进存款八百多万元。孙智把大家的努力写成了汇报材料报给市分行，请求市分行作为特殊情况核减存款任务，以保证大家二季度的绩效工资不至于太低。

作为临时负责人的孙智，更加感受到业务发展的艰难，这种靠关系拉存款的方式让人无法摆脱精神上的巨大压力，实在让人厌倦而又无可奈何。他又想起了王红梅，一个女人在这里当了十年主任，承受的压力可想而知。尽管她背靠身为老总的熊天雷，但在公司各种人际关系之间苦苦周旋，把存款稳定在上级认可的水平，的确是其他人无法做到的。孙智终于彻底理解了王红梅，她并不是有些人所说的那种贪婪无情的人，她一直在默默地付出，努力为花果山分理处拓展生存空间。现在她背靠的大树消逝了，根基必然要塌下来，她只能选择辞职离开。现在看来，她的辞职并不完全因为孙智，而是要寻找一个清静而又能保持尊严的地方。

王红梅已离开一个多月，孙智不知道她的辞职请求是否获批，她还会到这儿来吗？他希望能见她最后一次面，哪怕只是看见她的影子也好，更何况，她身上怀着自己的骨肉！这种分别或许会成为他心里永远的伤痛！

第十八章　用心

51

中考结束后，孩子们都像是从笼子里放出来的鸟儿，纷纷结伴，四处玩乐起来，有的上网吧，有的到附近的风景点去旅游。

孙哲独自一人先到浏河村看望婆婆爷爷，但只住了一晚就回来了，又去看望了外婆和外公，随后就迫不及待地买了去深圳的火车票，又独自一人去了妈妈打工的深圳。孙智想，儿子日渐长大，应该有他自己的活动空间。儿子与别的孩子不一样，想到的是老人和母亲，证明孩子真的长大了，不需要那么严格地管束了。再说，让他在深圳那样的大城市多待些时间，能见到大世面，增长见识，还能看到社会的差别和贫富的差距，感受打工者的辛劳，对成长成才是大有好处的，所以就遂了儿子的心愿。

贺英也请了公休假，带着儿子到北京游玩。周天寿在党校的学习快要结束，趁这个机会一家人在京城好好游乐几天，让儿子放松心情，增长见识，对这一家人来说，无疑更增添了家的温情与快乐。

二十天过去，2002 年的中考结果公布出来，孙哲和周雄伟分别以总分 748 分和 715 分的成绩获得全市中考第一名和第八名；当天本市各新闻媒体同时报道了中考概况和前十名的考生成绩，《西域晚报》还刊登了前十名的照片，报道还简要介绍了他们就读过的学校和家庭情况。孙智把消息告诉儿子，孙哲并无欣喜，只说还要在深圳多玩几天。

晚报记者打电话要求采访中考状元的父亲孙智，希望提供一些教育孩子学习的经验材料。孙智不愿意把孩子们的升学考试成绩当成新闻炒作的事件，拒绝了采访，但是那些记者还是从学校里获得了一些信息，零零碎碎地登在报纸上，孙智很快在全市出了名。因为人们相信，一个能培养出状元的家庭，一定是了不起的家庭，这种关注度远远超过社会其他事件，新闻媒体自然不会放过。

孙智过去的同学、老家浏河村的亲戚，甚至一些认识孙智的一般熟人，也都纷纷打来电话，孙智被电话搞得不得安宁，只好关了手机。孙智发短信把孩子的中考成绩告诉了远在北京游玩的贺英母子和远在深圳的孙哲，让他们赶快回来。

中考后的高中录取工作很快展开，一些二流学校愿意免去所有学杂费录取孙哲，孙智一口拒绝了，理所当然地选择了南泉中学。中考最终尘埃落定，两个孩子到南泉中学履行了报名手续，他们都被分配到学校里最好的实验一班，连配备的教师名单也公布出来，其中三位老师是孙智的大学同学，这对两个孩子的高中学习十分有利。

52

贺英和儿子周雄伟回到他们自己家里，周天寿毕业回来，按贺英的话说，只要丈夫回来，这个家就必须团聚在一起。但贺英没有想到的是，周天寿毕业后并没有回到西域市，而是调到省政府办公厅当了处长。这是他极力活动的结果。

贺英要求随丈夫到省城去，一个省政府的处长，给她换个新单位工作不成问题，给孩子找个好学校也不在话下。但周天寿拒绝了，说：“你去省城干啥？那不是你待的地方，再说省直机关都是安排大学生的，有的还是高干子弟，我这个处长够不上格；再说孩子到省城读书也没有什么好处，大城市的社会环境极为复杂，管不好还会害了他。儿子就在西域市读高中，有孙智帮忙辅导，考上名牌大学不成问题。我在省政府上班也只是权宜之计，过渡两年，就又会回到西域市，这儿是我的根，等升到了副厅级，回来就是个副市长。”

周天寿很容易地说服了贺英。其实贺英也并不想离开西域市，只是要在丈夫面前做出个夫唱妇随的姿态，一可以试一试丈夫的心思，二可以表示妻子对丈夫的忠心。

孙智和儿子在自己家里住了半月，贺英就打电话让他带儿子回到新房里住，因为周天寿已到省里去上班了。孩子离开学还有一个多月，想来想去这一个多月还是应该让两个孩子在一起最好，两人是长期在一起的伙伴，一起学习一起锻炼更让人省心，还因为孙哲比周雄伟成熟许多，像个懂事的小大人，可以从各方面影响周雄伟。贺英对孙智没有任何顾忌，久别之后思念更甚。

为了让两个孩子进高中后保持强劲的学习优势，孙智让他们到李梅老师开办的高中英语补习班里提前学习高中英语课程，这样孩子就能提前进入高中阶段的学习状态。孙智每天下班回来，都见两个孩子学英语的情景，他们正在训练口语，直接用英语对话、交流。

李梅和孙智是大学同学，都是省教育学院毕业的。李梅是外语系英语专业，而且还是硕士研究生，是全市的英语骨干教师，全国英语教研学会的会员，她教英语的水平在本市很有名气，一直都是南泉中学实验班的英语主讲老师。她开办的假期训练班重点是训练学生的英语口语，是经过市教委批准后登记注册的假期学生实验培训中心，很受学生和家长们的欢迎。

53

孙智同贺英晚上仍要出去寻找房产生意。但他们发现，近来房产生意不那么好做了，一来是国家提高了房产交易的税费，二来是做房产中介的人越来越多，有的开起了房产介绍所，这就为贺英暗地买卖房产增加了难度。他们有时一个星期也买不到一套房子，手里的房子也找不到价格合适的买家。孙智说，这就是生意场上的必然现象，凡是大家都来做的生意，就没有什么钱可赚了；看来好挣钱的日子已基本结束，好运不会再来。他们保本卖了所有房子，暂时退出了这个生意。贺英闲不住时，想用赚来的钱去炒股，孙智极力劝阻。贺英实在没有事做，就想起了做保险。她不断给过去的一些老朋友打电话，空闲时间都去会些老熟人，想通过这种方式得到赚钱的信息，但成效都不大，即便能联系上一些小额保险业务，却因为麻烦而没有好的收益也只好放弃。过去做房产，每月的收入都是几千几万，现在做保险，每次只有几百元，还要在客人面前好言相求，实在划不来。贺英联系了几笔保险，就完全没有兴趣了。

周天寿第一次周末回家，贺英说在家没事做实在无聊，想做些生意打发时间，要求周天寿给她找条门道。周天寿说："国家有规定，领导干部家属不能做生意，你要做也只能做个中间人，帮别人联系业务，拿点儿好处费什么的，国家明文禁止的事可不能做，否则把我的乌纱帽搞丢了不划算。"

贺英说："你说我在家干什么呢？我没有别的爱好，也不爱打麻将，只有做做生意才感觉好一点儿，没有赚钱的事儿，我一点儿精神也提不起来。再说，你当这个官，能拿回多少钱来，将来儿子读大学，读了大学还要找对象、结婚成家，没有钱，没有房子和车子哪能成？你当了这么多年的领导干部，也只得到了一套公房，你坐公家的车，吃公家的饭，我和儿子将来怎么办？就靠那一点儿工资，何年何月才能买到自己的房子和车子？如果你在西域市当领导，过去那些老关系兴许还能用上，现在你到了省城，这里的关系不管用了，连做个保险也没有人照应！"

周天寿让老婆说得无话可说，只好说："我现在只是个办公厅经济处的处长，所有的事情都刚刚开始，头绪还没摸清，待我想一想办法，找些熟门熟路，让你适当做点儿小生意，赚点儿钱补贴一下家用；像现在这样只靠一点儿俸禄当然是不行的，我自然有所考虑，正在谋划之中。但你不要太贪，不要想做大的，有些事儿要见好就收，不然就会坏大事的！”

贺英见丈夫松了过于紧张的弦，有点儿兴奋起来，说：“我也不需要太多的钱，只要将来能为儿子买房子、买车子，能娶上个像样的儿媳妇，就够了。”

这一个多月，周天寿每到周末都要回来，他每次回来总要出去会见过去的老领导和同事哥们儿，酒气熏天地回来，贺英仍然是长夜难熬，孤独无望。

54

高中开学的时候，周天寿从省城回来，让贺英告诉孙智，打算宴请一下儿子的老师，让南泉中学试验一班的老师都到场。贺英说这个班的教师有三位是孙智的同学，周天寿就给孙智打了电话，亲自请他帮忙张罗。孙智说：“孩子上学的事儿已经没有任何问题了，没有必要宴请老师。再说那些老师都是我的同学和朋友，对孩子一定会格外关照的。孩子的成绩也没得可说，学校一定会当重点对待的。”

孙智不想把事情搞得这么俗气，婉言推辞周天寿的好意。但周天寿说他的目的是想结交一些良师益友，和孩子的老师保持一种互动交流的关系，为孩子创造更好的读书环境。孙智看周天寿如此重视和真诚，就约了他的同学和其他几位老师。周天寿和孙智最先到达帝豪大酒店，他俩在北京厅里边聊天边等待几位老师的到来。

周天寿问了孙智工作上的事儿，孙智说：“现在银行都是吃的关系饭，谁有广泛的社会关系，谁就能抓到大资金，获得高收入，看来我这一生不会与钱有多大缘分了，能维持生活就知足了。”

周天寿说：“人不能这样想，应该有信心争取财富。以后机会多的是，只是需要拿出开放的气度来，多交朋友，多动脑子，多找路子；市场经济就是这样，不论白猫黑猫，能抓到老鼠的就是好猫。改革开放和鼓励竞争的目的很明确，就是让人们多挣钱，放开胆子创造财富；市场经济就是竞争经济，谁最先挣到大钱，谁就能在社会上扎稳脚跟，取得主动权。”

他稍停了一下，喝了口茶水，接着小声说：“不瞒老弟，我在京城两年，认识了很多有钱的上层人物，赚钱的路子无非是高风险领域，俗话说得好，水越是深的地方就越能抓到大鱼，现在最挣钱的就是搞房地产开发。你在银行本就有优势，应该在融资上大有作为，把金融资本和资源开发、房地产开发结合起来，就一定能干一番大事业。”

孙智说：“听您一席话，实在深受启发。平时和贺英聊天，她就说我这人太死板，没有赚钱的头脑。我在大学学的是历史和哲学，看问题只讲究一个理字，不太讲究经济上的竞争哲学。但从现实看，不挣钱就会落后，陷入贫穷；想挣钱，又怕陷入无穷无尽的关系网中。”

周天寿说：“人是可以改变的，只要观念变了，一切好运就会来到，充分利用好你现在的职业，努力争取一些融资的机会，和那些做实业的人搞好关系，你的财源之门就打开了。我之所以要争取政府经济部门的位子，一方面是为经济建设多做些有益的工作，另一方面也是为家庭和子孙积累更多的财富。过两年，我把省里的关系搞通了，就回到西域市来，希望我们以后能有合作的机会。”

两人谈兴正浓，七位老师一同进来了，孙智先介绍了李梅老师，然后李梅又介绍了每个任课老师，大家直接进入酒席。

餐桌上的菜肴十分丰盛，周天寿从家里带来四瓶五粮液，只有三位女士不喝白酒，以茶代酒。周天寿开场白就说：“因为过去没有研究过教育，从没和老师打过交道，所以需要学习和了解教育行业。以后我们都是朋友，大家既是孩子的老师，也是我们做家长的老师。孩子的成长和成才，其实是家长和老师配合起来才有效果的。因为我很少在家，以后由孙智和贺英与各位老师保持联系，只要我回来，也要多向老师们请教的。”

大家站着共饮了杯中的酒水，便一起坐下聊天。

孙智接着说："周秘书长一直很重视孩子的教育，所以孩子学习基础很好，各方面都算不错，现在考上南泉中学最好的班级，算是一大幸运。高中阶段的教育，无论老师和学生都是非常辛苦的。我过去当高中教师时深有体会，其中最重要的是家长与老师的配合，随时要给孩子提供学习的动力。"

李梅老师夸赞孙智的英语水平很专业，孩子的英语基础很好，只要这三年不出意外，孩子的心思放在学习上，结果一定会令人满意的。

周明老师是实验一班的班主任，是南泉中学有名的语文老师，他说："教育教育，就是教和育，老师和家长都有教和育的责任，但各有侧重，老师偏重于教，家长偏重于育，教不仅要教知识，更要教方法；家长养育和培育孩子，关键是培育孩子好的习惯，包括学习习惯和生活习惯，学习起来要集中精力，生活休息时要放松放开。有的家长在孩子休息或放假时放开让孩子玩手机或上网玩游戏，这是错误的，因为玩手机或上网并不能让大脑很好休息，反而让精神更疲劳，而且分散学习注意力。所以我主张家长管孩子，特别要管好课堂以外的活动，千万别让孩子玩手机或上网，这是高中阶段应试教育必须要注意的。我询问过孙哲和周雄伟这两个孩子，他们从没有玩过手机，更没有上过网。当然现在讲素质教育，我认为这和高考制度是矛盾的。因为我们教的是基础知识，而不是应用科学，素质教育应该到大学里去强调。上网和玩手机可以增加很多新知识，但中学阶段是不必要的。每个孩子都是聪明的，但精力和智力也是有限的。"

孙智非常赞同周明老师的观点，说自己就是靠这样的观点起了关键作用，不给孩子买手机买电脑，周雄伟初中开始爱上网，贺英限制纠正后，学习成绩直线上升，否则没有现在的成绩。改革开放带来了很多新东西，但孩子们只喜欢新鲜的有刺激性的东西，大人们有时也是这样，如果没有一定的限制，对整个社会都是不利的。孙智的观点，老师们都很赞同。周天寿说自己如果不跟老师们交流，就不会懂得这些道理，他还准备给儿子买手机呢！

大家又聊了职业方面的话题，孙智说教师的职业是最稳定的，而且相比之下大家差距不大。但老师们却一致说，教师也有挑战和危机。教师虽然都是吃财政饭的，但工资普遍较低，生活水平在社会上越来越落后。教师只有提高升学率才能提高个人收入，但现在很多孩子不爱学习，沉迷网络游戏，增加了教育的难度，当好教师越来越不容易，教育行业面临着很多新挑战。

第十九章　身份

55

好不容易熬过第二季度，分理处的存款任务完成了百分之八十，大家工资收入没受到太大影响，孙智总算松了一口气，但他迫切希望市分行尽快派个负责人来，他觉得自己无力应对今后的局面。他认为这样的综合营业机构，各项业务主要依靠这里的大型企业，没有像王红梅那样的特殊关系，无法与C银行开展竞争，因为刘奇威的妹夫是C银行西域市分行的行长，关系的天秤完全倾斜在竞争对手一方，唯有张明远才可以摆平这样的关系，因为他的亲叔父是本市的市长。孙智预感到市分行一定会做出这个决定。

当下形势恰好是商业银行分支机构深化改革时期，金融监管部门提出的改革要求是尽量减少业务品种单一的营业机构。不多久，总行关于营业机构改革方案出台，市分行决定将所有的分理处升格为支行，原来的单一储蓄所归属支行管理；花果山支行因为离城区较远，只能独立成为一个支行，没有附属的储蓄所。市分行经过形式上的内部竞聘，便任命张明远为花果山支行的行长。

花果山水泥股份有限公司高层也悄然发生了变化，刘奇威经股东大会推举为董事长，随后便对管理层进行大调整，高层中三位元老也因年龄原因而退位，中层的部门经理全都换上了年轻的技术和业务骨干。孙智这才明白，王红梅其实早就做好了离职的打算，因为她那年长的丈夫早就患上了矽肺病，实际上已经没有对公司的控制能力；她看到自己的辉煌岁月就要结束，逃离是她最好的选择。熊天雷的去世，刘奇威是最大的受益者，而对王红梅来说却是灾难性的。王红梅非常简单地处理了熊天雷的后事，然后把一切留给丈夫创办的公司去处理，自己便称病住进医院里。刘奇威也不能没有表示，否则会遭到元老们的反对。他主持举行了盛大的追悼会，这样对花果山创业前辈也有一个好的说法，更是自己树立形象和威信的好机会。但在企业机制上，他大刀阔斧地砍掉了不能给企业带来利益的内设机构，凡是五十五岁以上的职工，不论干部工人一律退出工作岗位，从而完成了人力资源的更新换代。

王红梅的辞职申请迟滞两个多月才批下来，据说她到市分行办理正式离职手续时，肚子已凸得很高，引起了很多人的议论。她连花果山上的房子也没顾得上处理，办公室里的私人物品没有收拾拿走，便匆匆忙忙独自南下到深圳去了。孙智只好替她收拾留在办公室的物品，发现了她的高立柜里有十瓶飞天牌茅台酒；在她的桌柜里，有一套备用的家里钥匙，还有不少化妆用品，桌旁的保险柜他是无法打开的。

孙智只好给王红梅发去短信，王红梅很快回了短信，并告诉了他保险柜密码，说里面有十万元现金，这是她给大家准备的，是对大家过去收入不足的补偿，请孙智替她平均分给大家，每人一万元，孙智两万元；其他物品请孙智帮她送到家里去。孙智将东西送到王红梅的家中，他仔细观看了这豪华的房内设施，又忽而感到她的离去实在令人惋惜，心想也许有一天她会带着孩子回来居住，于是把所有的东西摆放好，又从柜子里找出一些床单，把那些贵重的东西一一覆盖起来，然后怀着一种无以名状的心情锁好门快步离去。

孙智把钱分给大家，这下可感动了每个人，个个脸上有了笑容，说起王红梅的好处来。其实同事们都觉得，花果山分理处幸亏有王红梅才能支撑到现在，不然早就被撤掉了。王红梅虽然自己拿的多，但大家的收入总比别处的员工拿得多一点儿，应该感谢她才是！再说王红梅对员工的要求很随便，从来没有处罚过任何人。她现在离开了，良心也突然发现了，竟然在永久离开时给每个人补偿一笔钱，让人还能说她有什么不好呢！这会儿大家又担心花果山支行的前途，如果新来的行长缺少王红梅那样的人脉和本事，自己的结局又将如何呢？孙智告诉大家，新来的行长本事很大，前途一片光明！

张明远来花果山支行任职的第一天，简单地开了会，没有做出任何工作上的最新安排。他仍然让孙智做客户经理，因为孙智对这个区域里的企业和私人大客户已是轻车熟路，没有其他人能代替孙智的作用。张明远让孙智先到各家企业通报银行方面的人事变动，并且极其认真地告诉孙智，领导的身份很重要，但是介绍领导身份要让第三人来说话，才能显示领导在公众面前有良好的形象。孙智明白张明远的意思，既不直接说出新行长有什么特殊背景和关系，又要让企业家们知道他是有来头的，有更大的能量为企业服务。

孙智独自接触企业时，所到之处尽量避免直接介绍新行长的特殊身份，而是在业务交流中穿插说明领导岗位的变化，通过透露市政府对G银行的高度重视与广泛合作来显示张明远的特殊能力。他不再考虑这样做的任何道理和后果，只要能让老板们明白其中的奥妙就行。

张明远与王红梅的工作方式完全不同。过去王红梅从来没有要求孙智提供任何关于客户的信息资料，而现在张明远要求孙智迅速整理一套完整的客户资料。孙智不得不加班加点将一百多家企业客户的基本信息和经营情况整理出来交给张明远。

接下来，孙智引着张明远逐家走访已开户的企业客户，各家老板甚是热情，待为上宾。如此一来，银行与企业之间每天都有工作宴席。酒席上，张明远展示出惊人的豪爽和酒量，凡客户的敬酒，他都来者不拒，举杯畅饮，身体醉得晃晃悠悠，心里却没有一丁点儿糊涂，这让孙智十分佩服。孙智本打算与酒绝缘，但在张明远的感召下，也不得不重拾酒杯，一陪到底。孙智想，如此喝下去，必定要把自己喝出毛病来，无奈之计就是装模作样喝下去，然后再悄悄吐出来；有时他觉得有些醉意时，就起身到卫生间里把胃里的酒和食物呕吐出来，回席后再喝些清汤或吃些青菜以平和肠胃，等到宴席结束，别人都是酩酊大醉，孙智也假意醉得不轻，实则醉意全无。每晚宴席之后，大家都难免要到宾馆的娱乐中心去做做按摩、洗洗桑拿，孙智虽然对这些娱乐没有兴致，但他不得不表面应付，以免在众人面前表现得不合时宜，让领导和客户另眼相看。

即便他们这样用尽心机地拜访客户，但连续多日企业客户数并没有新的增加，存款不升反降。这让孙智心里十分着急。因为作为银行的基层营业机构，领导的更换和接替一般会带来客户量迅速增加，尤其是具有一定社会关系的基层负责人，都会有他可以带动的客户群体。张明远曾在几个支行当过副行长和行长，应该会带来不少新客户，特别是那些与他关系紧密的张氏家族企业，应该很容易拉进来开户存款，可是现在一个也没有来到花果山支行。孙智对这个异常现象感到奇怪，心里无法解开其中的奥秘。两个月过去，花果山支行的存款又减少了一千多万，而张明远却总是那种不急不忙的样子，把大量精力花在拉关系上面，有时带上孙智，有时单独行动，搞得孙智如坠云雾，兴趣和信心也丧失殆尽。

56

到季末的时候，市政府张昌德市长突然来到花果山视察，他不仅到花果山水泥公司巡视了一圈，还在众多官员和刘奇威董事长的陪同下到花果山支行慰问了正在临柜的工作人员，这是从没有过的大喜事，对正在走下坡路的小支行来说真可谓是吉星高照。市里的新闻媒体都做了详细报道，从此花果山支行的存款增长迅速发力，花果山水泥公司的大部分货款也悄然流进了花果山支行，短短半个月存款就翻了一番，贷款投放也增了六成，成了全分行发展速度最快的支行，每个员工的季度绩效工资都达到了一万元以上，而张明远头一回就拿到了十万元的考核兑现奖，孙智拿到的虽然只有张明远的一半，却也是他有生以来从没有过的高收入，这让孙智心中激动多日，他不敢相信自己的好运就这样轻松而来，因此对这位比他年轻五岁的行长言听计从，俯首帖耳。他突然觉得张明远早就谋划周全胸有成竹了。他先是撒好鱼饵、运足功夫，再请他叔父来开闸放水、撒网收鱼，企业纷纷看到好处，把资金转存到花果山来，等待享受可能出现的政策利好。商人们总是见风使舵唯利是图的，行动紧跟政府领导人的动向亦步亦趋，关键时刻才会倾巢出动、重拳出击。果然不久，市财政局也到花果山支行开立了补贴资金专户，先知先觉者自然最先得到好处，花果山支行的存款像涨潮似的节节高升。

盛夏到来，花果山上桃子挂满枝头，桃果成熟了，让人眼迷心醉。西域市政府召集了一次银企座谈会，主旨是研究工业与金融如何更好地结合起来，寻找加快全市经济发展步伐的着力点。花果山水泥公司董事长刘奇威向市委市政府提出建议：进一步扩大花果山工业园区，大力发展建材工业，以花果山为基地，扩大水泥生产规模，新建一批新型建筑材料生产线，支持全市及全省的房地产快速发展。这个提案得到市委市政府的同意，决定在花果山宾馆召开全市城市建设研讨会，由花果山水泥有限责任公司承办并负责全部会务工作。在张明远的要求下，G 银行西域市分行及花果山支行也派出了会议代表并参与会议接待服务等具体工作。陈志杰和张明远分别代表 G 银行两级机构参加会议，并派来三名工作人员，一名是张明远的妻子林雪英，另外两位漂亮的公关小姐是 G 银行新招来的美女大学生。孙智作为花果山支行的客户经理，自然要参加会议接待与会务工作。

林雪英和孙智是老相识，她也是早年被老马行长看中的人，无非是让机关多些漂亮女人，接待客人更有面子。孙智在分行办公室做秘书时，林雪英是信贷部的接待员。她并不是什么大学毕业生，高中毕业后就招录到 G 银行，只做了一年的储蓄柜员，然后就进入市分行机关，在信贷部做了两年接待服务工作，慢慢接触信贷业务，学会了与客户沟通交流，成了一名独具魅力的女信贷员。女人的漂亮是一种特殊的资源，可以对业务发展起到四两拔千斤的作用。林雪英身材小巧玲珑，长得就像甜美的歌星，在全行素有“林妹妹”之称。孙智在机关时也时常叫她“林妹妹”，每当孙智这样叫她，她总是非常惬意地靠近他。林雪英刚来 G 银行时就参加了成人自修大学考试，学的是经济管理专业，经常向孙智请教学习上的问题，连毕业论文也请孙智代劳，凭着这种交情，林雪英一直对孙智十分热情而友好。孙智对这种女人从来都是保持距离，只当她是一个含情脉脉的林妹妹。

林雪英与张明远结婚，是孙智没有想到的。张明远四方脸，三角眼，给人的印象是阴森而有城府，好强却不失体面。他看起来没有多少学问，只是有个当官的叔叔，在机关里显得别具一格，混得如鱼得水。孙智从来没有发现和听说过他与林雪英的恋爱故事，却突然收到他们的结婚请柬，参加了他们的婚礼。但他并没有发现林雪英有幸福的笑容，一直对他们的婚姻怀有好奇之心。时间一晃过去数年，孙智见到她时总觉得很特别，她表面活泼随意，却掩饰不住内心的惆怅和哀愁。

会议就餐时，会务人员都在一个餐厅里，林雪英并不靠近她丈夫，而是远离会议代表，做那些杂乱而细碎的服务工作。就餐时，她跟随孙智到另一个包间的餐桌上，一群男女吃吃喝喝，说说笑笑，陶然快乐。同桌就餐的还有几位领导人的司机，大家谈论的不是什么经济和房地产话题，而是女人和金钱。市长的司机高大而健谈，嘴上说出来的全都是无聊的惊人之语。林雪英坐在孙智身边，不时地用身子碰撞孙智，用脚上的高跟鞋尖踩踏孙智的脚，孙智装作没什么感觉，却不时地用眼睛盯着她，怀疑她的精神是否正常。孙智不甚多话，总是微笑着看别人说话；林雪英不拒喝酒，喝了十几杯酒却没有醉意，但身子却越来越挺不住，摇摇晃晃，不时倒向孙智。

晚饭后，大家自由选择娱乐活动，多数人回到宾馆房间打麻将，张明远陪着陈志杰与他的市长叔叔，在刘奇威的带领下进了花果山最豪华的娱乐大世界。林雪英要孙智陪着去游泳馆游泳，孙智好久没有游泳了，便随三个女人进了游泳馆。林雪英并不会游泳，只穿着泳装在水中划来划去。林雪英开始时让孙智托着她漂浮在水面上，池子里的水渐渐加深，一会儿就涨到了孙智的头顶，林雪英在水中手舞足蹈地乱抓一阵，很快沉入水中；孙智见她正在呛水，立即将她从水中拉起，她顺势抱紧了孙智的腰。

自那以后，两人的关系就变得更随意，只要张明远不在家，她就要开着车约上孙智，天上地下无所不谈，身体上的接触也是无所顾及的。

第二十章　升迁

57

周天寿在省政府办公厅任经济处处长不到两年就升到副厅级，于2004年2月被调回西域市任副市长，顺利实现了他曲线升迁的愿望。他现在分管市政府几个新调整的经济部门，如住房和城乡建设局、国土资源局、水利局、能源局等。上任之际，他紧锣密鼓地召开了分管部门的工作会议，很快出台各行业的发展规划，又对下属机构的人事进行了考核和调整，营造了有利于经济发展的环境。两个月后，他顺利地当选为市委常委，这让他在如意顺遂的仕途上更加踌躇满志。

西域市的市委班子这几年变化不大，书记原是省经委主任，在西域市主政了五年，张昌德担任市长已经有六年时间，很快就面临新的人事调整。周天寿已经四十七岁，如果能够在工作上取得显著政绩，也许下一届的市长位置就轮到他了。他觉得自己的人生目标已经非常明确，事业没有止境，权力没有顶峰，金钱越多越好，儿子必须成才，家庭维持就好，前途不能折腰。眼下自己的事业如日中天，但年纪不饶人，年近半百的人，再升迁的空间已经很小了，挣钱的机会也不会很多，家族的辉煌只能靠儿子将来去争取，儿子的前途关系到家族的未来，更关系到父亲的荣誉或体面。

在周天寿看来，儿子的教育培养是当下唯一需要操心的大事。儿子离高考只有一年多时间了，虽然考上大学已有九成把握，但离顶尖大学的期望目标还是一个未知数；他对南泉中学的老师抱有殷切的希望，对孙智抱有充分的信心，对儿子的学习状态和不断进步也十分满意。他在繁忙的工作中，已经两次去学校看望儿子的老师，而同孙智几乎每周都有电话交流。

贺英回到了市机关大院自己家里，仍然将儿子周雄伟留在孙智身边，一则因为他们夫妻二人工作很忙，无暇顾及儿子读书，二则因为儿子习惯同孙哲一起学习，加上有孙智的管理和引导，对学习十分有利。她想，无论如何不能对儿子的学习生活产生任何不利的影响。

贺英自己没有多操心，便顺利地调到财政局预算外资金管理处，这是个被人们认为很实惠的行政单位，工作十分忙碌，整天同各类企业打交道，除了社交广泛之外，并没有什么额外挣钱的机会，只是完成应收项目征缴任务后可以获得一些奖金，贺英觉得这样的工作并不十分过瘾。她把目光盯向那些她过手的企业，寻找各种挣钱的机会，却发现没有任何自由活动的空间，只不过认识的有钱人越来越多，社交圈子越来越大，同时心里的落差也越来越大。她不敢明目张胆接受别人的钱财，而对钱的愿望却越来越强烈。她发现社交圈子里的人一个个都很阔绰而又很无聊，除了吃吃喝喝，自寻快乐，却找不到一个有品位的朋友，也找不到一点别的什么趣味儿。虽然挣不着什么钱，但找她办事的人越来越多，现在没好处不等于以后也没有好处，所以只能等待时机。她对工作极为认真，连续几个月超额完成任务，半年就升为副科长。如何为将来的日子创造更多的优越，如何为儿子创造更好的条件和机会呢？这样的问题一直在脑子里飘来飞去。

贺英知道丈夫背后的力量是很大的，别人求她办事，多半是因为周天寿的无形力量。但她不敢和周天寿扯上什么关系，凡是需要她求丈夫的事，她一概回绝；并不是她不愿给丈夫惹麻烦，而是担心丈夫给她找麻烦。她并不在意丈夫的前途，丈夫的前途与自己无关。周天寿似乎比任何时候都忙碌，每周难得有一次见面的机会；每天晚上她独自躺在豪华的床上，觉得十分孤独和无趣。这个时候，她心里渴望的只有孙智。她觉得孙智也许是未来可以依靠的人，而现在的机会，可以对孙智的银行业务提供更多帮助，帮助孙智，也许会给自己的今后带来更多希望。她把很多有钱的老板介绍给孙智，让孙智的业绩直线上升，无形中增加了他在张明远心中的分量。张明远上报市分行，让孙智担任副行长，只待分行党委正式做出决定。

58

因为全城大搞房地产开发，花果山周边已布局了多家房地产开发企业，大小楼盘十几个，到花果山支行开户的房地产企业已有十五家，但这些企业都是只见名称而不见实体，在银行开了户却没有多少钱存进来，而申请贷款的资料都提前送来了。

孙智打开电脑，翻开一页页贷款申请资料，逐一输入相关内容。这是一种固定格式的信贷客户信息表，共有二十多页，而填写每项内容都要从客户提供的资料上去寻找，从而让输入电脑的速度显得极慢。孙智很费力地做着这些细致的工作，渐渐进入困乏状态。连续几天，他觉得很累，但手头的工作不能停下来，因为客户越来越多，早一点儿完成基础工作，就会早些争取主动。

这一个多月来，孙智的工作显得特别繁忙，白天陪着张明远与开发商谈贷款的细节，晚上要整理企业提供的书面材料。这些中小型企业基本上没有完整的档案资料，临时拼凑的资料十分零乱，且不说真实性如何，连起码的连贯性和逻辑性也没有，各种基础资料、项目可行性报告书都要一一过目和摘录，每份资料的每个字都不能出错，因为银行贷款程序和评价过程很严格；作为经办行，必须把好第一道关，而作为行长的张明远，却并无耐心做这些具体工作，文字性的工作都是孙智做好了让张明远签字。

现在正在办理开发贷款的有五家公司，都是张明远亲自联系的业务，五份材料的文字工作都交给了孙智，阅读量就相当于一本《红楼梦》，需要根据申请方的材料再写出银行方面的评审材料，累得孙智没有一天停歇的工夫。孙智白天不停地工作，晚上还得把材料带回家来做。开发商要求银行贷款的积极性极高，为了让银行加快贷款投入的速度，他们拿出一些钱来交给张明远和孙智，一个月下来，孙智就得到开发商付给的加班费两万多元，拿了别人付给的加班费，孙智不得不日夜奋战。

周天寿虽说回到了西域市，可当了副市长，就成了天下最忙碌的人了。真如他自己所说，基本上没有时间住在家里，不是到省里开会，就是在市里开会，正常上班以外的时间都住在宾馆里招待客人。贺英在家里住了三个多月，便觉得实在无趣，熬不住夜间的孤独和寂寞，就又回到了孙智那里。

他们已经三个多月没有住在一起了，现在却没有什么新鲜感，见面没有热情，也无心询问彼此的情况，贺英甚至连对儿子的学习也失去了关心。实际上，她是有很多变化的，外表显得比以前苍老了一些，脸色缺少了红润，眼睛还有些暗淡了。她打扮成一个职业妇女，原来是浓黑细软自由飘洒的头发，现在剪成了齐耳的短发，与她微胖的瓜子脸蛋不够协调，让熟悉她的孙智看起来有点儿陌生。她的衣着也没有先前那样讲究时尚，灰色的西装衣裤遮挡着里面淡蓝色的衬衣，给人一种老成持重的感觉。孙智无话找话地问她为何搞成这副模样，贺英脸无喜色地说："难道你不知道我有多大了？我都四十岁了，还能天天装成二三十岁的少妇吗？在我的周围，基本都是四五十岁的人，多少都有些身份地位，所以我在外表上也应该恢复本来面貌，否则会让人轻视无礼的；连自己都觉得老了，更何况你们男人！"

孙智露出一点儿浅浅的微笑问："你过去从来不自卑，今天怎么了？"

贺英脸上有了一丝笑意，回答说：“过去是为了迎合男人，装出来的年轻和自信，以后还能继续装下去吗？”

孙智又问：“是不是周天寿回来了，担心你打扮得太年轻，给他招惹是非？”

贺英说：“哪还能管他计较什么！他早就不在乎我了，夫妻夫妻，老来无趣，何况现在都只是为了自己的事儿在奔忙，为了说不清道不明的事业，整天追着别人的屁股后面转来转去。”

孙智说：“人不都是在为钱而操劳吗！难道你不再为钱奔波？”

贺英说：“为钱？哪来的钱？每月三千多块钱的工资，天天累得像马儿赶路似的，这就是我的处境。”

孙智说：“如果你觉得挣钱越来越难，不如把这套房子卖了吧，我们各回各的家，至少在经济上都不再这么操心。”

贺英说：“不是挣钱难，而是太容易，正因为容易，所以不敢和那些生意人打交道；天天同生意人打交道，帮他做点儿事，他就给你钱；这些钱太烫手，不敢要。明文规定的，哪敢违背呢！不敢收钱，但该办的事还得为他们办，办完了事，连吃他一顿饭的胆量也没有！天天这么忙，白天忙这忙那，晚上独守空房，这叫什么日子吗？周天寿倒是希望我少回家，我夜夜守在家里，他却一周难得回去一次，我无法忍受了！这套房子反而是我唯一的避难所。”

孙智说：“我倒觉得适度的孤独和寂寞，有助于增强老了以后的承受能力。”

孙智看完周雄伟和孙哲近来的考试卷，发现两个孩子的成绩已基本一致，各门功课都很少失分，心里完全放心了，便静心看起了手机，搜索浏览各种新闻。

孙智洗澡的时候，在大墙镜中看自己，发现头发又白了许多，额头的皱纹更深了，肌肤不再那么强劲，有了未老先衰的样子。

59

次日上班，张明远要孙智随从陈行长和他一起去市政府，他们直接到周天寿副市长办公室，两位穿戴笔挺的老板见陈志杰一行三人来到，赶忙站起来迎接，周天寿也从宽大的办公桌前走过来，握着陈志杰的手说：“早听说陈行长，你们银行为西域市的发展贡献很大，今后还要靠你们共同努力，把全市的城市建设工作做得更好！”他随后又把双手伸过来，一只手握着张明远的双手，一只手拉着孙智，说：“你们三人，除孙老弟外，你们二位是新朋友啊！”

陈志杰不解地问：“原来周副市长认识孙智？”

周天寿说：“孙老弟和我是老朋友了，他和我爱人是老同事，我们相识快二十年了！”

陈志杰恍然大悟，说：“对了，您爱人叫贺英，四年前调走的。那时银行改革力度很大，调走了一些人才；对您爱人，请周副市长能够理解。其实那时我很想让她下去锻炼一下，然后才好安排个职务；包括孙智在内，只要坚持下来的，一定会有机会的！我们党委会已研究决定，让孙智同志任花果山支行副行长，再过一两年，张明远同志调回分行任职，孙智同志就担任花果山支行行长了。”

周副市长示意大家坐在环形沙发上，摆摆手说：“这哪里的话！陈行长是有照顾的心意的，但改革是无情的，不能有私人感情。贺英这女人，不适合在银行上班，现在在财政局比较适合，只能做些杂活，女人嘛，有地方发点儿工资就行了。孙智才是真正的人才，我最爱同孙智在一起，他的博学多才让我深受启发；只是他走错了门儿，英雄无用武之地啊！他的知识完全可以到大学当教授了！”

周副市长接着说：“今天请几位行长来，是想为你们搭个桥，这两位先生是省城宏远置业公司的老总，准备来西域市搞房地产，正好我主管这个行业，引进一些有实力的外部公司，加上有你们银行的支持，西域市的房地产事业就没有问题了。具体合作事宜我不参与，你们自己本着平等互利的原则谈判就行了。走，到宾馆去，边喝酒边谈合作！”

两辆奥迪豪华小车停到帝豪大酒店门前，酒店经理热情地将周副市长一行客人迎了进去，大家一起走进香港厅，围坐在椭圆形的会客间乳黄色真皮沙发上。

周副市长说：“今天是宏远置业的张老总宴请G银行的几位行长，简要介绍一下合作的想法和意向。我管全市的国土资源和房地产，涉及开发用地，我会尽力支持的。贷款问题，看看银行需要哪些必要条件，银行能不能尽量优惠，大家都可以先谈出来。经济上的事情，都讲究合作共赢，只有好好商谈才能好好合作嘛！”

周副市长示意张老板介绍他们公司的情况。高大富态的张老板快人快语地说：“我们公司是全省十大房地产公司之一，在省城开发了不少花园小区，建了好些摩天大楼，因为在全国有很多项目，所以来西域市的只能是一个分公司，等各种条件具备，项目做多了做大了，总公司就会介入进来。现在我们已落实了两个项目，一个是景山花园，一个是城边花园，地皮都没问题，目前只是需要一些铺底资金，全部实行预售制和购房按揭销售。按揭贷款银行都是愿意做的，铺底资金我们自筹百分之五十，余下百分之五十请求银行贷款解决；当然这是有报酬的，按业内惯例，利息之外还有百分之二的返还，大家的辛苦和帮助都是有回报的。”

陈志杰说：“先不谈这些！贷款的起码条件是要有公司实体，要有资产抵押；建议你们先找个本地实体公司合作，能用办公楼或地皮做抵押就可以了。”

张明远马上想到了花果山水泥公司，说：“是否可以先同水泥公司刘总谈一谈再说？”

周天寿说：“那更好！”

饭局开场了，满桌好菜加四瓶茅台，六个人边喝酒边谈改革的话题。他们从房地产谈到股市，再谈到人才和家事，气氛立刻活跃起来。对孙智来说，所有的观念都是新鲜而富有吸引力的。

周副市长说："世界潮流，浩浩荡荡，改革开放，需要我们脑子急转弯，眼睛向前看，全心谋发展，为社会，为家庭，为后代创造和积累财富，是我们这代人最重要的机会和使命。"

陈志杰说："银行始终站在改革的前沿，从20世纪80年代起，银行已经有过三次大的变革，现在已经脱胎换骨，从上到下没有一个闲人，人人都有使命感和危机感，这就是改革带来的变化。孙智同志原来是做文字工作的，但我们缺乏的是基层业务骨干和营销人才，通过改革的压力，他在基层受到了很好的锻炼，现在终于能担当重任了，我很高兴看到他坚持到现在，并且能一如既往地坚持下去，为业务发展担当重要角色。"

周副市长说："人要到最艰苦的地方才能增长才干，市场最活跃的地方才有不竭的财源，要不断创新才有发展的动力。孙智过去我比较了解，属于稳健保守型的，如果担当重任，有了压力，思想就会产生质的飞跃。"

当谈到人才的话题时，陈志杰突然问孙智："孙智同志的理论水平我是知道的，这几年积累了多少实践经验？视野是否开阔？开拓精神如何？这些都很重要，今后要面向业务发展不断提升能力。"

周天寿没等孙智回答，先说道："我这位兄弟名气很大，他的儿子是全市的中考状元，他如果是在教育战线工作，一定是很出色的人物；现在人们对教育是最重视的。像孙弟这样懂教育的父亲，是很少见的。能对教育深有研究的人，一定能胜任更艰巨的工作。我们政府部门来自教育战线的人才很多，都证明了这一点；如果不是有年龄限制，我一定会调他去政府工作，现在政府也是很缺乏人才的。"

陈志杰又问："孙智同志家庭情况如何？爱人在哪里工作？有什么困难没有？"

孙智回答："目前家庭没有太大困难，爱人到南方打工去了，对我既无帮助也无影响；至于思想观念嘛，谈不上很现代，但在一个开放的环境里，观念必定是要有变化的。"

张明远说："孙智同志很不错，我们共事不到一年，工作配合得很好，性格也改变了很多，完全能担当重任了。"

陈志杰正色道："如果这样的话，孙智同志做好思想准备，马上接任花果山支行行长职务，让张明远同志回到分行负责信贷工作，另外再从分行给你调来一名助手，协助你做好房地产和信贷方面的具体工作。"

张明远对陈行长说："如果我到分行负责信贷工作，林雪英就要换岗位了，不如干脆就来给孙智当副手，您看如何？"

陈志杰说："这样很好，就让林雪英同志到花果山支行任副行长吧。"

周天寿听后一时甚为高兴，举杯向大家敬酒，话题回到桌面上来，四瓶酒喝完了，张老板要再加两瓶，陈志杰挡住了，说："不多喝了，吃完饭，我们一起到花果山娱乐大世界，再请刘奇威董事长来，谈一谈同你们宏远置业公司的合作事宜。"大家接受了这个有意义的提议。

来到花果山娱乐大世界，陈志杰给刘奇威打了电话，刘总很快来到，大家一起谈了正事。刘总爽快答应合作，确定双方共同出资成立一个新公司，作为宏远置业公司和花果山水泥公司的共同子公司，水泥公司以现有土地作价入股，作为贷款抵押条件，双方很快就签订了合作开发协议书。张明远让孙智拿出一份房地产开发贷款标准合同（意向书）文本，双方认真看了一遍，然后填写了贷款金额和使用期限，随即也签订了贷款意向书。谈完正事，张总叫来客房部经理，给每个人开了单房，各自午休去了。

孙智头一次走进这样的豪华包间，心里既爽快又紧张。他脱下衣物洗了澡，身上的酒味儿淡了一些，想好好睡一觉。他躺在床上刚入眠，突然从侧门进来一位梦幻女郎，嗲声嗲气地说着什么；孙智睁开眼，只见她披着薄薄的裙纱，缓缓向他靠近……孙智怀疑是女妖闯入，脑子一片浑浊，心肌忽然收缩，女郎看他一副紧张的表情，悻悻地飘然而去。

第二十一章　明暗

60

很快，孙智被任命为花果山支行行长，林雪英为副行长。孙智虽然头脑里没有当官的欲望，但现在这种好运突然降临到他头上，他当然不会拒绝，因为他确实为花果山支行的业务发展付出了心血，也可算得上是工作努力的结果。孙智暗暗下决心把握好这次机会。

这个机会是周天寿给他带来的，周天寿极力帮助他的用意他心里很清楚，无非是拿他当个对自己有用的人。一个中等城市的副市长，副厅级领导干部，必须拥有各方面的人才，才能支撑自己的权力，这是可想而知的事情，也是可以理解的正当用意，说得好听些是人尽其用，体现了领导对自己的信任。孙智琢磨着自己应该从哪些方面对周副市长发挥作用，首先就是帮助宏远置业公司运筹好融资事宜，这已经没有太大的问题了。

按照宏远公司与花果山水泥公司签订的协议，一个新的房地产企业——红花房地产开发有限责任公司很快成立了，现在只是做开盘前的所有准备，最重要的事是要取得足够的银行贷款，核心问题是要能够提供以土地和其他固定资产做抵押的权证手续和申请开发贷款的真实材料，这需要做大量的调查取证工作。为了保证贷款进度，周天寿直接让孙智帮助做申请贷款的可行性报告，张总拿来两万元交给孙智，算是付给孙智的加班工资，因为现在找不到别人帮忙做资料，只有孙智才能完成这个任务。其实孙智过去从来没有做过房地产企业的贷款业务，现在做起来也是很费劲的。他从网上下载了很多同类型企业的资料模版，又从分行信贷部找来样本，参考样本撰写了半个月才算完成了可行性分析报告初稿，再返回给企业补充数据，然后报送上级分行审核修改，如此往返了三次才算基本定型。

陈志杰和张明远对这笔贷款很重视，初期贷款一个亿的额度，需要报送省分行审批。张明远以分行副行长的身份到省分行落实，贷款指标比正常时间提前一个月落实到位，接下来就是征地拆迁和施工。红花房地产公司的两个楼盘开盘启动后，花果山水泥公司的职工和附近的居民踊跃购买，很快就预售了近五百套，给花果山支行带来了一亿三千万元的按揭贷款，引来了两亿元的居民存款，这让花果山支行的业绩向前跨越了一大步。周天寿还尽力帮助孙智引见高端客户，他所到之处都带着孙智，让孙智认识了更多的企业老总，达成了不少银企合作协议。如此一来，花果山支行的业绩在全市分行中遥遥领先。

花果山支行的人员编制是十二人，实际只有十人，还需要两名客户经理。孙智找了市分行领导，希望尽快安排两个人来，却一直没能如愿，因为全行经过大规模减人之后，人力资源不足的状况一直没有缓解，再加上员工辞职人数不断增加，人才问题成为制约业务发展的一个瓶颈。因为人手不够，孙智和林雪英只能天天加班。孙智过去从来没有如此忙碌，他除了同林雪英一起走访企业，落实存款新增之外，更大的精力是做企业贷款工作。每个预备贷款项目都需要考察企业，分析市场，测算资金需求和现金流量，做出贷款额度估算，进行可行性分析评估，最后形成综合申请报告书，这对新开户的企业来说意味着一切资料都要从头做起，难度是非常大的。现在正是贷款需求的高峰，不仅所有的房地产开发商都在申请贷款，工矿企业也要求银行提供贷款支持。几个月来，花果山支行收到企业贷款申请五十多份，都要一一考察并作出评估。

林雪英虽然过去在信贷部门工作过，但对新的贷款流程和要求却不甚熟悉，而且文字功底较差，这就大大增加了孙智的工作量。不过林雪英工作也十分勤奋努力，她虽不善做文字材料，但跑腿办事很是利索，而且她有自己的小汽车，开着车跑来跑去效率很高。很多时候，孙智坐着林雪英的私家车到企业中去，让那些老板很惊异，难免对他们的关系产生一些奇妙的联想，好像他们就是一对财神夫妻，所到之处格外受到欢迎。孙智时常巧妙地介绍林雪英的特殊背景，一是为了打消别人的猜疑，二是为了提高办事效率。

除了储备贷款项目，抓存款仍然是最主要的工作。他们配合跑遍了周边大小企业，把能拉来的存款全都拉了进来，连企业在其他支行的存款也转过来不少。花果山支行因为他俩的密切配合，各项任务指标都创下历史纪录，员工收入达到全分行的最高水平。孙智担任支行行长的头一个季度考核，拿下了全分行最高三十万元的绩效工资，人均每月达到一万元，孙智另外获得揽存奖励三万，林雪英也拿到了两万元奖金。此外孙智还因为帮助企业做贷款资料，额外得到辛苦费五万多元。

红花房地产公司的老总按当初的承诺，送来获得贷款后的返还资金一百万，孙智似乎觉得不妥，便问林雪英如何处理。林雪英点好收下，随后将八十万送到分行交给了张明远，留下二十万用于吸收存款。孙智想，这种钱是非常麻烦的，以后会有更多的额外款项进来，他打算都让林雪英直接请示上级领导决定处理。这种行业上的潜规则，孙智是初次接触，但他知道不合法，可现在拒绝又会让自己在全行陷入孤立的处境。于是他把相关款项的明细记录下来，并保管好所有资金。

61

林雪英和张明远是夫妻，但这对夫妻却十分奇特，工作上配合默契，生活上却不在一起，而且互不干涉。张明远的活动圈子十分广泛，林雪英从不依从，也不过问。他们似乎也达成了一种互不干预的默契，既保持一个家的存在，又各有各的自由。林雪英现在是孙智的助手，白天上班时间依从孙智，有说有笑，尽情享受工作之余的快乐。中午有三个小时的吃饭和休息时间，孙智以往都是骑着摩托车回去吃午饭，林雪英来后的第一次午饭，便从外面订了两份饭菜，由外卖餐馆送来，白饭为泰国香米，配菜有青椒牛肉丝、炸鸡腿、荷兰豆加空心菜，两人吃得爽口又爽心。

第二天中午，孙智骑着摩托车，跟在林雪英的小汽车后面，沿着花果山的环形道行驶，在山边一片草地上停下。这是厂区最北端的小区，离水泥采石厂只有一百多米远。十几栋五层楼的房子耸立在山腰间，站在楼前可以看到花果山的大部分建筑物。

一片老旧楼房，墙体灰黑，每栋楼的下半身被浓密的树木遮挡着，除有不少小鸟叽叽喳喳外，再也没有别的声音。这是老工人的居住区，很少有人出入。林雪英租下最后排一单元二楼西头的房子，一个小套间大约六十平方米，室内装修却很精致，房间打扫得一尘不染，窗玻璃也擦得很亮。两间卧室都有结实的宽木床，一间房的木床上什么也没有，另一间床上却是全新的被子枕头和被罩。

两名与老旧楼房极不相称的男女突然出现，没有引起任何人的注意，因为住在这里的都是水泥厂的退休老工人，老人习惯午饭后睡觉，都不会出来散步和闲聊。林雪英买了几样青菜、一块瘦猪肉、一条鳊鱼，考验男人烧火做饭的本领；半个小时后，三菜一汤上了餐桌；他们像两口子一样慢条斯理地用餐，如同一对新婚夫妇，一边品味饭菜，一边笑话他们自己；这种乐不思蜀的另类享受，就连他们自己也无法形容。

林雪英无话不谈，还说了和张明远的很多事，他们的婚姻头几年还可以，可越到后来，张明远越来越离谱，经常在外吃吃喝喝，到宾馆和娱乐场合鬼混，回到家里就没得人形了，后来干脆住在外面，偶尔回来也都是酩酊大醉，睡到床上如同死猪一般。

林雪英告诉孙智，她之所以和张明远结婚，就是因为做企业贷款时一起到省分行，让张明远得了便宜，而且怀上了他的孩子，将生米做成了熟饭，被迫与他结了婚。不过张明远很开朗，不干涉她的个人行动，从不计较她跟什么人交往。女人虽然不愿提起丈夫，但对家的遐想却溢于言表，她把现在的心思明白无误地告诉孙智，她想离婚，与喜欢的男人再组成这样一个新家，哪怕住这样的旧房子，也会感到无比幸福。

孙智说："男女在一起，感情固然重要，但孩子才是最重要的；要是所有人都只顾一时的快乐而不顾孩子，社会就乱了套。男女有时冲动可以理解，但千万不要忘记自己是有孩子的母亲，没有稳定的家庭是对孩子的最大伤害。"

林雪英说："我的孩子还小，还在上小学，什么也不懂，而且女儿主要是由她外婆和外公照顾，我只是每晚回去看看。外公和外婆对外孙女儿的教育挺尽心，学习上不用我多操心，成绩过得去就行了。我不求女儿将来有多好的前程，张明远不在乎这个女儿，我能有什么好办法呢！"

孙智说："世事难料，缺乏父母教育的孩子，最缺乏的就是心理素质，对社会的适应能力很差，将来事事处处依赖父母。所以对孩子心理上的管理还得靠自己，夫妻二人的和谐相处和以身说教十分重要。"

林雪英从来没思考过这些家庭观念，说："如果我能同张明远离婚，你能接受和培养我的女儿吗？"

孙智说："这当然不可以，因为张明远是个正常的父亲，教育培养自己的女儿是天经地义的事，更何况你们的家没有走到山穷水尽的地步；也许是为了事业，他暂时顾不上你们母女，说不定以后会有转机的。为了孩子，你应该把心思放在张明远身上，用感情把他变成恋家的丈夫。女儿看到爸爸妈妈的亲密关系，就会幸福快乐地学习，成绩自然会好起来。"

林雪英像小孩子一样乖乖地点了点头说："只好这样了，虽然不像个家，但离了婚对女儿的确不好，得过且过吧！"

62

孙智面对林雪英的情感，不知如何是好，徒增了很多烦恼，也增加了很多担心。林雪英那儿他并不十分担心，因为张明远并不在意林雪英，他是典型的花花公子，孙智早就耳闻他的风流轶事。张明远脑子里几乎没有家的概念，这一点孙智深信不疑。孙智对林雪英是很同情的，现在又是同事，工作上需要她配合。但贺英就不一样了，他和贺英从相识到相处十多年了，况且周天寿对他如此信任，这让孙智自责的心加重了许多。他每次见到周天寿，总是感到内疚和亏心。他十分希望与贺英了断私情，对贺英说："周副市长工作很忙，身体要有人关照，你是他的妻子，是别人不可代替的贤内助，应该在他身边好好照顾他。"

贺英说："不是我不愿照顾他，而是他的确太忙，让我无法照顾。再说，也不知道有多少女人在照顾他。他想到我的时候就回来做做丈夫的样子，要他尽力的时候他却敷衍了事；你看我这个副市长夫人，其实只是图个光彩。我只想他多搞些钱回来，为儿子的将来积攒些资本。现在的机会一定要抓住，等到三五年后他没有权力了，我岂不白跟他一场！"

孙智说："这话虽有些道理，但你毕竟是他的结发伴侣，对他的事业和生活都要把好关，千万不要让他越界太远，这是做妻子可以控制的。"

贺英说："他早就越界了，周天寿的本性我最了解，最后没有什么好结果！"

孙智说："我现在当了个小行长；张明远升官了，到分行当了副行长！正如我预料的一样，他是要千方百计向上爬的！"

贺英说："一定是周天寿帮了你，他把你拉进了他的圈子，就是让你为他搞项目。他捞的钱，你一定要告诉我。我不能连他的钱也拿不着。只是你要当心，你和他在一起，千万要防着点儿！"

孙智说："我会提防他的，但我还是劝你真心给周副市长当妻子，把我们的关系放在一边。孩子读书全由我来管，保证让他们上最好的大学。”

贺英说：“还是老样子吧，周天寿有一份对儿子的希望之心就不错了，我无法对他要求更多，只要他不干涉我的自由，一切由着他去了！现在你是他信得过的人，他并不在意我们在一起，他是为了他自己才会这样做的！”

孙智说：“家庭是需要夫妻共同维护的，一方的努力必定会影响另一方！”

贺英说：“我知道你心里还想着黄雅娟，那是你为你的儿子和你的家庭着想，我也是为我的儿子和我的家庭着想，但现实让我们没办法回到原来的状态，得过且过是无奈的选择。但如果哪一天周天寿犯了重罪，我必然会有新的选择，你愿意同我结婚吗？”

孙智说：“事情不会发展到那一步，周天寿一定是有理智有底线的人！”

贺英说：“这种社会一切都很难说，人的欲望和人性的变化是很难把握好限度的。有时我倒希望他出个意外，让我有新的选择。我自信你也会愿意的，因为我不会像黄雅娟那样对待你。正因为你和我都是在为家庭和儿子着想，所以现在只能这样了。我知道你孙智的心思是把儿子和家庭放在第一。我俩都有共同的心愿，为了各自的孩子，我不是那种羞羞涩涩吞吞吐吐的女人，我只服从现实！”

孙智想到贺英的确有很多好处。她通情达理，性格温顺，勤劳贤惠，不像黄雅娟那样脾气火暴，要是命中能有这样的爱人，是男人最大的福气，但孙智偏偏命里没有这种福气。看样子，周天寿也是割舍不得这样的爱人的，也许他真心为了爱人不孤独就随了她的愿。孙智虽然理解贺英的心思，也悟出周天寿的态度，但从维护周天寿的声誉着想，他一再劝说贺英多回自己的家，尽量避免麻烦的事儿意外发生。

第二十二章　内疚

63

不到一年时间，花果山就见不着满山的桃果树了，到处都是建筑工地，上山来游玩的城中人越来越少了，但人流却反而多了起来，除了那些戴着安全帽、穿着清一色灰布工装的建筑工人外，还时常有些不三不四的人员来来往往。

花果山支行正对面是水泥公司总部，两边都成了建筑工地，除了建商品房，水泥公司还规划建一栋新办公大楼。原来的树林、绿化带、人行走廊和荷花水塘全部变成了建筑工地，有的楼层建了一半，有的刚刚打下基础。因为灰尘大、环境差，前来存取钱的人大为减少。

中秋时节，花果山上再也没有往年的节日气氛，居民都关着门窗防止空中弥漫的灰尘进屋，来往的行人有的用手捂着嘴和鼻子，有的干脆戴着口罩。这种季节本来就是银行抓存款的淡季，因为大量贷款投放出去，资金要经过一段时间的市场流转后才会回笼到银行里来。这个时候，银行通常十分注重安全，就像是农民收获粮食一样，经常担心盗贼潜入。公安部门不断发出警报，一些歹徒蠢蠢欲动，寻找机会向有钱的单位和居民下手。银行是抢劫犯最爱光顾的地方，G 银行安全保卫部门和公安机关连续召开了专题会议，通报了全国银行安全形势，分析了最近全国发生的一系列案例。在西域市，也发生了两起抢劫案，一个农村信用社被抢走现金五十万元，一个市中心的黄金饰品商店被抢走三十多万元的金银饰品。

孙智作为花果山支行行长，要对这里的安全负完全责任。按照上级行要求，他每天都要进行安全检查。因为花果山支行地处市区边缘，本属于重点防范地带，加之现在又是建筑工区，周边的防护墙多处受到损坏，安全状况堪忧。孙智主持召开了安全防范紧急会，传达上级有关安全保卫工作的会议精神，对每个岗位的安全职责作了进一步的明确和落实。他自己更是紧绷安全防范之弦，每天早、中、晚都对营业厅外围进行巡查，在上班时间也要进入营业室内检查各种细节。孙智观察发现有两大风险和问题值得高度注意：一是如果犯罪分子砸坏门窗或柜台玻璃强行进入营业室内抢劫，营业人员无处躲避，如果发生争夺，难免出现人身伤害。人身安全是第一位的，上级行反复要求以保护人身安全为重点，要求员工不必与歹徒争抢和搏斗，只要尽快拉响警报，让片区警员迅速赶到制服歹徒就算尽责。现在必须增加报警按钮，保证每个营业人员坐在座位上都能迅速报警。二是早晚钱款进出营业室或在临时调款时有可能出现钱箱遭抢劫的事件，因为随车押运钱箱的武装保安只有三人，其中两人持有押运专用的霰弹步枪，这种配备只是一种常规防护，在劫犯众多并持有枪械的极端情况下，必然会造成人员伤害和钱款损失。当前花果山片区情况复杂，必须针对后一种情况做好重点防范。孙智亲手动笔写出了安全保卫的各种预案，紧急落实各项条件和措施，请上级保卫部加装了报警器材，加固了钢门钢窗。为防止意外情况发生，孙智还将尾箱装款数量做了调整，要求营业时间每个钱箱不得超过五万元，早进晚出时每个钱箱不得超过两万元，大额钱款必须分放在保险柜里，以方便营业中途随机调往上级金库。他亲手腾出两个最新的尾箱装满废旧书籍，然后加锁封装，并粘上封条。他认为这样可以迷惑劫犯，避免损失。

64

中秋节平淡过去，大家心中增加了凝重感。农历八月十六下午临近下班时间，孙智突然发现周围来了很多陌生人，而且这些人都游离在监控录像范围之外，三三两两东张西望。他觉得这种情形非同以往，心中顿时紧张起来。临近中午要将超额库存现金调往上级金库，孙智亲自到营业室内将钱箱装在推车上，再把两箱装满废旧书籍的尾箱压在上面；当运钞车来到，他又亲自推车到门口，当推车临近运钞车时，突然间几个戴着安全帽、穿着灰色工装的蒙面人从侧面冲了上来，猛然用大量石灰粉撒向两名持枪的押运保安员脸部，另外两人迅速抢走压在推车最上面的两个新尾箱，骑上从侧面驶来的两辆摩托车飞快向西逃窜。这时，站在营业室向外观望的老黄迅速按下警报按钮，顿时花果山警报声大作，四周警察迅速赶来，两辆警车快速向劫犯逃离方向追击。因为劫犯骑着摩托车快速穿过围墙的缺口，而警车无法穿越，只好返回从侧面盘山公路追击，此时劫犯骑着摩托车已逃得无影无踪。

市公安局得到警报，立即出动大批警力从不同方位向花果山西北方向追赶和搜索，继而包围了一大片山林。两名警察在一个矿洞下发现劫犯的踪迹，当他们攀爬到洞口时，突然从洞里射出两颗枪弹击倒一名警官，另一名警官立即向空中鸣枪报警，大批警察赶到，将这名中弹的警官紧急送到最近的花果山医院抢救，另一部分警察则守在山洞两侧。警官轮流向洞里喊话却没有回声，把催泪弹射进洞里也没有反应。当警察进入洞内，才发现这个矿洞有一个最新开挖的出口直通山崖背后；而在洞内，两个银行尾箱的铁锁被砸开，从箱内翻出的书籍散落一地。劫犯显然没有得到钱款，他们从事先挖好的出口逃离了山洞。大批警员联合企业保卫人员迅速封锁花果山周边出口，盘查来往行人。公安局领导下达命令，此次行动务必抓住劫犯，赢得胜利。

那名中弹的警官在紧急送往医院的途中牺牲了。让孙智没想到的是，他正是邹小琴的爱人李柏杨同志，年仅四十三岁。孙智十分痛心，责怪自己预案考虑不周，没有想到劫犯会持有大威力枪械，对警察安全构成了威胁。银行并没有什么损失，如果当时能阻止警方追击劫犯，就不会发生警察伤亡了，但警察的指挥系统是独立的，没有警官先来了解情况就启动了追剿行动，孙智想阻拦也是来不及的。

随后警察到营业室调看了监控录像，并没有发现什么特别有用的线索。孙智脑海里仔细过滤门前附近这两天过往陌生人的面貌特征，然后又回想了最近偶然发现的那些异常情况。他忽然想起，前两天远方百米处一栋旧楼房的四楼阳台上，曾有一个身穿浅色裙子的女子站在那里向这儿张望，因为这一带的常住居民孙智都很熟悉，而那女子却很陌生，猜想是施工的民工租住了那套房子。这时他再抬头从窗内向那儿观望，又看见那女子站在阳台上向这儿张望；他认为这现象很不正常。孙智把这一情况说出来，几位民警立即行动，在孙智的引导下，他们从侧面绕行到那栋楼下，悄悄上楼敲门，那年轻女子开门便有一副惊慌失措的样子，孙智迅速夺下她手中的手机，查看她的电话记录和短信，其中一条刚发出的短信是“正常，五个”，一般情况下支行班间调往金库的钱箱只有三个，而今天却是五个，这“五个”代表了什么？孙智问。女子支支吾吾，脸色大变。此时警察发现靠窗的床被上有一个玩具望远镜，拿起它可以把侧对面银行外部的一切看得清清楚楚。警察询问女子从何处来，何时入住，又查看她的身份证，这女子是东安县红树镇人，租房入住三天，她的电话和短信息都很密集，很多短信与这儿的环境有关且不甚明确，有暗语成分，其发送对象多数是给一个叫虎哥的人。警察立即将她作为嫌疑对象就地审问。女子很狡猾，装模作样地说了很多谎话，但最终抵不过警察的轮番威慑，露出了破绽。她说虎哥是她的恋人，他们正在谈恋爱。警察质问，谈恋爱的语言是这样的吗？女子无言以对。警察又问她，虎哥是哪里人，什么长相？女子不再回答。这时从公安局信息系统查询的结果出来，原来这个电话号码是某商场一名职员的，他的手机几天前被盗，便换了新手机。于是警察锁定那个虎哥就是此案的最大嫌疑人。女子最后彻底供述了所有情况，他们是流窜在本市的抢劫偷盗团伙。案件顺利告破，多起案件也被牵扯出来。警察伸出大拇指，对孙智的观察入微和高度的警惕性表示佩服和赞赏。

65

邹小琴的爱人牺牲了，孙智心里十分难过，他不知如何面对小琴。这天下午是小琴正常休息时间，她在自己家里，对此事一无所知。

孙智把案件情况报告到上级分行，分行领导立即派车把小琴接到花果山支行，市分行全体党委成员也来到了花果山支行，同这里全体员工一起开了案情分析会。孙智详细汇报了案件经过。因为银行没有发生资金损失，陈志杰十分高兴，高度评价孙智的防范措施，表扬了黄文斌同志及时报警的正确举动，宣布授予孙智保卫工作一等功一次，授予黄文斌二等功一次。同时决定拿出五万元对公安局的高度重视和及时行动表示感谢，对牺牲的警官家属给予十万元的经济救助。

会后全部人员一起到医院看望牺牲警官的遗体。这时邹小琴才知道她爱人离开了人世。她并没有大声哭泣，只是轻轻掀开盖着李柏杨遗体的白色床单，看见穿戴警服的丈夫，她脸色苍白，静静用手巾擦去泪水。公安局也派车接来了李柏杨的父母、女儿和他的兄弟姐妹，一家人陷入悲痛之中。小琴的女儿李芸芸小学快毕业了，现在却受到了如此巨大的打击，她泣不成声地喊着爸爸，这种场景让孙智禁不住眼眶湿润，负疚之情油然升起。

公安局与银行方面共同商议后事处理问题，陈志杰把银行党委的决定报告给公安局党委，双方意见达成一致，决定在银行方面给予死者家属经济救助的基础上，公安局按政策规定对李柏杨同志授予英雄民警称号，并向省公安厅申报烈士补偿。第二天上午九时，市公安局举行李柏杨同志追悼大会，追悼大会在花果山大礼堂举行，社会各界近万人参加了追悼会和遗体告别仪式。后事完毕后，孙智特地让邹小琴在家休养半个月。

孙智内心里很关心邹小琴的女儿李芸芸。这天下午，他让林雪英开着车到李芸芸的学校，芸芸在白云小学就读六年级。他俩找到她的班主任老师，了解芸芸的学习情况，老师说李芸芸学习成绩不太好，但很有文艺天赋，爱唱歌跳舞，是全校的文艺骨干，学校正在把她往艺术方面引导。孙智想，西域市只是个中等城市，没有高水平的正规艺校，只有一些私人舞校。他想起市文化馆有一家初级舞校，便让林雪英开车去看了看，认为条件还不错，有五名女教师，都是歌舞中专学校毕业的，学校有两个班，有三十多个小学生，都是每天晚上和周末培训孩子跳舞，很适合小琴的女儿去学习。

下午下班后，孙智又叫上支行的几名女员工，一起到邹小琴家里去看望小琴，大家到菜场买了菜，一起动手做了饭菜，陪着小琴吃饭聊天。谈话间，小琴说出孩子的教育问题，芸芸不爱读书，成绩不好，她不知道怎么办。孙智说了他的想法和建议，小琴看着孙智说："没想到孙行长真是有心人，为我女儿考虑得这样周到，真是谢谢了！"

林雪英笑起来说："别看孙行长平时一本正经，心里有很多小九九呢！他是教育行家，你把女儿交给他来引导，将来必定大有出息！"

小琴脸上露出了一丝笑容，她悄悄看了孙智一眼，然后说："孙行长教育孩子的办法是大家都晓得的，他应该去学校当老师，在银行算是屈才了。现在他是我们的行长，我们大家的孩子都应该交给他来辅导才好。"

林雪英对孙智说："就这样说定了，我的女儿晶晶也交给你了，小学毕业就请你把她送到艺术学校里去。"

孙智笑着摆摆手说："你的孩子我没资格管，如果张明远也因公……"孙智话到嘴边立即打住。

林雪英哈哈大笑说："我倒希望张明远因公殉职，这样我女儿可是大有出息了。张明远这样的父亲，没有也罢！"

孙智说："不能真有这种想法，男人各有各的偏好和特长，男人不能做到的事，做妻子的就多想想办法吧！”

回来路上，林雪英说：“孙智你是否又有新想法了？我们支行有了一个单身女人，而且长得这么漂亮，你的脑子就更灵光了！”

孙智说：“我没你想象的那么坏！”

林雪英说：“你们都是一个样！你虽不专门寻花问柳，但见到送上门的女人，一个也不会放弃！”

第二十三章　陪考

66

2005年的高考就要到来，黄雅娟从深圳回来，她要在高考期间陪陪儿子。贺英得知黄雅娟回来陪儿子高考，就事先腾出了地方，把留在孙智房间的女人用品收拾起来，送回自己的家里。

她对孙智说："毕竟是儿子的母亲，你要好好陪她，如果你们能够重归于好，就是再好不过的事情；毕竟你们是原配，别的女人再好，也比不上原配夫人对你的真心善意。如果能够合好，干脆两人复婚，这对每个人都有好处。你是个好男人，你的主动和努力很关键！"

孙智说："家庭的事情都取决于黄雅娟，如果她愿意，一切都好说！"但孙智心里明白，黄雅娟会有很多问话，自己不知道如何回答。过去夫妻俩总是那样，话不投机半句多，一句不当动干戈。那时黄雅娟离开自己是因为没有钱，现在自己有了钱，而且也算得上是富人了，说出来也许能让她高兴一些。如果仅仅是为了钱，他完全可以满足她，不让她再出去打工做那些苦力了。但现在她的心思孙智并不知道；再说，儿子上大学后，她会不会又有别的什么想法呢？因为人心是不知足的，钱并不能解决所有的问题。性格上的不合，是影响情感的关键因素。孙智反复思考如何说服黄雅娟，但总是找不到最好的切入点，他似乎没有什么信心和男气面对儿子的母亲。

黄雅娟刚回来，就直接到学校门前等着见儿子。孙哲上完高考前的最后一堂课，就和周雄伟一起走出校门。他在校门前见到妈妈，高兴得抓住妈妈的手说："妈，我就知道这时候您会回来的，您就在家做做饭，不用陪我考试了。"

黄雅娟说："我就是专门回来陪儿子考试的，陪一陪，是当妈妈的心意啊！"

孙哲说："好，那就陪吧，不过要高兴一些啊，我保证考出最好成绩来，您就放心吧！"

孙哲拉着妈妈的手，同周雄伟并排向前走。他们带她到了宽大而明亮的新房里。贺英正在厨房做饭，听到了黄雅娟说话的声音，立即出来迎接。她俩很热情，毕竟是老同学。黄雅娟说她早听儿子说过，孙智和他的老同事一起租房的事情，没有想到这租来的房子如此之大，这般阔气，就夸赞贺英有本事，还说孙智算是交上好运了。

她过去同贺英交往不多，对孙智与贺英之间的事，她不愿想得太多；再说贺英是领导干部的家室，自有她的理智和约束。而孙智是内向之人，又有很多道德伦理，绝不会主动去讨好女人的。在她心里，贺英也是一个有修养的女人。她相信，孙智同贺英在一起，也许就是同事之间的友谊和默契吧。贺英性格开朗，对孙智一定大有好处。可是现在，她并不想住在这套新房子里，不愿让贺英暗地里笑话她。一个女人，因为穷，因为挣钱而放弃家庭外出打工，毕竟是一件不体面的事。

黄雅娟吃过晚饭，就带着儿子回到自己的老房子，想让儿子高考这几天在自己屋里住，让孩子享受几天完整家庭的温暖。孙智晚上加班已到十点，他知道黄雅娟一定会带儿子回到自己屋里，便骑摩托车直接回去。黄雅娟见了孙智，脸上没有笑容，孙智心里也很冷静，只有儿子和妈妈有说不完的话。孙哲并没有讲他自己学习上的事情，而是讲了周雄伟神奇般的进步。他说自己刻苦读书从上幼儿园开始熬过了整整十五年，爸爸对他一刻也没放松过，而周雄伟的儿童和少年时期却在享受欢乐，没有受过什么苦和累，只在初中开始努力，才花了五年就赶上了优等生；他和周雄伟比起来就觉得自己很不值得。人生在世，得过且过，爸爸对他太认真了。孙智听了儿子这番话，语重心长地说：“雄伟虽然进步很快，但基础知识并没有你扎实，知识面也没有你广泛，基础不扎实，后劲就会不足，这在大学里是会见分晓的。我对你管紧了一些，但让你一步一步学得很扎实，养成了好习惯，到了大学就不会吃力，以后对工作也很有好处。”

儿子说：“大学有那么难学吗？据说大学很容易完成，不需要像现在这样吃苦！”

父亲说：“大学是一个知识系统集成的过程，每门专业都需要广泛的知识积累，要学得很好是不容易的。”

妈妈说：“读书不就是要个好文凭吗！儿子能拿到清华或北大的文凭我就知足了。”

孙智说：“就读好大学不只是为了好文凭，大学文凭都是一样的，但是知识的含金量是不一样的，名牌大学讲究的是专业深度和知识广度，千万不要放松对自己的要求！”

黄雅娟说：“你爸爸就是个书呆子！”

儿子说：“算了，不说学习了，免得你们又争吵！”

孙智因为加班，觉得很疲倦，连续打起了哈欠，便起身洗了凉水澡。躺到床上睡着了。这一夜他什么也没有发生，早上醒来已是七点，便匆匆骑车上班去了。

孙哲在家只住了一个晚上，觉得这几天特别不能与同伴分开，原来的气氛和环境不能改变，就说服妈妈又回到新房同周雄伟住在一起。周雄伟也认为这个时候两人不能分开，离开学习的伙伴难免会失去一些考试的灵感，影响考试的状态。儿子的要求让黄雅娟无话可说，她不得不跟儿子一起去了那套新房里。

67

高考的前一天学校放假，让考生好好休息放松心情。孙哲就和妈妈到南泉山上去散步。他们边爬山边聊天，妈妈问儿子喜欢爸爸还是喜欢妈妈，这是他和妈妈过去从没有讨论过的话题，儿子问妈妈怎么突然问起这么个问题，妈妈说："妈妈在儿子最需要照顾的时候离开了家，实在是过意不去，是妈妈不好，是妈妈无能！但是为了儿子今后过得好，也为了妈妈那点儿自尊心，妈妈必须挣钱自立；再说爸爸是个好人，如果爸爸不好，妈妈就不会离开儿子走得那么远。爸爸培养儿子是成功的，所以妈妈并不后悔；妈妈不是不爱爸爸，而是让爸爸充分发挥他的能力，现在证明妈妈的做法是对的，所以请儿子体谅妈妈！"

孙哲说："世界上最爱孩子的是妈妈和爸爸，儿子同样最爱妈妈爸爸，只是希望妈妈爸爸在一起！"

妈妈说："妈妈知道儿子不会恨妈妈，但妈妈心里常常愧疚，妈妈的性格不好，凡事总爱出头，总爱发火，对爸爸很不利；爸爸软弱的性格妈妈也不太喜欢，妈妈喜欢有人和她讨论问题，哪怕是争吵，但那样对儿子的成长的确是不利的。"

孙哲说："我考上了大学，父母再不会对儿子有什么影响了，你就回来嘛，你们怎么争论和吵闹都可以！"

妈妈说："你爸爸和妈妈原本不是一对好夫妻，我们分离也许是一件好事儿，但这样对你就不好了，所以妈妈需要你体谅。妈妈只希望你好好读书，等你有了好工作，我们一家人才会很和谐地走到一起。"

孙哲说："我知道妈妈心里是想多挣钱来证明您自己的价值，其实人的价值不单单是挣钱，在家当好母亲也是价值，给爸爸当好妻子也是价值。"

妈妈又说："你妈是个爱钱的人，一直都有多挣钱的梦想，现在的社会，不会挣钱就活得就很痛苦，让人瞧不起！能挣钱才会有尊严，有快乐！妈也希望儿子以后是个能挣钱的人。”母子俩说了很多，却离不开钱这个话题，孙哲让妈别再说下去，因为明天高考，说这些话会给他带来心理压力。黄雅娟沉默了。

晚上，孙智回来，见黄雅娟独自在看电视，便无声无息地坐在她身边，却找不到什么话题。他看见黄雅娟这些年在外，面容苍老了很多，身体也瘦了，头发虽然染成了黄色，却还是能看出一些灰白的银丝来。孙智看她这样子，便有话说起来：“你这些年在外，人这么辛苦，何必呢？现在有钱了，如果你能让性子温和些，回来过日子也许会更好！”

黄雅娟看着孙智说：“要做真正的夫妻，是要讲缘分的，要有真感情。你本来就是个默默被动接受的人，自己过得很苦闷，也让我过得很苦。你我之间，难说感情二字。也许真是因为我性子太急的缘故，让你活得太拘束，对我难有真感情，对家庭也缺少挣钱的头脑。对我来说，感情并不重要，重要的是有机会挣钱。我这三年多挣了二十万，远远不够买套房子，将来儿子大学毕业，要到大城市工作，买房子要几百万，所以我还是要在外面打工挣钱才行。我不想问你挣了多少钱，只希望你不要过多地花钱，把钱攒起来，两人一起为儿子存够一套房钱就可以了，也算我们这一生活得有点儿价值，老了以后不给儿子添负担，我就心满意足了！”

孙智说：“这两年，我挣了两百多万，以后还会有机会。”黄雅娟有些惊奇，问：“你就靠天天上班能挣两百万？”

孙智说：“也靠运气吧！这几年，贺英为我带来不少好运，做房产生意赚了一百多万元，周天寿当了副市长，我才有幸当了花果山支行的小行长，业务好起来，拿了一些奖金，加起来也有一百万元。现在虽然业务不如头一阵那么好，但每年也能拿三四十万元。这种好景能有多久，我很难说，但毕竟日子好过了，不用你在外受苦了！”

黄雅娟脸上有了一丝笑意，想了想说：“如果我不离开你，你觉得你能挣这些钱吗？因为我走了，你才能与贺英走到一起，而贺英靠的是她丈夫的权力和关系，所以你能走些好运，并不是因为你那些道德理想让你变聪明了！如果你早些改变观念，早就发家了，我也不会离开家去外面受苦受难了。现在我只能在外打工，不然就会坏了你的财运。我们两个，八字不合，命里相克，在一起都无法挣到钱！我离开了，就都好起来了。我现在每月能挣七八千元，若是回来，再到哪儿去挣钱呢？再说我也想做些事儿，要不然内心就会难受，老死也不会闭上眼睛的！”

孙智觉得黄雅娟这话说得很实在，的确，没有贺英，他不会有现在的财运，而黄雅娟也只有到南方打工才能改变她自己的性格和命运。

这一夜，这对昔日的夫妻睡在一个床上，可是他们都没有激情，只是说些家常话，这些话都是他们过去从没有说过的，有了这一点儿交流，也算是他们之间的一点儿进步吧。他们平淡而认真地商量了孩子上大学的事儿，黄雅娟说儿子上什么大学，学什么专业，都由孙智和儿子商量，她就不多操心了。她说她只管在儿子将来成家买房时能够拿出一些钱来。孙智还说了老家父母的事儿，黄雅娟说她打算等儿子考完后就一起去看看老人。俩人说累了就各自睡着了，谁也没有做什么梦。

68

第二天高考，黄雅娟目送儿子进了考场，同所有考生的家长一样守在考场外面。她遇到一些过去的熟人，也都是儿子同学的父母，大家在一起聊天，谈论孩子平时的学习成绩，大家都说孙哲的成绩是全校最好的，一定会考上清华或北大，黄雅娟听着心里十分高兴。她知道儿子平时成绩都在七百分上下，高考也不会比平时差多少。这是孙智的成绩，如果她不离开他们，凭着自己的性子，影响儿子读书，就不会有这样的成绩。她内心里对孙智是十分感激的。

中午，黄雅娟做了很多好菜，等待孩子考完回来。这时贺英来了，她仍然亲热地叫了声“姐”，两个女人又开始大声说起话来，她们谈论最多的仍然是孙智和儿子。

贺英说："孙智的确是老实人，我和她共事十多年，我最了解他，他是从来不求别人的，更不向领导和同事说自己的任何事儿。如果不是我主动，他不可能成为我最好的朋友。我和他在一起很随便，其实都是我太随便。他的老家浏河村我也去了，是我自己带儿子找去的，为了儿子的学习我很着急，顾不得该不该去。这房子也是我租下的，是我三请四邀，他才把儿子带到这儿来的，一切为了两个孩子学习方便，我才抛开了男女之间的忌讳，让姐笑话了，可不要错怪了孙智！两个孩子在一起互帮互学，学习成绩这么好，证明我是明智的！孙智不仅辅导孩子很有一套办法，而且照顾孩子也比我们女人能干；孩子不仅学习好，身体也很好，这都是孙智讲究方法的结果。你看，我们的儿子每次考试都是全校最优秀的，考大学更是没悬念，绝对也是全校最好的，老师都说上清华北大只有他们两个最有把握，这多好，姐，我们两个当妈妈的最应该感到高兴才是！"

黄雅娟笑着说："这也是你的功劳，你怎么会想到要租这么大的房子来住呢？孙智是没有这么多钱租住这样的大房子的，只怕是让你花的更多，真是谢谢你了！孩子的好成绩，你的功劳是最大的。"

贺英说："这您可说对了，这就叫伯乐相中了千里马！当初我就看中了孙智的本事，就下定了决心！哪怕姐姐您担心我占了孙智，我也要让他发挥他的长处！儿子考大学是什么样的大事嘛！我什么都不顾了，就算是周天寿有想法，我也要这样做。谁想到周天寿也很支持我！"

两个女人大声说笑着，毫无顾忌地谈论孙智。贺英还说："孙智性格内向是好事情，这样的男人其实就要有性格开朗的女人来掌握，但切不可使性子，吵骂不得，不然就让他乱了心情，失去了主见，让他的智慧没法发挥出来。"

黄雅娟开起玩笑说："这我可做不到，我是直脾气，有气儿不能出，就会憋死的！你贺英如果相中了他，就和他好上算了，反正我已同他离了，你和他的事，和我没关系！"

贺英说："我还真有这想法，只是有个当官的丈夫在身边，想和孙智好也不成！再说，对我来说，丈夫还是当官的好，来钱容易，办事方便！孙智不是那块当官的料，他这一点，我相不中！他现在当了个小行长，那是周天寿的手段。”

她们说笑着，孙哲和周雄伟回来，妈妈看着儿子的高兴样儿，就知道他们这半天的考试很不错，就不再问他们了。

孙智因为最近有几项贷款业务，工作很忙，也没打算抽出时间来陪儿子高考，他认为高考其实就和平时的考试没什么两样，完全不必由家长陪考，陪考反而会增加孩子的紧张情绪。

现在他手里的贷款业务都是周天寿介绍给他的一些基础设施项目，如城区污水处理工程、通航机场改造、南湖公园扩建等花钱而见不着效益的工程，又没有多少政府配套投资，孙智虽然不愿意涉入这些贷款项目，但周天寿只说让他做出贷款资料，他也只好默默接受。他白天的时间不够用，只好晚上加班加点，终于赶在儿子高考前一天完成任务，打印出来送到周天寿办公室来。周副市长看着这厚厚的贷款资料，说：“你辛苦了，政府里没有人才，这种贷款材料，只有你们银行做才最省事儿，以后只要是我分管的项目，我都会让你来做。”他说着就打开柜子，拿出两万元钱交给孙智说：“这是你的辛苦费，不要让别人知道！”

孙智接过钱，想了想似有不妥，但又不便拒收，只好装进自己的衣袋里。孙智离开时，周天寿说：“儿子高考结束后，两家人一起吃饭，让他们轻松一段时间，上了大学他们又要吃苦了。过两天我抽时间带孩子出去玩一玩。”

高考结束的当晚，周天寿在帝豪大酒店订了一桌宴席，两家人在一起庆贺孩子结束高中生涯。这一晚，周天寿和孙智都喝了不少酒，就连贺英和黄雅娟也喝了酒。随后两个孩子到卡拉OK厅里唱歌去了，孙智和黄雅娟回到他们自己原先的家里，还是没有多少话说，各自洗了澡，睡到一个床上，睡得无梦无幻，更没有什么动作，直到第二天天色大亮。

第二十四章　沉思

69

高考之后，学校组织开展了一系列的毕业联谊和纪念活动，有些家长被请到学校，对学校教育工作给予评价。贺英和黄雅娟前去参加，对南泉中学都给出全优的评价。毕业生欢欢喜喜地照了合影，宣告他们的中学生涯顺利结束。

第二天一早，黄雅娟和儿子一同去了蜜桃镇，看望了她的父母，把她打工挣到的二十万元存到当地信用社里，将存单交给她母亲保管，随后就要返回深圳。在黄雅娟看来，儿子上大学已是胸有成竹的事，不需要她过多操心了，她以后的事就是多挣钱，下定决心挣到一百万元，让儿子以后成家有钱买套房子。

孙哲送妈妈到火车站，在候车厅里，他对妈妈说："妈，不要再为挣钱辛苦了，钱永远是挣不够的；我大学毕业后，有的是挣钱的机会，买房成家还得靠我自己，现在爸爸有一份工作，你们要能和好如初，在一起过平淡日子，保持一个家的完整，这才是我最大的愿望。你在外为了挣钱，难说有个意外，爸爸一人在家，也会非常孤独。更让人担心的是，现在社会这么复杂，如果爸爸有了第三者，事情就太大了，这个家就完全毁了！"

妈妈说："儿子你的心思我理解，但现在的社会就是这样，如果我不挣钱，以后难说能够过上好日子。现在房价一天比一天高，深圳的房子每平方米都要两万多元，等你大学毕业有了工作，房价也许就是四五万元了，买一套稍好点的房子要四五百万元，不是那么容易就能挣来的。每个人都有一个志向，你的志向是读好大学，将来找个理想的工作，我的志向只能是尽力挣钱，让你大学毕业后找个有文化的好妻子成个完美的家，我就完全解脱了。至于你爸，他爱怎样就怎样！再说他是个老实人，不会怎样的！”儿子没能说服妈妈，只能让妈乘车而去。

孙哲和周雄伟都觉得高考成绩比较理想，预估分数都在七百分以上，孙哲填报了清华大学电子信息专业，周雄伟填报了清华大学建筑工程专业，只等最后的录取通知到来。此后的日子，他俩显得很放松，白天会一会同学，逛一逛书店，或约些同学到市区的旅游景点游玩几个小时。晚上，他们就各自回到自己家里。

一天晚间，孙哲突然看到网上有条新闻，深圳一家服装公司深夜发生火灾，十多名员工被烧死；他心里猛然一惊，立即拿起手机拨打妈妈的电话，但电话始终无人接听，心里更加紧张起来。他叫醒加班后刚睡在床上的爸爸，一起查找黄雅娟打工地方的座机号码，打过去也是无人接听。父子俩凭直觉判断，一定是出事了，孙智立即让儿子动身去深圳。次日上午九时孙哲就到了深圳，果然是他妈妈打工的公司发生了火灾，大火烧了几栋楼房，服装公司的车间和仓库全被烧光了，十二名夜班工人遇难，一片凄惨景象。他找到妈妈住的楼房，已经烧成了一栋黑楼，妈妈是否在里面他也不知道，听公安局的人说，遗体全都送到了殡仪馆，正在查找死者的身份。

孙哲到殡仪馆，流着泪水在一排尸体中寻找，可死去的人没有一个能让人看清面目，全被烧得黑糊糊的。每具尸体都只有编号，用白布盖着。一位医生让孙哲去做 DNA 鉴定，给孙哲抽了血，孙哲焦急地等着结果。

下午，孙智坐飞机赶到，拿到鉴定结果，果然第五具尸体是孙哲的妈妈黄雅娟。孙哲扶着妈妈的尸体痛哭起来，孙智也忍不住，泪水不断落在地上。这些死去的人都是外地人，公安人员正在查找他们的身份。孙智父子是最先赶来认领亲人的亲属。孙智找到处理后事的工作人员了解情况，一位公安民警告诉孙智，这次火灾可能是人为造成的，因为火源是从服装公司的仓库燃起的，然后烧着整个楼房，殃及周围楼房；因为场地狭小，加上是夜间，消防人员无法及时救人，一层楼加夜班的人全部遇难。这名民警还告诉孙智，这具尸体是在一个套房里找到的，这间套房只有两个人，估计另一位就是这家公司的老板，需要等待他的亲属前来做DNA检验后才能确认。

初步判断，纵火的人也死了。据当地居委会工作人员说，前不久，一名中年男人为工资问题找过居委会，说公司老板因产品质量问题扣了他几千元工资，要求居委会为他做主；居委会上门调解，但公司老板说，这不是钱的问题，是公司的制度规定，没办法妥协。事情过去半个月了，会不会是这个中年人情绪失控造成的火灾，现在也无法查证。因为这家服装公司没有给员工购买意外伤害保险，该公司在银行里的存款也只有八万多元，意外伤害赔偿是个大问题。既然这具尸体已经鉴定出来，就可以火化了。政府的抚恤一时难以决定，如果家属愿意，先将尸体火化后再将骨灰送回原籍安置，待事情有了结论，政府的抚恤一定汇给死者亲人。孙智无话可说，只得同意将尸体入炉火化，带上骨灰盒返回老家。

孙智先给黄雅娟的哥哥黄玉林打了电话，让他尽快回到蜜桃镇安抚两位老人，找个医生守护老人，防止老人经不起打击出现意外。他和儿子先回到西域城，因为黄雅娟没有具体的工作单位，没法开追悼会，只是她的几位生前好友闻讯赶来，献上了白色的花环，举行了简单的吊唁仪式。孙智和儿子将骨灰盒送回她的老家蜜桃镇，两个老人见到女儿的骨灰盒，伤心欲绝，因为有医生照顾，两个老人挺住了。

安葬了黄雅娟，孙智回去上班，他让儿子多陪外婆和外公住几天。孙智回单位上了两天班，又接到儿子的电话，说外婆去世了。他只得又赶到蜜桃镇安葬老人。儿子的外婆是突发心脏病去世的，外公因为高血压中风瘫痪在床。他同黄玉林商量老人的照料问题，黄玉林说，他想接老人到省城，只是现在住房太小。孙智说，只能将老家的房子和土地卖掉，到省城买套房子，方便照顾老人。黄玉林同意孙智的想法，将老人的旧房子卖了十万元，孙智取出黄雅娟留下的二十万元，再从自己的银行卡上取出十万元，让黄玉林回省城买了房子，随后他和儿子租车将老人送到了省城。

70

孙哲从网上查到高考分数是 735 分，符合他预估的结果，可他一点儿也高兴不起来。妈妈的去世、外婆的去世，让他悲痛万分。他不知道这些灾难为何突然发生，一个好生生的妈妈，返回深圳几天就被活活烧死，真说得上祸从天降、祸不单行啊！他回想妈妈的过去，思考着妈妈为什么会有这样的结局，难道是因为她性格太固执吗？他想他应该把往后的大学知识放在社会学和心理学方面。他思考是否应该更改选报的专业。他到书店里买来许多哲学和心理学方面的书籍，如饥似渴地看了起来。

孙智看见儿子买了这么多哲学书，就问："怎么突然对哲学有兴趣了？"

孙哲说："哲学这门课，在大学也是少不了要学的，更是人生的必修课。人在痛苦中，就要寻找方向和目标。妈妈的去世，让我明白人生的意义和价值才是最重要的。我们现在整天读书读书，却不知究竟为什么读书，难道就是为挣钱而读书吗？人为什么会有那么多痛苦？妈妈为了金钱失去了自我和快乐，才会走到一个危险的世界去打拼。她说是为了我，其实是为了她自己，为了对金钱和富贵的梦想和追求，这种心理是很可怕的！"

孙智看到儿子开始思考人生了，感到很欣慰，但显然儿子的思考出现了偏差，于是又担心儿子走上歧途。他妈妈的去世，让他陷入痛苦，带着痛苦去思考，带着困惑去求知，这虽然是好事，但过于研究人生的意义，就会走向另一个极端。其实很多关于人生的问题，孙智也没有深入思考，大半生的学习、生活和工作，并没有让他获得一个让自己信服的答案来。那些哲学思想，并没有使他成为对社会真正有价值的人；现实生活中的一切，都让自己感到失望，却又不得不面对现实，为生存而奔波，为家庭而算计，为孩子而操心，所有的努力都是为了获得所谓的幸福，而实际的生活中总是麻烦不断，灾祸不断。

孙智不知道如何回答儿子的问题，但他又不能不回答。他教条似的对儿子说："人生的有些问题可以从书本上找到思路，但更多的人生哲学是要从社会实践中获得的。人生是和时代紧密联系在一起的，你还没有经历人生的磨难就去探讨人生的意义，是没有什么意义的，会让自己活得很累。抛去过去，面向未来，学习社会最需要的知识，做一个对社会最有用的人，才是年轻人最好的选择。"

儿子问："我不正是在经受磨难吗？从妈妈离开家出去打工，到妈妈去世，我已经经受了多少心灵的磨难！这难道不足以让我思考人生吗？"

父亲说："这点儿磨难算什么？很多成功的人，从小失去父母。比如司马迁十岁时母亲就去世了，因为失去母亲，他更加勤奋地学习，有了丰富的知识，才能写出《史记》来。"

儿子说："那是古代，现在社会，儿子失去母亲，好比失去灵魂！"

父亲说："孩子爱父母和父母爱孩子都是一样的，因为他们血脉相通，孩子是父母生命的接替和延续，母亲的离世是可悲的，但不能因此而陷入无尽的悲痛，要化悲痛为力量，好好读书，乐观向上，生活才会快乐！"

儿子说："我知道，人总是要死的，但死的原因和死的方式各不相同，妈妈的死，为什么这么突然，为什么这么悲惨呢？我劝过她，劝她不要为了钱再去拼命了，可她不听，一意孤行，一定是她的心理上陷入了某种泥潭！"

父亲说："人都是这样，为了自己的梦想，看不到前面的风险和危机，所以要多学知识，学会识别危机和风险；有些灾难是自然和社会因素造成的，正需要我们掌握科学知识，认识和消除自然和社会中危害生命的隐患。死亡是一种随机事件，是必然中的偶然；人类只能尽力减少一些必然的灾祸，却无法避免偶然事故。”

儿子说：“这个道理我懂，我是说，她的命运为什么不可改变，一定是她心理上有了问题，比如金钱狂想症、内心焦虑症，这一定是社会普遍存在的心理问题！”

父亲说：“这是个复杂的问题，是无法用理论和学说解释的，活着的人应该在乐观中过日子，才会避免更多悲剧，不要因为悲剧而丧失正常的生活，否则悲剧就会更多！”

儿子问：“你和我妈有真感情吗？她为什么那么坚定地离开你？是不是因为你不爱她？”

孙智被儿子问到痛处，更不知道如何回答，只好说：“也许有这种原因吧，夫妻感情也是很复杂的问题，是无法用什么理论去解释的。”

儿子说：“这叫感情危机，感情危机从何而来？现在的社会和家庭普遍存在感情危机，有的造成了悲剧，有的正在酝酿，并不是什么实践问题，而是心理问题，难道不值得研究吗？”

孙智越来越觉得儿子的思想陷入了执拗的死胡同，却无法回答他越来越多、越来越尖锐的问题，他只能劝儿子不要想得太多，尽快从悲痛中走出来，说：“你的学习是成功的，前途是光明的，你应该把握好现在，创造美好的未来。这也是你妈妈所希望的！”

71

儿子的提问，让父亲坐立不安。孙智反复问自己，你爱过黄雅娟吗？你当初那么简单地同她结婚，考量过感情吗？黄雅娟真心地爱过你吗？她毅然离你而去，难道一切都是为了金钱吗？这一切，他竟然找不到明确的答案。

孙智知道，他们没有经历过充足的恋爱时间，仅仅三个月，这么短的时间，会有什么感情吗？但他们彼此都很急切，谁也没有试探和考验过对方，也没有任何磨擦或争吵，这种朋友式的交往，并没有影响他们组成一个家庭。

秋天对于他们来说是最好的日子。在山村最富饶的季节，他们极其简单地回到了老家，黄雅娟第一次来到山里，发现和自己的老家完全不同，地形地貌和风土人情差别很大，这也许从根本上造成了他们的差别，他被她称之为农村人、书呆子！他们的结合虽然完全是自愿的，但也是免强的！没有结婚照，没有举办婚礼和婚宴，没有证婚人和婚前誓言，一切过程如此简单，这种静悄悄的婚姻会有爱情吗？孙智问自己。

孩子的出生和成长也是简单的，只要播下了种子，都会发芽、开花和结果。日子一天天平淡地过去，当儿子出世的时候，他们才有了惊喜，然后又归于平淡。做好父亲在男人心里自然而然产生了强大的责任感和使命感，他在为父的态度上让妻子受到过感动，这能代替夫妻感情吗？

妻子对孙智来说，似乎没有儿子那么值得去呵呼，他并不需要懂得她什么，也用不着为她做些什么。对妻子来说，丈夫倾注在儿子身心上的爱，似乎就是对她的爱。夫妻之间的那点事，只是一种责任或义务，并不在意是不是心灵的融合。他崇尚生活的简单，不喜欢热烈和浪漫，简单的生活养成了习惯，十年如一日，难道简单之中就没有爱情吗？

生活不是一帆风顺的，波折总会来临。黄雅娟下岗了，下岗会带来什么结果，孙智没有预料到，他压根儿就没去猜想后果。她做了三年家庭妇女、专职母亲、职业妻子，孙智觉得挺好。虽然生活更简单了，儿子在父亲毫不懈怠的教育下一天比一天优秀，一个令人骄傲的小家庭，怎么会突然出现波浪呢？

什么是感情危机？没有感情哪来危机？在孙智看来，他和黄雅娟之间没有危机可言，而是一种天然的结合和分离，从结婚到离婚都十分简单和轻松，这也许说明，他们之间不存在舍生忘死的爱情。这是人间悲剧吗？好像也不是，他们是自愿离婚，对双方没有造成什么伤害，她的死亡同离婚没有什么必然联系，仅仅只是偶然事件。

孙智时常想到别人，想到那些与他有密切关系的人，想到贺英与周天寿，想到林雪英与张明远，想到王红梅与熊天雷，他们夫妻之间有爱情吗？这些他熟悉的女人，为什么那么平淡地看待家庭？算是感情危机吗？

孙智心里起伏不平，他想的很多，但都无法找到原因和答案。他试图用他学过的知识去分析判断，却让自己越来越糊涂。但有一点他明白，时代潮流越来越倾向于追求物质的进步，最大限度地创造财富，逼迫人们改变生存理念，这似乎是人世间所有悲剧的根源。生活和幸福已经没有统一的标准，没有标准也就没有答案。人只能自己去理解和适应生活的改变，但人必须懂得适可而止，知足常乐，过于追求物质的东西或过于追求精神的东西，都不会有好的结局。人活着本来就是有苦有乐，知足才会常乐！黄雅娟不懂得知足，在危险中寻找满足，是很容易遭遇意外的。

孙智连续好几天都失眠了，儿子提出的问题总在脑子里打转儿。他不知道自己的头脑是清晰还是糊涂，更不懂得人应该怎样活着，甚至不知道自己是如何走过来的。一切都不是那么简单，活着就像个普通的动物，有时像猪，有时像牛，有时像狗，既不是为国家和社会，也不是为自己和家庭，而是漫无目的地消耗有限的时光和生命。

他曾经想成就一番事业，做人类精神快乐的使者，而现实让他只能为吃穿住行而奔劳，在细碎琐事连接起来的人生轨迹上，他想不起是否有过幸福和快乐。反倒是，生活中时时涌来一种无望的期待，一种烦乱的情绪，还有一种无法释怀的精神压力。他似乎觉得所有的事、所有的人，都给他带来了无以名状的压迫感和危机感。自己需要改变什么呢？一切都无法改变，就像一滴水，有时渗在土层里，有时被热浪蒸发，有时被冻入冰层，但最终要流入小溪，随波逐流，归于大海。

孙智的心情被无边无际的阴影包裹起来，他不断梳理烦乱的头绪，回想这五年来发生的一切，觉得自己仍然是一个碌碌无为的失败者。他曾以为自己最大的收获是让儿子考上了理想的大学，但儿子似乎从来没有高兴过，他说他没有快乐的童年和青少年，失去的青春和阳光永远找不回来，儿子的心中充满着对世界的疑问，身为父亲无法给他解答，而孙智自己似乎也弄不明白人世间的很多事。

儿子快上大学了，这是他充满希望的大事，他相信大学的学习生活会把儿子打造成对社会对家庭有用的人才，他相信外面精彩的世界一定会让儿子信心十足，乐观向上。他觉得不用给儿子讲那些连他做父亲的也不太明白的道理，学校和社会自然能改变儿子的一切。他觉得自己应该轻松一些。

第二十五章　安慰

72

这些日子，孙智身心极为疲劳，一到晚上就躺到了床上。一天晚上，贺英拿来一张报纸，上面登着2005年高考录取的前二十名名牌大学考生的照片，第一名是孙哲，总分是735分，第三名是周雄伟，总分是716分。贺英的高兴劲儿却怎么也没能让孙智高兴起来。孙智说："黄雅娟就这么去了，我觉得自己有责任。当初我没留住她，才出现这种意想不到的事情。"

贺英说："这哪能怨你呢？是她自己选择了这种结局，这叫命中注定！就让孙哲认我做干妈吧，以后他从学校回来，就当我家是他的家，他和雄伟是好兄弟，这儿的方便不必多说了！孩子是离不开母爱的，让我护着他，保你放心！"

孙智说："这还得要让孙哲愿意才行！"

贺英说："他会愿意的！"

孙智又说："儿子读大学去了，这房子用不着了，你要不就租出去吧，放着是一种浪费！"

贺英说："这已是你的房子了，我看你还是趁现在人未老，再找个爱人陪着，我是不会永远陪着你的！依我看，你们行里那个邹小琴，丈夫去世快一年了；她比我年轻，又长得漂亮，和你很般配，不如娶过来和你过日子，以后我就不用再来了。”

孙智听后只觉好笑，嘴上不知如何回答。

孙哲很爽快地答应认贺英为干妈，他说：“这些年我妈在外打工，多亏贺阿姨照顾，再说我和雄伟哥已是打不散的弟兄，学习上更是离不开的伙伴，做您的干儿子也是应该的。在大学里，我和雄伟哥仍要不断合作，努力考成博士，报答我的亲生父母，也感谢干妈干爹的一片关爱！”

贺英在世纪大酒店订了酒席，请了所有亲戚和亲朋好友，宣布高考状元孙哲已是她的干儿子了。随后，贺英还要举办谢师宴，说要把规模场面搞得隆重些，周天寿却摇手拒绝，说：“此举不可，搞这种大规模的升学宴招人耳目，是最愚蠢的举动！”贺英只好改为小范围地请客，请了儿子的所有老师和同学，却也甚为热闹。隔了一周，周天寿因公差前往北京，顺便把孙哲和周雄伟送往清华入学。

贺英对孙智说：“儿子上大学去了，我们的任务已经完成，今晚让我们最后一次在一起，以后这里就是你的家，随便哪个女人来陪你，我都不会打扰，愿你后半生更加幸福！”

孙智没有笑脸，贺英知道孙智的心思，继续劝他：“一个男人，怎么会这么儿女情长呢？人都是好聚好散，好生好死的。人在世上，谁都说不定哪天会遇上灾祸，活一天快乐一天吧！”

不到天亮，两人同时醒来，说起枕边话来。

贺英问：“这一年你当着行长，是否感到很累？”

孙智说：“当然很累，可心情更复杂。

孙智想起这几天总是萦绕在脑子里的问题，说：“黄雅娟死后，我总在想人应该怎样活着，不能只为钱，而应该活得轻松，活得自在；为钱而活着，总觉得有一种摆不掉的危机。任何事情总有个限度，超过限度就会出问题。”

贺英说：“我知道你是居安思危，害怕有一天风暴来临，会把我们掀到海里；但是如果我们做大了，不再是小帆船，而是巨轮，还会被风暴掀翻吗？所以我的目标就是要尽快多挣钱，挣大钱，不管用什么方式，只要变成了巨轮，就什么也不怕了！现在我们的确太小，经不起大浪，应该小心为上！最好是找个避风港。你的提醒很有道理，但不要想多了，给自己加负担。”孙智见贺英这副雄心，就不再说什么了。

他们想着各自的心思。贺英最后告诉孙智说：“我有一位高中同学从美国回来，前天来西域市和老同学聚会了，他说要回国投资，他是建筑工程专家，想在国内搞房地产。我们正在招商引资，周天寿很兴奋，让我把他引到西域市来。我准备办个护照，随他一起去一趟美国，打探一下他的实力；如果他真能来，也许我会辞去公职，专做他在中国的代理。到那时，我们之间就不必这样了。再说，我已过四十，没有什么活力和灵性了，我只能去寻找新的归宿，你我保留旧情，如果幸运，我们还会走到一起的。你一个不到五十岁的男人，需要有个女人，找个比我年轻的，结婚成个家吧！我看那个邹小琴很合适，不到四十岁，长得比我漂亮，人也善良本份，很适合你的！只是这女人很内向，不像我这么主动，你应该主动去追求她！”

孙智不想考虑自己以后的事，便转移话题问贺英：“你那个高中同学是不是你的初恋情人？”

贺英说：“正是。”

73

贺英悄悄离开了，她没有向任何人道别，电话也已停机。孙智不再需要回到他们共同居住过的地方，下班后便孤身一人坐在办公室里，关注国内外新闻，浏览起各种报纸来。

最近新闻很特别，国际局势十分动荡，西欧掀起了罢工潮，海湾战争后世界各地恐怖事件不断；美国“9·11”恐怖袭击已过去五年，世界各地仍然不断爆发各种恐怖事件，许多人无辜地死去。在经济上，由于中东战争硝烟弥漫，世界石油供应紧张，引发物价上涨，很多国家出现经济危机，俄罗斯卢布大幅贬值，南美巴西、墨西哥和非洲许多国家因为粮食短缺而出现大饥荒等，全世界因为美国的霸权和扩张导致经济发展不平衡的矛盾不断加剧。在美国国内，消费低迷，失业率大幅上升，一场全球性的经济危机正在形成。

职业的敏感让孙智意识到，一场关系到每个人的危机很快就会到来。

孙智所担心的，不是金钱，不是名利，而是比金钱和名利更重要的东西。他回想这些年来，他有过贫穷，有过富足，也有过美酒和女人，未来还会有什么呢？他想起黄雅娟，一个普普通通的人，为了生活而命殒他乡，那个纵火的中年人为什么会走极端呢？他想起了杨芳，一个年近半百的中年妇女，为了挣钱铤而走险，为了子女购房又变卖房产，她内心有过怎样的痛苦呢？到了中年，一切都变了，各种压力一起袭来，他不得不改变自己，适应社会，拼命挣钱，但结局又会怎样呢？这两年，他进入官场，虽然只是一个小小的角色，却经历了很多事，他无法判断对与错；面对今后的生活，他有些不知所措。自己年近半百，等待他的还将是什么呢？他似乎感到身心已经疲惫，时常有一种厌烦和悲观的情绪涌上心头，有一种急于解脱的强烈愿望，但现在一切又身不由己。虽然时代在进步，社会总向前，但道路是曲折漫长的，时间留给自己的机会太少了，探索和奋斗十分艰难，前面的危机和凶险难以预测。

林雪英进来，看见孙智一副忧心忡忡的样子，问道："你儿子考上了清华大学，你怎么还不高兴呢？"

孙智见林雪英笑盈盈的脸，回答她："人有喜有悲，当喜和悲一块儿来了，你说是高兴还是忧伤呢？"孙智详细讲述了儿子母亲遇难的事儿，说："作为曾在一起生活过的人，儿子母亲的意外离世，让我感到内疚，这毕竟是我们家庭波折中的一部分，也是我的无能为力所导致的结果。"

林雪英听后咯咯笑了起来，说："我当是多大个事儿呢！这世上死人的事天天发生，我有个好朋友，头一天还活着，第二天就死了，交通事故！别看你我今天还活着，说不定明天一不小心就碰上鬼运气了。活一天高兴一天，享受一天，钱财和生命都不重要，享受今天的快乐最重要！再说，你和你儿子的母亲早就离婚了，还想她做什么？死人又不能复生，即使能复生，也不会跟你在一起。你应该彻底忘了她，天下女人多的是。”

孙智有些反感这样的说法，又不知道该怎么回复她，索性走开了。

第二十六章　反常

74

由于世界经济陷入恶性循环，为应对可能出现的经济危机，国家出台了一系列稳定经济的新政策，西域市制定了“提高总量，优化局部，做强品牌，深挖资源，突出招商”的经济发展思路，要求金融机构加大加快贷款投放，尽快完成各地房地产开发项目，同时兴建一批资源开发项目和特色旅游项目。市政府召开了投资项目对接会和招商会，市分行从市政府领回了六个贷款项目，其中就有花果山水泥制品扩建项目和红花花苑环境工程项目。市分行紧接着召开了投资项目推进会，安排花果山支行负责这两个项目的贷款准备工作。

孙智和林雪英为此又紧张地工作起来。他们俩白天和企业主在一起察看工程现场，参与贷款单位制定投资方案，审定项目可行性研究报告，然后根据可行性报告草拟项目投资贷款论证评审意见书。初步估算，两个项目需要增加贷款两亿元。他们俩一个星期都在一起，白天虽然忙碌，却总能忙里偷闲，一起爬山散步和聊天。

工间歇息的时候，他们谈到一些工作之外的事儿。林雪英突然关心起贺英和周天寿来，问孙智：“听说你和周天寿关系很好，这事儿我从前没听说过。”

孙智问：“你怎么会知道这事？”

林雪英说：“是张明远说的。星期天他回家了，我们谈论了一些家事，然后就说了你和周天寿的关系。”

孙智问：“他怎么会知道我和周天寿是朋友呢？”

林雪英说：“张明远说让你当行长是周天寿举荐的，他对你很欣赏！”

孙智问：“张明远说这事有什么意图吗？他关注这事有点儿反常。”

林雪英说：“他说近来分行不少贷款项目资料是出自你的手笔，都是周天寿所关心和重视的。”

孙智说：“他可能是试探我给周天寿带来了多少好处吧！”

林雪英说：“也许吧，他说他哥哥的公司资金紧张，然后问我手里有多少钱。”

孙智问：“你告诉他了？”

林雪英答：“告诉他了，这又不是秘密！”

孙智说：“如果他向你要钱怎么办？这些都是公款，如果被他拿走，你我的麻烦就大了！”

林雪英说：“有什么办法不让他拿走吗？”

孙智说：“没有好办法，他是副行长，又是你丈夫！”

林雪英说：“我说都让你借给周天寿了，他还会要吗？”

孙智说：“不可以，这样会给我和周天寿带来麻烦！”

林雪英说：“实在没办法，就交出去算了！”

孙智说：“以后总是要上交的，但现在不是时候；不到时候就交上去，最后落在私人手里，还会授人以柄！要看气候听风声，最好是赶在国家反腐有了新动作、领导换届调岗的时机出手才比较保险。”

林雪英说：“那就说被周天寿拿去暂时用一用，拖一段时间再说。”

孙智说：“等到他向你要钱时，你就这么说。只要他不逼着你要钱，就可以这样拖下去，最好找个安全的地方藏起来！”

林雪英说：“如果你和周天寿有特殊关系，他就不会逼着我要这笔钱了。”

孙智说：“谈不上特殊，一般的朋友！我来银行已经十八年了，贺英比我晚三年，你比我晚十年。贺英入行时就和我在一起上班，周天寿与贺英结婚时我去了，也就认识了周天寿，但同他打交道则是贺英调离之后的事了。他说他的母亲姓刘，是我老家浏河村刘家湾的人，是我曾祖父的后代，说起来应该是远房亲戚。这种亲戚今天已算不上什么亲戚了。”孙智似乎觉得林雪英是在关心什么，担心她问起一些让自己难以回答的问题，便接着说：“贺英是个很用心的人，也是个很高傲很强势的女人！”

林雪英说：“不管什么样的女人，只要她失去家的温情，失去男人的爱护，都是很可怜的。世上只有女人最懂女人，现在的社会，像贺英姐那样的女人，可能和我一样，什么都不会在意的！”

孙智说：“贺英一切为了孩子，她和她丈夫都只有一个心愿，要让儿子上最好的大学。”

林雪英问：“可他们的儿子原来读书成绩不好，到初中学习成绩渐渐好起来，最后和你儿子一起考上了清华，大家都说这是你的功劳，你是怎么让他儿子成绩好起来的呢？”

孙智说：“这可不全是我的功劳，因为他儿子以前基础并不差，人也很聪明，只是比我儿子更贪玩，学习精力不集中，我只是有针对性地训练了一段时间，校正了他的坏习惯，所以学习成绩很快就上去了。”

林雪英说：“看来我女儿的学习也要由你帮助训练了。她小学成绩一直都可以，可是上了初中就越来越差了。我一直没有时间管她，都是她外婆管着。她外婆是小学老师，小学的课她都能教，到初中后也只是随大流，没有请老师额外辅导，在市一中是成绩较差的了，每次期末考试只有300多分。”

孙智说：“初中生这成绩应该可以赶上中等，达到400多分，但要靠环境，也要靠老师的特别辅导，关键是学习方法是否合适。”

林雪英说：“我想请你辅导，但她外婆也许不会同意，因为她外婆特别溺爱她，认为女孩子读书太累不必要。”

孙智说：“这就没办法了，没有那种刻苦读书的想法就很难办。但话又说回来，家庭条件好的女孩子没必要经历刻苦读书的日子，只要以后有点儿专长就行了。”

林雪英问：“学个什么专长好呢？唱歌跳舞？”

孙智说：“你看她对什么有兴趣，就让她学什么。不过这事儿应该她父亲操心，难道张明远不关心女儿的未来吗？”

林雪英说：“张明远从不关心女儿的读书学习，除了他自己的事业，他谁也不关心！”

孙智说：“看来你俩的夫妻关系并不太坏，只要你热情温润一些，他也许会变好的。”

林雪英说：“他是有目的的，过去从没有现在这样好过，一定是遇到钱上的麻烦问题了，想从我这儿打主意！”

孙智说：“那就将计就计，用妻子的温柔拖住他！”

林雪英说：“他并不在乎我的温柔，如果他达不到目的，又会舍我而去的。”

孙智问：“他哥哥的公司怎么会出现资金困难呢？”

林雪英说：“大概是房子建多了，买房的人少了，资金被占用了。”

孙智问：“他哥哥的公司你了解吗？”

林雪英答：“不太了解，张明远从来不说，也不让我接近。”

孙智突然对张明远的经历和背景有了格外的兴趣，也有了急于解开疑团的想法。

75

孙智从林雪英口中知道了一些张明远家族的事儿，但那都不是什么秘密。张明远一家并非本地人，他们来自距西域市一百多公里外的峡江市东安县。张明远五岁时因家里发生火灾父母双亡，姐姐张明菊正在读小学，两个哥哥没有读完初中就辍学在老家红树镇一家砖瓦厂当学徒工。不久他的叔父张昌德从部队复员回家乡当了县长，从而改变了他们四兄妹的命运。后来叔父调到西域市当了副市长，老大和老二就来到本市南郊的宝塔山下开了砖瓦厂。张昌德升为市长后，张家两兄弟靠着叔父的关照，生意渐渐红火，不久便成了全市最大的砖瓦生产企业，如今不仅有砖瓦厂的生意，也有建筑公司和房地产公司，建了很多普通商品房，成了很有钱的大老板。张明菊和张明远在东安县读了高中和电大，张明菊被安排在西域市政府接待服务中心工作，后来辞职开办了旅馆和娱乐公司。张明远被安排到G银行工作，只当了一年储蓄员就调到市分行信贷科，不久便当上了副科长。林雪英是1992年高中毕业招进G银行的，在营业网点当了两年储蓄员，随后被选调到信贷科当接待员，因为自学拿到了大专文凭，很快成了信贷员。1996年春，张明远与林雪英一起到省分行为企业申报贷款指标，晚上喝了酒，在宾馆里张明远强行与她发生了关系。

林雪英说当时并没有觉得有什么痛苦；占了也就占了，女人嘛，反正是要嫁人的，于是要求同张明远结婚，没想到张明远爽快答应了。他们很快筹办了婚事，买了一套大房子，也买了一辆新桑塔纳小轿车，结婚的场面很隆重。林雪英很知足，但她很快发现，张明远是个老流氓，经常在外面鬼混，而且主要在他姐姐张明菊开办的“蝴蝶山庄”里玩女人。

女儿出生不久，张明远被调到洋坪县支行当行长。洋坪县离市区近百里路。他每次周末回来，心事都在他哥哥和姐姐的生意场上，晚上也基本都在“蝴蝶山庄”鬼混，没有把自己的家当回事儿。他当了三年支行行长，调回城里时女儿已经三岁多，他都未曾关心过孩子，全由林雪英的母亲带养。林雪英的母亲是小学教师，因为教育系统改革，提前办了内退，就把外孙女儿当成宝贝照看，张明远有时也只在周末去看一看。

这样的日子过了五年，张明远当了两年办公室主任，又当了一年花果山支行行长，但两口子住在一起的时间很少，每周末的休息时间在一起也只能算是见个面。他工作之外的时间几乎全部花在他哥哥姐姐的生意上，并且从来不跟林雪英说起他家族的任何情况。这几年，节假日家庭团聚也没有了，张明远的家族企业成了林雪英无法接近的神秘之地；张明远在外面干了什么，林雪英也从不过问。除了过年一大家人吃顿饭，回老家祭祖，平常时间从不与张家兄弟和姐姐见面打交道，就连张明远的市长叔叔她也极少见到。

张明远有很多朋友，林雪英大都不认识，他的朋友圈子，都不让林雪英参与。林雪英感觉这样也挺好，少管闲事，少操闲心！她觉得那不过是些吃喝嫖赌的狐朋狗友，不参与反而更轻松。丈夫在外鬼混，只有妻子心知肚明。她凭直觉认为，张明远在他姐姐的旅馆里有不可告人的秘密，一定是金屋藏娇之类的丑事，所以才不会让林雪英接近。既然做丈夫的不专心专意为妻子和女儿着想，做妻子的也就不管不顾，不仁不义了！林雪英不爱吵闹，反正她从来没有真心喜欢过张明远，索性让他在外面鬼混，而她也不是痴人一个，她也要好好玩一玩，她也有朋友圈，也要自由自在地找男朋友。

孙智笑着问她："你读高中时一定谈过恋爱，否则你一定会在意张明远的粗暴行径，你早先的男朋友到哪里去了？"

林雪英回答："当然谈过，那时我才十七岁，所以高中没读好书。男孩子也荒废了，后来学了开车，再后来就出了车祸，全身瘫痪，没活几年就死了。从那以后，我就看淡了一切！不过招进银行后，我很知足，比我更惨的女人多的是，能像我现在这样得过且过地过日子也算是一种福分！"

孙智说："你是因为漂亮才招进来的，那时招来的大部分是高中生，自学拿到大专文凭的不是很多，你被留下来算是很幸运的！"

林雪英说："这要感谢你的帮助！"

孙智说："那时的自学考试很容易！"

林雪英说："容易也得有信心才行，你不仅教我如何学习，也给了我很多鼓励，不然我是学不下去的！当时我就想做个第三者，把你挖到手，只是觉得那样太缺德，而且我这种女人，没什么心计，不善于挖别人的墙角！现在如果我主动要求同张明远离婚，你敢同我结婚吗？”

孙智说：“不敢，你是领导夫人，一定要给足他面子，把家庭维护好，也许以后会有转机的！”

林雪英说：“我也是这样想，不给他惹麻烦。不过他的任何事儿，只要他用得上我，我都满足他。家庭只能是这样的了，已是无法改变的现实！现在我也是有幸福和快乐的，因为有你！挺好，做一对秘密情人，很有诗意！”

“只怕以后有更大的麻烦，张明远的家族企业一定不那么简单，你要当心！”孙智严肃地说。

76

林雪英这种女人，乐观，随和，豁达，不拘小节，与官夫人的身份极不相称；这与她的经历和后来的环境有很大关系。看淡人生，是她最大的快乐之源。她无意同张明远纠缠，让他爱理不理，她也不管不顾，自寻其乐，从不考虑以后的日子是否幸福；这种只顾眼前的现实人生观让她无法感受到心灵的苦痛。在孙智心目中，女人大多数是争强好胜的，虚荣心和自尊心主导的人生观和价值观往往是很自私的，对丈夫极具忠诚而又强调丈夫的忠诚，是中国传统女性的典型特征；而林雪英却很特别，对男人的无可奈何让她只能随心所欲，这与贺英有相似之处，也有更可悲的一面，所以她的命运与黄雅娟完全不同，最好的生活方式是不求名、不求利，平平安安度过一生。

林雪英告诉孙智，其实她很不愿意被卷入张明远的圈子内，他的那些朋友和亲戚要么是官场要人，要么是商界强人。他的两个哥哥是本市建筑业的大佬，几乎掌控全市一半以上的建筑业务；而他的姐姐张明菊也是娱乐服务业的成功者，不仅有一个山庄别墅式的旅馆，还拥有两个大型歌舞厅；张明远之所以没有家庭观念，就是因为他的哥哥和姐姐在生意上需要他，而且张明远实际上是他们的主心骨，所以事业比家庭更为重要，连妻子和女儿也毫不在乎。林雪英只不过是他名义上的妻子，而在商务和财产上却是个局外人，在整个大家庭中她就是一个多余的人。

林雪英比孙智小九岁，她长的漂亮，时刻都面带微笑，给人一种楚楚动人的感觉。她之所以很讨人喜欢，主要是她有快乐的天性，心中没有悲情，任何事情都淡然处之。她并不喜欢读书学习，对工作也没有那种精益求精的态度，更没有深入思考和研究问题的思维和本领，所以给人一种单纯而肤浅的印象，在任何地方任何事务中都不逞强好胜，甘为人后，不唱主角，完全像个快乐的羔羊；她对人生的理解却超乎常人，平淡度日，与世无争，这与孙智崇尚简单的人生哲学是一致的。在林雪英看来，人生在世，就是为了快乐，今天活着，不必想着明天会怎样。她不爱粉饰打扮，衣着简约从众，在男人眼里，她单纯而透明，不隐私情。孙智第一次见到她，就觉得她有特别之处。孙智从前与她保持一定距离，原因就在于她太过随意。现在他们谈到工作的时候，孙智不忍心把一种不好的预感说出来，担心坏了林雪英的快乐心情，但他心头的忧虑又不得不驱使他脱口而出："随意的日子不会长久了，危险就在眼前！"

林雪英很惊诧，问孙智："会有那么严重吗？"

孙智说："形势是严峻的。你看我们这么多年来，银行掌握贷款资源，所有从事生产经营的实体企业都要从银行取得贷款，而申请贷款从一开始就不是很单纯的商业行为，有一部分是凭权力和关系来决定的不公平交易，客户取得一笔贷款，不仅要支付利息，还要支付关系人不少额外的费用，实际上就是好处费，这在法律上是不允许的。"

林雪英说："这不是明摆着的事吗？哪种贷款没有好处费呢？虽然不合法，但有些客户是不会计较的，他得到了贷款，就不会透出风声，否则谁还敢给他贷款！再说，我们办贷款，也是花了很大代价的，每办一笔贷款都要加班加点，做材料，跑指标，求爷爷，告奶奶！该企业自己做的事，企业做不了；该上面做的事，上面不愿做；该政府管的事，政府没人管。只有我们银行是靠贷款利息收入吃饭的，所有风险都由我们承担，没有合理的报酬，谁愿意吃苦受累？谁愿意担风险？”

“正因为这样，大家都觉得理所应当，相安无事。但是如果整个经济上出了问题，银行大量贷款本息收不回来，所有问题都暴露出来了。这种事情你没经历过。20世纪90年代发生过这样的问题，那时贷款项目由政府决定，银行人员没有条件从账外获取好处费，只有申请贷款的企业向政府官员行贿，才能拿到贷款。当最后经济上出了问题，很多政府官员因为受贿而被判刑。现在银行对贷款有了自主权，银行有权人就能从中获得好处，渐渐形成了潜规则。这种潜规则就像人体身上的脓疮，不到裂口脓血就流不出来，而一旦用外力挤破它，就会很疼痛，很难受，甚至引起全身溃烂，病魔缠身。”

林雪英对过去的事了解不多，而对贷款中拿回扣的惯例是心知肚明的。过去她在信贷部，每次发放贷款之后，总会接受一笔额外的收入。她并不认为这件事有多严重。孙智告诉她，虽然每次不多，但加起来就不少了。林雪英告诉孙智，她从到信贷部到现在，总共得到四百多万元好处费，但都以父母的名字存在不同银行里，从来没有用过。

孙智把他们共同面临的处境说出来，让林雪英认识到危机的存在。当林雪英告诉他有关张明远的深厚背景及他对这些钱的态度之后，他似乎又多了一些紧张，他觉得这些钱对林雪英来说有着特别重要的意义，在当前所有企业资金十分困难的情况下，假如张明远的家族公司遇到特别的困难，他会如何从林雪英手中拿到那些钱呢？孙智提醒林雪英一定要保管好那些钱，却又担心林雪英柔软的性格难以承受精神上的压力，更难以应对她所处的复杂环境。林雪英已经把她知道的一切都告诉了自己，而对张明远背后的事情她却知之不多，那里面一定是一个外人无法深入进去的利益圈子！

第二十七章　应变

77

时值年尾，又是银行业务的繁忙时节，天气异常清冷，街面上行人稀少，银行的客人也少得可怜。尽管这片高高低低的土地上耸起了一排排新楼房，总共五千多套，可已售出的不足一千套，而且迁居者寥寥，人流量大不如从前。从前虽然没有这么多建筑，但树林花坛甚多，人行走廊悠长，树阴下，凉亭里，花坛前，总有三三两两的人群谈天说地，安闲时光。银行里也常有客人，不像现在如此冷落。

孙智早早上班，等待营业柜员开门，他迎接运钞车下了钞箱，安全送达营业室内，照例检查好门锁和消防器材，然后与同事谈些工作上的话题，等待第一个客户到来。一个小时过去，却没有客户，大家便无所事事聊起了闲话。

孙智谈了眼下大家关心的话题，比如金融危机、投资理财，还有房地产等时尚热点新闻，提醒同事们在当下环境要千万注意各种风险。大家对眼下客流量骤然减少不甚理解，孙智就给大家分析了原因，大概就是企业效益下降，资金周转出了问题，企业职工收入不及以前，而且不少人因为买房，没有余钱存到银行来了。虽然不久前投进了两个亿的贷款，但企业都用在购进原材料和燃料上，没有沉淀下来的资金，所以资金紧张的状况一时缓不过来，只有等到国家整体形势好转，企业效益才会好起来。

几名柜员听着孙智讲形势，每张脸上都没有笑容。邹小琴低着头，似听非听的样子，也不太关心外面发生了什么大事儿。她从来不主动和谁说话，只有在单独看见孙智的时候，才抬头两眼盯着孙智，露出一点淡淡的微笑。孙智似乎觉得，这微笑里包含一种难以言表的渴望和期待。

当孙智绕过营业大厅走进自己的办公室，林雪英已在她的办公桌前悠闲地坐着，嘴里咀嚼着香甜的零食。孙智走进来，她才开始敲打电脑键盘，把几张表格打印出来；孙智把所有申请住房按揭贷款的合同一份份审查了一遍，林雪英则把全部企业存款明细表核对了一遍，标示出增减数额，然后递到孙智手中。

按照两人的分工，营业厅的事务由孙智分管，林雪英只负责企业存款和企业客户服务，所以她通常不到营业室内，也很少同操作柜员谈论闲事。她是分行副行长的夫人，操作柜员自然不去招惹这位身份特殊的漂亮女人，彼此见面无非是打个招呼或轻轻地微笑一下，以表示对小小副行长的尊重，而对她的显赫背景，大家只知其一不知其二。

孙智和林雪英之间从来都是各管各的事，各走各的道，林雪英上下班总是开着小轿车进进出出，而孙智总是骑着摩托车上上下下，他们从来不在众人面前谈论工作和生活。在众人眼里，这一男一女的两位领导总是分得很开。他们的办公室虽然离营业厅有点儿远，但也是各人一间，一个背靠墙面向东，一个背靠墙面向西，上班时间没有人能看见他们在做什么或可能做些什么，更没有人去探寻他们的隐私。

中午为柜员交接班时间，接班的人员已在家里或外面快餐店里吃过午饭，而交班的人员则可以在下班后回家吃午饭，如此这般的倒班方式让营业人员的时间显得异常紧张，没有时间去关心别人。

这段时间，西域市接连发生了很多事，如企业关门歇业、工人上街讨薪、银行贷款大量逾期、各种经济纠纷纷至沓来，都让人产生不祥的预兆。

午休时间，两人的身心得到良好的调适，紧张和焦虑消除之后，林雪英拿出几十张存款单，总共四百五十万元，都是三至五年的定期存款，大部分已经到期或超期。孙智陪着林雪英从不同的银行取出现金来，归集一处以应对随时而来的麻烦。他俩商量好久，都觉得应该寻找一位张明远不认识的人代为存到自己支行里才能放心。孙智便给孙勇打了电话，让他带着他的爱人刘翠枝来到花果山，将四百万元重新开户存成了银行卡活期存款，余下五十万元留作年末年初完成存款任务的备用金。

一年的最后一个月，各家银行都在为完成全年任务四处奔忙。孙智和林雪英已经跑遍辖区内的所有企业，揽入存款两千多万元，还差三千万元，只能到辖区外的其他企事业单位去寻找。离最后冲刺时间还有二十五天，这天一早，孙智提前二十分钟到了营业厅，与同事们一起打扫卫生，又顺便检查了一下安全防护设施和门铃，迎接钱箱送来抵达营业室各柜位后，便放心地走进自己的办公室。林雪英驾车来到，她到办公室换上工作服，扎好领结，戴好头花，夹上发卡；孙智换上深蓝色工作西装，准备跟随林雪英扩大范围去寻找存款。

78

林雪英把小轿车开到拐角处，等孙智坐上后驶向市区。她按照事先计划好的企业名单，计划下午走访城南的不锈钢制品公司、自来水供应公司和新特来服装公司，她同这三家企业的财务主管都很熟悉，但这些公司的基本结算账户都在其他银行，只有通过支付货款的方式才能把资金转出来，但只能解决一时之急。这样做是要付给对方好处费的，林雪英准备了三个红包，每个一千元。这已是行业里的惯例，有付出才会有收获。孙智对林雪英言听计从，一切由她做主。他们每到一处，林雪英用电话将财务主管约出来，简单几句话便约定时日，每家都承诺转出一百万元存到花果山支行预置的账户。

搞定了三百万元存款，孙智觉得进展太慢，思考着其他途径和办法。当林雪英开车经过南泉中学时，孙智突然灵机一动，让她把车开到学校门前停下来。学校大门外一排长长的玻璃宣传橱窗，孙智走上台阶认真看了起来，一个熟悉的名字让他心头一亮。原来他高中时的老同学王东明当上了新校长。1978 年，他们同时参加高考，王东明考入中南师范大学中文系，后来读硕士研究生，毕业后就在南泉中学教语文课多年，当过教导主任，十年后又调到市教育局当语文教研员，两年前提拔为副局长。儿子孙哲在南泉中学读书时，王东明还在教育局当副局长。孙智早先与这位高中同学有过几次聚会，只因分属不同行业，又无要事相求，所以多年没有交往。现在他当了南泉中学校长，从面子上讲是不好意思专程找他帮忙的，现在如果见一见他，想必一定不会让自己空手而归。孙智带着林雪英走进校园，直接进了校长办公室，当起了老同学的不速之客。

王东明矮胖，平头方脸，浓厚的眉毛下是一双黑亮的三角眼。来客无声无息地进入，让他从沉迷地阅读中惊起，连连叫道："孙智，孙智，好个大贵客，怎么突然光临我校？请坐，请坐！"他嗓门粗重，一口标准的普通话，有一种讲授汉语的天才气质，见了孙智如此惊异，盛情地为两位客人沏茶。孙智没说客套话，与林雪英同时笑着坐在沙发上，说："老同学还是老风格，坦诚直率，当了大校长，想必一切都好！"

王东明高兴地说："您孙智可是大贵之人，过去我在教育局坐清水衙门，您把我忘了，如今回来当了校长，您就闻风而动，好像我成了财神爷！其实我早就想见到您，您才是真财神！我早就知道您当行长了，很想去找您搞些贷款，只是我这穷教书匠，不好意思去找您啊！"

孙智原以为老同学会摆摆校长的架子，没想到他会如此说话来高抬自己，便用谦卑的语气说道："我也是小庙里的和尚不敢登大雅之堂，早知您在教育局做大学问，我这个早年落草的教书匠，也不敢去找您施舍一点儿关照，要是当年不离开教育战线，也一定会找您求得一份重点中学教师的好职业。其实我多想当个老师，可时运不济，偏偏进了一个大企业，被改革改来改去，最后被迫进了银行，又遭受一轮又一轮减人增效，现在落到最小的支行四处求爷爷告奶奶，说来真不是滋味！这时代，大家不都是这么难嘛！而你们坚守教育的，比我稳定多了，也洁净多了！”

王东明收起笑容，欲言又止地说：“大家都难！您可不知我的过去，我的奋斗是如何艰苦！不说过去，不说！说现在，我们已是快五十的人了，应当干点儿事业，不说对不起祖宗，总要对得起老同学吧！您看，我整天研究教育，著书立说，论文搞了几大本，教学总结一大堆，才混到如今这地步，而和我一起读研出来的同学，多半已是大学教授，当教育局局长的也有好几位，最高的早已是省教育厅厅长了，我还是在老同学的一再关照下，从副局长这个职位上平调到这儿当校长的，要不是老校长退休，我还没这个机会呢！”

孙智听后似有所悟，说：“原来您奋斗如此艰苦，早该这样了！这既是您的能力应该达到的，也是您的资历积累的结果。而我，完全走到另外一条道上去了，经历了曲折，还没得到什么好结果。”

王东明说：“您不是行长吗？这职务响亮，有价值，单说工资也比我高很多。我这辈子算是到顶了，而您却是前途无限，‘钱景’也无量喽！”

孙智说：“您有所不知，银行里靠的不是知识能力和学历，靠的是势力和背景，您看我一个学教育的搞上了金融，能有多大出息呢？走到今天这一步，也算是到头了！”

两个人说来说去，道出了人生的艰辛和酸楚，但都不好说起自己的家事。王东明突然转换了话题，说：“我今年九月份刚来学校任职的头一天，看到学校今年的高考成果，知道您的儿子孙哲是我校最突出的一名学生，荣获高考状元，这是我校的骄傲嘛！您这个不做教育的教育家，竟然把自己的儿子搞成了全市的状元，了不起，真了不起！”

孙智笑道：“这是南泉中学先进的教育方法产生的结果。当初我儿子中考后很多学校提出免费招生，我全部回绝，坚定地选在南泉中学，就是看重了这里的教育质量！”孙智说罢突然问道：“请问您的孩子在哪个大学读书？”

王东明摇摇头说：“我没有孩子！我孤身一人呢！”

孙智说：“怎么会这样？”

王东明说：“老同学不知我的经历，我因为读研，三十二岁才结过一次婚，女人也是读研的，但不是同学，是在一个研讨会上认识的，婚后一直没有孩子。后来南方大学招聘教师，她就去了，结果就离婚了。”

说话至此，触及老同学伤感处，孙智不再问了，就直接说了来意。

真是天气好不如运气好！当孙智说出需要存款一事，仅仅只是试一试老同学有没有帮忙的意思，可把王东明说乐了。他告诉孙智：“学校早就规划扩建了，设计的图纸放了好几年，一直没有争取到省教育厅的支持，这次让我当校长，是厅长点了名的，而且答应在扩建问题上列入省重点中学建设计划，争取了省财政资金两千万元，余下的由学校自筹。我前不久想到了你，想请您为我出出点子，如何筹得投资款项。今天我们正好商议这事儿，只要您帮我，我也一定帮您！”

孙智说：“这好办，只要您到我那儿开个基建专户，把省里投资款拨到专户账上，我给您做贷款申请资料，用学校固定资产做抵押，贷款两千万是没有问题的。”

孙智胸有成竹的话，让王东明异常高兴，说：“好，马上行动，明日就去开户，后天我就去省厅去要拨款。”

79

晚上，王东明在学校食堂客厅里招待孙智和林雪英二人。林雪英喜不自禁，竟然自告奋勇地要为王校长找一位伴侣，王校长笑嘻嘻端详起眼前的美女，露出满脸欣喜，说：“好，好，看来我有桃花运了！”接着又说：“学校食堂里有几个包间，设施也比较齐全，同外面餐馆的包间差不多。这是我私人请老同学，学校里餐食价格都不贵，吃喝在其次，主要是老同学难得到一起来，好好聊一聊过去。”

林雪英热肠口快，开口又说起婚事来，她说：“我们银行里有一位女子，丈夫去世一年多了，才三十五岁，挺漂亮的，如果王校长有意，我给您牵线好不好？”

孙智一听就知道她说的是邹小琴，忙说：“这女子性情冷漠，不适合王校长的。王校长是学汉语言文学的，又是研究生，性情中人，看中的是情趣相投，讲究文化品位。再说，在银行里上班的人都很忙，没有时间料理家务，恐怕难得过好日子！”

孙智硬生生地泼了冷水，又怕老同学不高兴，随即转过弯来说：“不过，我们可以为王校长找个机会，把邹小琴引来见一见，聊一聊，也许会有意外的惊喜！”

王东明摆摆手说：“孙行长说得很对！我这个人之所以孤身到今日，主要还是找不到合适的女子。我这人相貌丑陋，对不上漂亮女人，而且对女人有一种天然的挑剔，那种不多言不多语、爱思考问题、讲究一点儿人生哲学的女人，我是很欣赏的，但这样的女子很少见，所以我就难有情缘了。”

孙智感到他的离异有些奇怪，便问王东明：“您与前妻同是教师，而且又都是学语言文学的研究生，为啥不能过在一起呢？”

王东明说：“其实我们感情很好，情趣也一致，但为各人的事业着想，我们和平分手，没有把婚姻当回事，没有孩子的婚姻，不如早些离了，各人图个自由自在！”

林雪英不解地问：“那又何必离婚呢？难道您不能随她一起去南方吗？到南方大城市里，不是更有前途吗？”

王东明说：“她是在大学教文学的，我是中学教语文的，目标不一样嘛！再说，我的土壤在这里，去了南方，我永远只是个中学教师！”

孙智恍然大悟，原来老同学志存高远；而林雪英并不懂得这些文人的情趣和追求。

两位老同学慢吃慢喝，谈天说地，两个小时过去，到分手时又约定，待王校长去省里把资金要回来，就到花果山再聚再谈。

回程路上林雪英突然问孙智：“你为啥不愿意把邹小琴介绍给王校长啊？是不是舍不得这位大美人啦？”孙智露出冷淡的神态，默无声息地看着车窗外的学校楼群。

第二十八章　非命

80

孙智和林雪英经过一个星期的东奔西颠，跑遍了城北大部分企业，引入存款两千多万元，但没有想到花果山水泥公司因为产品销售不畅且货款回笼减少致使生产停顿，为发放职工工资和支付民工力资又将账上资金支空，存款一下子又减少了三千多万元，使得揽存的压力又加重了。南泉中学虽然已开立基建账户，但资金还没有到账。

王东明去省教育厅和财政厅争取学校扩建款项，财政厅官员表示只能分期拨给，首次拨给五百万元，告知于今日持汇票办理进账。这天是星期五，孙智给王东明打了电话，请王校长带领财务人员来行办理进账手续并一起聚会就餐。孙智告诉支行所有员工下班后到花果山宾馆陪同客人进餐，这是他们多年来款待新客户的最高礼节。

宾馆餐饮包间里，主客均已到齐入座，九名银行人和王东明带来的财务科长及会计等四人，十三人围坐大圆盘餐桌，一边闲聊，一边等着菜肴端上桌来，四瓶五粮液放在桌子中间，华丽的灯饰照在人的脸上，每个人显示出既热情又期待的表情，白色的石英墙壁和黑色的大理石桌面光亮如镜，光影人影交相辉映，华丽而热烈的气氛溢满整个餐厅。五名穿戴整齐的宾馆服务员同时端来四个大盘蒸荤菜和一盆甲鱼火锅，然后开启酒瓶给八位男人面前的高脚酒杯倒入醇香四溢的白酒，给五位女士的杯中倒入果汁饮料。

孙智站起来，一一介绍了每个人，然后说："王校长刚就任南泉中学校长，就来我行开立基建账户，是我们的重点客户，而且在王校长的努力下，南泉中学已列入全省重点中学校园建设计划，省里首期投资两千万已到账五百万元，这对我们花果山支行是很大的支持。今年只剩下最后二十几天了，因为南泉中学的五百万元，我们的压力就小了不少。更重要的是明年首季存款任务压力一定不小，王校长还会去争取余下的一千五百万，为我们预备了明年的'蛋糕'。另外，我们也将为南泉中学申办两千万校园建设贷款储备了新的贷款项目。我们特地感谢王校长和随行的各位会计师，为我行与南泉中学的亲密合作干杯！"大家站立起来，举杯同饮。

孙智招呼大家坐下后，又说："南泉中学是全国一流高级中学，每年考入重点大学的有一千多人，考上名牌大学的三四百人，考上清华北大的三四十人；同南泉中学合作，是我们花果山支行的光荣。同时，在王校长的帮助下，南泉中学为我们开辟了孩子读书成才的好途径。在座的同事儿女都在读初中和高中，为孩子学习操心不少，都有让孩子进入南泉读书的愿望，王校长打算为大家提供优惠入学的机会，我们也为此十分感谢王校长！"员工高兴地鼓起掌来。

王东明有些激动地说："我是南泉的老教师，后来在教育局工作，今年才回到南泉中学担任校长。作为教育工作者，我非常了解家长们的愿望和心情，愿意为大家提供力所能及的帮助。因为现在的教育同以往有所不同，教育既成了每个家庭最大的负担，也是每个家庭最重要的智力投资。按照教育部的规定，中考考上重点中学的是不收费的，但没有达到录取分数线的，允许学校收费招录学生。我们学校设定了不同档次的招生分数线和收费标准，最高的是三万元入学费，最低的是一万五千元。我作为校长，有权做灵活处理，对大家按最低档收费。你们有孩子读高中的，可以直接交费转到南泉去读，按年算一年五千。只要孩子自己用功读书，学校一定能将他们送到合适的大学。”王校长说完，四个员工当即决定将孩子转入南泉中学，孙智也表示一定在学生放假的时候为孩子们讲一些学习方法，帮他们养成良好的学习习惯。

宴席上大家热情而活跃，都谈些教育孩子的知心话。邹小琴年龄最小，女儿还在读初一，虽然没有说出要让女儿上南泉中学的话，但她心里正在思考女儿往后怎么办。她脸上没有一丝笑容，只是默默地听着别人谈论孩子读书的问题。她偶尔抬头看看孙智和王校长，似乎心里有话想说而不敢说出来。她的丈夫去世一年多了，心情从来没有高兴过，眼圈布满了鱼尾纹，眼中充满了忧郁和期待。孙智把目光投向小琴，两束目光撞到一起，小琴没有躲闪，而是怔怔地看了他几秒钟。小琴也打量了一下王校长，王东明立即端起酒杯站起来向小琴敬酒，小琴回过神来，站起来回敬王校长，说：“谢谢王校长，我应该先敬王校长！”两人轻轻碰了一下杯子，各自一口喝尽了杯中的酒水。

林雪英趁机笑起来说：“小琴是我们最小的妹妹，她一个人带个女儿，既要照顾女儿读书，还要起早贪黑地上班，很不容易。她女儿现在读初中，等到考高中时，也要麻烦王校长帮忙呢！孩子进了南泉中学，上大学就有希望了！”

邹小琴说：“我女儿读书成绩不太好，但她爱唱歌跳舞，在艺术上很有特长，不知王校长能不能帮忙让我女儿先去读南泉中学的艺术初级班，让她专门学歌舞，中考后直接上南泉的艺术班，以后报考艺术类大学呢？”

王校长说：“这个忙一定能帮，南泉中学艺术初级班可以招收小学和初中的特长生，有专业舞蹈老师任教，是省音乐学院毕业的高材生，可以让孩子到南泉专门学习两年，中考后直接就读南泉中学艺术班，这样高考上艺术类大学更有把握。”

王校长还说他在省教育厅有个朋友，而且还是西域市人，专管艺术院校的，以后升学也能帮忙。

孙智说："这个人我也认识，是我浏河村的老乡，小琴尽可放心，芸芸一定会考上好大学的，大家都关心着，都会为孩子加油鼓劲的！"

王东明说："文化课也很重要，我让老师多花些精力辅导你女儿，没什么问题的！"邹小琴脸上终于有了笑容，连说几声谢谢王校长。

散席后，王校长一行四人坐车离开花果山，林雪英把邹小琴叫到她的车内，一边开车一边细说了王校长的情况，让小琴先和王校长交朋友，如果合适就结婚，对女儿成长有好处，小琴点头答应。她们跟在王校长车后，一同去了南泉中学，又和王校长说了一会儿话，王校长很爽快地答应为小琴培养好女儿，这便成了他们交往的开始。

81

接下来的一周，孙智和林雪英仍然努力地寻找客户，虽然存款每天都在增加，但进展很缓慢。离元旦只有一个星期了，存款缺口却还有两千多万元。孙智担心完成不了任务，自己挨罚受批评事小，员工收入减少事大。正当孙智有些焦急不安时，邹小琴引来两个大客户，直接用小轿车送来六百万现金，用不同人的身份证开了六个新户存了起来。邹小琴不说客户的来由，别人也不便打听。孙智见状十分吃惊，不断在众人面前表扬和感谢小琴。

过了两天，其他七名员工也分别引来了一些客户，存入几十万到上百万不等，存款又增加了一千五百万，距离计划完成数还缺五百多万元，但时间也只有两天了。孙智和林雪英出去找客户。他们突破花果山支行的服务半径，到城东火车站附近逐家挨户地走访，那儿曾是白云储蓄所的服务范围。他找到了原来送彩票中了五百万大奖的张伯生意店的位置，可是这生意店铺已经不是原来的了，换了新主人，门面也变了。孙智向附近店主打听，终于在不远处的五金交电公司门房见到了张伯。张伯想了好一会儿，才想起来原来是送给他彩票的那个人，于是格外亲热起来。孙智说明来意，老人家却说，哪还有钱呢？钱早就用完了，他儿子爱赌博，输了几十万元，子女三兄妹买了三套房子花了两百多万元，买了三台小车花了五十万元，只给老人留了二十万元防止意外。孙智很扫兴地说，老人家钱来得快，花得也快。老人说孙智是好人，这世道好人少见，就主动帮孙智找了五金交电公司的老板，让孙智同这位老板商谈，结果以每天万分之五的贴息拿下了五百万元存款，总算完成了全年的存款任务。

元旦是银行业务的一个小高峰，营业厅照常营业，每两人一个班，每个人上两天班后休息一天，孙智和林雪林不轮班，节后休息两天；他让林雪英不值班，在家多陪陪女儿学习。林雪英却把女儿晶晶带到支行里，让孙智给她讲学习方法。孙智一门课又一门课地给晶晶讲如何读写和记忆，但晶晶似懂非懂，心不在焉，让孙智也没了兴趣。他知道这种孩子在温室里长大，不懂得读书是要吃苦的。他想，好在是个女孩子，像林雪英一样，以后也许会有好运的。只要父母有钱，长大能嫁个好人家，也许会是很幸福的。在孙智看来，女孩修身养性更重要，但这也要靠家庭教养。孙智看她长相，脸蛋是张明远的遗传基因，方块脸，小眼睛，胖胖乎乎，完全没有她母亲那种苗条俊俏的模样，又缺少锻炼，看起来不是很顺眼。当代很多家庭对孩子宠物式的培养方式，让孙智对祖国的未来不免有些担忧。

晶晶只做了一小会儿作业，就独自出去玩去了。林雪英问孙智："这孩子你有什么好办法吗？"

孙智摇摇头，无可奈何的样子，感叹说："一个条件优越的家庭，怎么会培养出这样的孩子呢？"

林雪英说："这孩子从一生下来，张明远见是女孩，就没有了兴趣，从来没有管过。他心里像是从来就没有这孩子似的，你说我能有什么好办法，我让父母照管外孙女儿已是尽心尽力了！"

孙智觉得一阵难过。当年他们那一代，大部分是农村子女，父母很多都是文盲，因为国家普及教育，人人都能读书，老师也很负责，所以才有今天的结果；即使很多人没有上大学，也是有文化的工人农民。孙智三兄弟没有少读书，除他读了正规大学外，两个弟弟高中毕业也都学了技术，有了正式的工作，其实都是因为有文化才立会足的，如今全家人日子过得无忧无虑，孩子都上了大学，没有什么后顾之忧了！倒是现在一些城里的孩子，生活条件太好，父辈宠爱，或因为忙于挣钱，忽视了子女教育，必定会给后代带来不好的结果。子不教，父之过！这个张明远，竟然对自己的孩子如此不负责任，他的用心何在呢？在孙智看来，孩子教育的失败，是父母人生的最大失败！

两天的节日，难得放假休息，大家都把孩子带到花果山来，小小支行分外热闹，让高考状元的父亲讲授读书学习的窍门儿，孙智一一尽心传教。这几个孩子，虽然成绩不太好，但如果能在高中两年专心学习，考上大学是很有希望的，孙智极力鼓励他们。

82

邹小琴的女儿已转到南泉中学开办的艺术初级班，交了两万元特别辅导费，由省音乐学院毕业的舞蹈老师执教；女儿十分满意，说学习效果极好，邹小琴为此一直很高兴。她元旦假日两天时间都去学校看女儿的学习训练情况，老师没有休息，对孩子进行强化训练，小琴破例没有上节日班。

元月三日恢复正常上班，中午十二点为柜员交接班时间，而邹小琴十一点半就提前搭乘一辆出租车匆匆而来；她平常都是骑着电动摩托车来上班的，今天却异常匆忙而且紧张地坐的士而来，显得极不正常。她没有直接去接班，而是走进行长室，见到孙智就问林行长哪里去了，孙智说："林雪英刚回去吃午饭去了。"

孙智见邹小琴一脸慌张，似有惊悸之色，忙问她发生了什么事，小琴顿时两眼泪如泉涌，吞吞吐吐地说："王……王校长，死了！"

孙智“啊”地惊叫了一声问：“怎么回事？”

小琴小声哭泣，两手捂着脸说：“他，他，是林行长介绍，要我和他到一起，先交朋友，如果合适就结婚；可是，他急不可耐，非要我和他住一起，他喝了药，昨夜里心脏病发了，突然死了！”

孙智听后似乎明白了什么，忙打电话让林雪英回来。林雪英很快开车回来，孙智让她问小琴详细情况，自己就骑着车先去买了饭菜，再到租房屋里等着林雪英，心里想着小琴说的情况，悲情涌上心头。他想，一定不会是小琴的错，她这样纯情的女人，怎么会主动接纳一个刚认识的男人呢！

孙智等了半个多小时，林雪英回来了。孙智忙问：“怎么回事？”林雪英笑了，说：“看把你急成这样！男女之间的事，都很正常！”

孙智说：“这叫什么正常？一个好好的男子汉，一夜之间就死了！”

林雪英说：“人死还不快吗？几秒钟的事儿！王东明有心脏病！”

原来如此！王东明和邹小琴单独见面后，就让小琴把女儿转到南泉中学，她非常高兴，第二天一早就把女儿送到南泉中学特护艺术班住读。那天晚上，王东明约她去了他老家，他和他弟弟王东光在东山脚下的东乡村有一栋私房，离城区十多公里，开车二十分钟就到了。小琴刚到他屋里，他就急不可耐地抱住了小琴，小琴没有推辞，满足了他的心意。她觉得他身体很好，也可能玩得很开心，就没有什么顾虑，安心住在了他家里。接下来的两个周末，王东明都接小琴去了他家。元旦节连续两个夜晚他们都在一起，她心里已做好准备成婚的打算。昨天晚上，王东明又接小琴去了他家，晚上大约十点钟就死在了小琴身边。

林雪英略有怜悯地说：“小琴真是倒霉透顶了！前年死了丈夫，今年又死了未婚夫。”

孙智说：“小琴说，王东明喝药了，他喝了什么药？”

林雪英说：“伟哥！而且是美国原装进口的，过量就出问题。王东明四十七八岁了，还有心脏病，身体哪里受得了呢？”

孙智明白了一切，脑子里浮现小琴受折腾的样子，心里非常难受。林雪英又讲了处理的过程："当夜，小琴喊醒了王东明的弟弟王东光夫妇，就是为小琴送六百万存款的那两口子。他们看到他哥哥没有气息的样子，觉得没救了，就打电话报了警。警察今天早上看了现场，法医初步鉴定他是因为心脏病突发猝死的，邹小琴没有直接责任，但要能证明他们是夫妻，至少要证明他们属于恋爱关系，只要不是婚外性行为，小琴就没有道德上的责任。小琴找我就是要我为她作证，证明他们是经过介绍认识的未婚夫妻。所以下午可能有警察来找我们调查情况，如实回答就是了。"

孙智责怪林雪英不该没事找事做这么个害人的红娘，没有她的撮合，小琴就不会去找王东明。

第二十九章　勇气

83

贺英去美国已经三个多月了，至今没任何消息。她在国内的手机号码已处在欠费停机状态。孙智无法联系到她。孙哲放寒假回来，告诉父亲说周雄伟也去了美国，但不知他在美国哪个大学读书，无法取得联系。春节快到了，孙智常常想念那段日子，现在怅然若失，一种孤独的情怀萦绕在他脑子里。

儿子带回了不少哲学书籍，有黑格尔的、柏拉图的，也有几本中国道家佛家学说，虽然与哲学有关，但并不是正统的哲学著作。孙智有空时随手翻看，觉得索然无味，但儿子却看得津津有味；有时两人讨论起来，孙智总是说不出什么见解，儿子却说得滔滔不绝。从儿子的阐释中，孙智体会出那种人生无常、人生如梦的虚无主义哲学观，他担心儿子陷入唯心哲学的泥潭。

晚上，儿子沉默寡言，常常思念母亲，独自流泪，睡觉时说梦话，梦中惊叫……孙智恐慌之极，骤然为儿子的精神状态担忧起来。他劝儿子去找过去的同学玩一玩，做一些开心的活动，儿子却无动于衷，被那种伤感孤独的情结控制了心灵。

孙智上班的时候，带儿子去花果山玩了一天，那儿有电脑，孙哲只玩游戏，而对其他一切都没有兴趣。此时的父亲，竟然对就读于顶尖大学的儿子有了不知所措的感觉，他不知道儿子在大学里是怎样读书学习的，这样的精神状态怎么能搞好学习呢!

孙智脑子里空缈起来，他不曾想到儿子会出现这种危机甚至是危险的状况，如果儿子思想沉沦了，没有心思念书，甚至精神陷入灰暗的境地，他对儿子的教育就完全失败了。孙智虽然对儿子讲了许多人生道理，从父辈受苦的经历到自己读书和奋斗的经历，都细细地讲给儿子听，但孙哲却仍然十分麻木。

周末孙智带儿子回到浏河村，让孙哲和奶奶爷爷在一起说说话儿，替老人家做些家务活儿，但儿子除了看看电视，对其他事情都毫无兴趣。孙智伤心透顶，又不能守着陪着儿子，苦想着能有什么好办法挽救儿子孤独痛苦的心灵。他不得不让儿子留在老家和奶奶爷爷多住几天，自己回到城里上班，等到春节放假再做打算。

离春节只有一个星期了，孙智心情十分沉重，像失去了精神支柱似的不知如何是好。儿子为什么会变成这样，是因为失去母亲吗？失去母亲对儿子心理的打击最大，而周雄伟去了美国，又让他失去了朝夕相处的伙伴。贺英说是儿子的干妈，却一点儿信息都没有了，无法给孩子温暖和母爱。儿子没有一个完整的家，脱离了快乐的精神世界……这一切，对一个不成熟的孩子来说，是可怕的。孙智突然恐慌起来，不知如何改变儿子的精神状态。

84

临近春节，银行业务又忙碌起来。林雪英因为母亲病重住院特地请了年假，孙智连续几日整天值守在支行里。他既要关注营业安全，又要关照客户，还不时地与操作柜员沟通交流。

这些天，邹小琴情绪格外低落，除了接待客户，从不多说一句话。

孙智站在她面前，找话茬儿问这问那，她却冷面相待，只是两眼怔怔地盯着孙智。小琴的精神状态导致业务出现了一些差错，孙智很想和她谈谈，却一时找不到机会。

一位客户来取钱，小琴没认真清点现金，孙智发现客户表情异常，拿了钱没有点数就匆忙离开了，于是提醒小琴赶快清点库存现金，果然发现短款一千元。他让小琴立刻锁上钱箱，出门去找那位客户。孙智借此机会，骑上摩托车带着小琴去追赶。他们在一片树林前的道路上追上客户，这位中年女人神色慌张，无法躲避。孙智很有礼貌地让她点一点取来的钱，女人迟疑了一下，便从胸前衣袋里拿出一沓钱来，一张张点数，果然多出一千元。女子遗憾地笑了笑，把多出的钱交还给小琴。小琴接过钱，两眼看着孙智却还是不说话。

孙智情激之下突然拉着小琴的手，走到树林边的石板上坐下；他似乎有很多话要对她说，可一时表达不出来，心里不停地跳动。小琴好像听到了孙智的心跳，本能地站起来，孙智猛然抱住了她，吻着小琴的额头，轻声而柔情地说：“小琴，我喜欢你，我们结婚吧！”

小琴抬起头来，两眼盯着孙智的眼睛，眼泪溢出了眼眶。孙智搂着小琴走进树林里，不停地亲吻小琴的额头和脸，小琴一动不动，任他搂着吻着……好久好久，小琴终于说话了，她轻轻问孙智：“我不是个命好的女人，命里克夫，两个男人都死了，难道你要做第三个吗？”

孙智说：“我不怕死！为了生活，为了快乐，为了我们的孩子，也为了我们的父母，为了有一个圆满的家，我们必须结合在一起，共同走好下半辈子！有了爱，我们都会从困境中走出来的，我们都会好起来的！”

小琴又流泪了，但这会儿她的泪水是热的，她双手抱住孙智的头，把心胸亮给了他……这个夜晚，孙智满身轻快地住进了小琴的家。

85

春节放了五天假，孙智带上小琴和女儿芸芸，搭乘中巴车去浏河村孙智的老家过年。到屋后，孙智乐呵呵地叫起正在看电视的儿子孙哲，大声说：“儿子，我给你带妈妈回来了，你看，多漂亮的妈妈，快叫妈妈呀！”

孙哲抬起头，不解地看着爸爸，又看看旁边站着的年轻女人，迟疑了好久，恍然大悟地笑了，两串珍珠似的泪水从眼眶滚落下来，甜甜地叫了一声：“小琴阿姨，不，是妈妈！”

芸芸突然从妈妈身后伸出头来，大声喊了声：“哥哥！孙哲哥哥！”

孙哲莫名其妙，又突然出现个天仙似的妹妹，乐不可支地叫了声：“芸芸妹妹，我有了妈妈，还有了妹妹，这是上天的安排吗？”他双手合一，仰面朝天，大声说：“感谢上天的恩赐！”

小琴从大提包里拿出一件新买的蓝色男式鸭绒袄，亲手给孙哲脱下那件旧黑色羽绒服，再亲手给他穿上新鸭绒袄，还给他围上一条白色围巾。孙哲激动地说：“谢谢好妈妈！”然后高兴而亲热地拉起芸芸的手，向里屋方向大声喊：“婆婆，爷爷！”

此时，孙哲的婆婆正在后院里摘菜，爷爷也正在山边猪圈旁给两头猪喂食。孙哲手拉着芸芸去叫喊时，老人惊诧起来，笑着说：“我怎么就一下子多了一位孙女儿，这么漂亮的孙女儿，像是神仙女下凡啦！”

老人急匆匆回到正屋，孙智拉着小琴的手，一起喊了声：“爹！妈！”

老人一下子明白了，说：“怎么不提前给爹妈报个信儿呢！突然回来个儿媳妇，还突然来了个孙女儿，让爹妈突然高兴得受不住啦！”

孙智让父母坐下来，小琴又从大提包里拿出很多礼物，都是孩子和老人爱吃的糕点。

这天下午，孙勇和孙祥分别开着车带着家人回来了，因为小琴和芸芸的到来，全家比往年热闹多了。最快乐的是四个孩子，孙哲、芸芸、小梅、小芳，他们兴高采烈，说笑阵阵。孙哲给三个妹妹讲在北京的见闻，讲了很多历史人物，也讲了不少哲学典故；他不再讲那些佛道经语，好像天地一下子变宽广了，变晴朗了，世界突然美好起来！他和她们沉浸在过去从没有过的欢快气氛中，心情开朗，精神奕奕，谈笑风生。

芸芸年岁最小，不仅面若仙女，笑似桃花，还会翩翩起舞，边跳舞边唱歌，舞姿优美，歌声甜美；她唱了很多歌曲，一曲又一曲的歌舞，让哥哥姐姐情不自禁地跟着她又舞又跳，又唱又笑。芸芸学着她老师的样子，一会儿表演动作，一会儿讲解动作的要领和含义，哥哥姐姐跟着她学唱歌，学跳舞，精神振奋，气氛活跃，仿佛天下之乐，尽在此处。

孙哲突然爱上了歌舞，极为认真地向芸芸求教每一个跳舞的动作，放开嗓子悠扬婉转地唱起了他熟悉的歌曲。

小琴看着孩子们这样高兴，心里激动万分，好似一个美好的梦想已经实现。孙智看到孩子们这么快乐，看见儿子一下子心情开朗，精神振奋，庆幸自己勇敢地跨出了这一步。勇敢才能证明自己，证明爱情的真实存在；他终于明白，自己爱小琴的同时，小琴也爱着他。爱情不是谎言，而是心灵的真实和行动的魄力。他细细想来，原来自己过去从没有真正地享受过爱情的滋味儿，那些荒唐事儿也如烟云般地消散了。

这天夜里，他和小琴睡在两个弟妹为他们布置得像宫殿一样的新房里，在昏黄的灯光下，如胶似漆地缠绵在一起，让爱的热潮一浪高过一浪。

大年三十中午，孙哲陪着爷爷放了一挂长长的鞭炮，随后全家人围坐着大圆桌吃团圆饭。这是一桌大家共同动手烹调出来的豪华大餐，猪、羊、牛、鸡、鱼肉样样俱全，还有兔肉、甲鱼肉、香菇和木耳等，二十多样菜，有新鲜的，也有干腊的，让人食欲顿生。孙勇拿出两瓶陈香多年的白云边酒，还有各种饮料，大家各取所需，倒满杯子，第一杯酒为孙智和小琴结为恩爱夫妻而干杯，第二杯酒为孙哲考上清华大学干杯…… 孙智和小琴敬了父母，敬了弟妹，告诉大家，这就是他们的婚礼了，这一生不会再有下次了；他俩喝了交杯酒，对天对地对父母发誓，此生定要白头偕老，培养好儿女，善待所有亲人！

吃过团圆饭，全家人在老人的带领下，去屋后的山坡上为祖宗上坟。那山坡上有一排四座立了碑的坟，依次是孙智的爷爷、婆婆、外公和外婆，孙智三兄弟都记得清楚祖辈的样子，他们都是旧社会受苦受难的老百姓。

孙智把家史讲给孩子们听，意思是告诉孩子们，孙家人是勤劳持家的老百姓，孙家的后代要保持勤劳本色，还要有知识有本领，代代相传，永不败落……一时间，孙智两个舅爹和两个姨妈的全家都来到墓前，浩浩荡荡的亲戚队伍，按照祭祖的规矩，在墓碑前给祖辈们烧纸钱，点香烛，还放了很多的鞭炮。小琴和芸芸从没见过这种热闹的场面，觉得在乡里过年真有意思。

山里雾霭散去，太阳出来，山上的白雪反射出耀眼的光亮。孩子们要去爬山，孙智带着小琴和孩子们去天沟，那儿的冬天没有阳光照射，厚厚的积雪，岩上的冰瀑一排儿垂挂下来，晶亮剔透，树上结满冰凌，满目琳琅。孩子们看到这美丽的冰崖雪林，欢呼雀跃起来。他们到水潭的冰层上溜冰，一会儿滑倒，爬起来再溜。

小琴从没见过这种雪景，心里格外亮堂。孙智拉着她的手，小心翼翼地在雪地上和冰层上行走。他俩顺着雪路爬上山腰，额头上溢出了汗珠儿。在洁白的雪山上，他们既锻炼了身体，又净化了心灵，让难得的爱情酝酿出浓浓的甜美。

他们谈论以后的日子，孙智胸有成竹地说，芸芸考上大学是有把握的，但要考上最好的音乐舞蹈学府还需要孩子刻苦学习，也需要父母付出更多关爱和辛苦。他打算每天晚上和星期天给芸芸补文化课。他也担心儿子的学习，准备节后去一趟北京，到儿子学校去看看他的学习情况，不能让儿子走迷了方向。至于工作上的事儿，孙智预言，新的一年会有人事变化，市分行的领导班子任期两届已满，一定会换来一个新行长，而支行负责人可能也会轮换。孙智担任花果山支行行长只有三年，没到轮换期限，也许还会留任。小琴说，为了两人在一起，可以暂时对外保密，不让同事知道他们的关系，孙智表示赞同。

正月初三，孙智带着一家四人返回城里。随后全家又去小琴父母家里，给城外十里埠芸芸的外公外婆拜年，次日又去给芸芸的亲爷爷和亲奶奶拜了年，接着孙智和儿子就去蜜桃镇让儿子给母亲献上祭奠的鲜花，也给外婆和去世不久的外公烧了纸钱，敬了香烛。所有过年的礼数，他们都一一做到了。

第三十章　悬疑

86

正月初五一早，孙智和小琴各自骑着摩托车先后到岗上班，没有人看出他们发生在春节里的喜事，大家只是觉得小琴变了样，脸色红润，眼睛明亮，喜形于色，都觉得她这个春节过得很不错，祝愿小琴新年有更多好运！大家互相问好，互相祝福，充满了节日的温暖。

除林雪英之外，该上班的人员都到齐了。孙智觉得奇怪，林雪英假期已满，可是为什么没来上班呢？大年三十他给林雪英发过祝贺新春的短信，林雪英一直没有回复，往年都是林雪英首先发短信给孙智的。孙智正纳闷时，分行工会办发来“讣告”：

> 林雪英同志因交通事故于2006年元月28日不幸去世，终年37岁。兹定于2006年2月2日9时在花果山殡仪馆举行追悼会和遗体告别仪式。

孙智看后顿觉天旋地转，这是他万万没有想到的事。一个好端端的人，怎么会突然遇上这样的不幸呢？他伤心地落下了泪水。很快，分行工会办公室刘主任打来电话，详细讲了事故的经过。

事故发生在除夕下午，张明远两口子及兄弟嫂子多人一起赴东安县老家祭拜父母，返回时已是傍晚。他们四个小家每家人各开一辆小车，张明远开的是林雪英常用的那辆桑塔纳小轿车，林雪英坐在副驾位置上，小车行驶到东安县红树镇境内的一个弯道公路上，因为大雾笼罩，张明远驾车失控将车撞在山体一个向外突出的岩石上，林雪英因为没有系好安全带，头部撞碎了前面的挡风玻璃，当场死亡；张明远左臂受伤，还在住院治疗。当地交警勘察了现场，事故鉴定书认定为意外交通事故，死因是林雪英自己没有系好安全带。因为正是春节，张明远被他两个哥哥送到医院，林雪英的遗体直接送到了殡仪馆，直到昨天才把消息告诉市分行工会。陈行长昨天下午返回行里后立即带着办公室秦主任和工会人员去医院看望了张明远，他还需治疗一段时间才能出院。经征询张明远的意见，定于2月2日举行追悼会和遗体告别仪式，陈行长指派孙智主持追悼会。陈行长及其他分行领导都已去林雪英父母家中慰问了老人和她的女儿。

孙智立刻骑上摩托车去林雪英父母家里。林雪英的妹妹林雪梅正陪着两位老人，晶晶呆坐在沙发上，见孙伯伯来到，哭着扑在孙智身上。孙智仔细看了林雪英的死亡鉴定书，突然对一个关键问题产生了怀疑：林雪英虽然平时有些马虎，但对系安全带这样的常识从来没有忘记过，孙智每次坐在副驾位置上，都是林雪英提醒他系好安全带的。林雪梅也说，姐姐平常开车不仅速度很慢，而且从来都是先系安全带，仔细检查没问题才开车的。她也怀疑这个事故大有疑问。

87

林雪英的追悼会，分行领导都没有到场，只有工会办刘主任代表分行献上了花圈。刘主任说，分行有个重要会议，所有领导和部门负责人都不能来，只有林雪英过去在机关的同事来了二十多人，其他人都是她的亲属、亲戚和同学，总共只有五十多人。

张明远的两个哥哥来了，说张明远还在住院不能来。林雪英的父母和女儿由林雪梅陪同而来，母亲和女儿的哭声撕心裂肺。张家兄弟拿来十万元，交给林雪梅，说这是给两位老人慰问和养老的钱，张明远不能来，委托他们交给老人。

林雪梅问：“一条人命就值这十万吗？”

张明远的一个哥哥回答说：“这是交通事故，谁也无法预料的！”

林雪梅又说：“为啥死的不是男人而是女人？”

孙智过去不认识张明远这两个哥哥，不便对此事有什么质疑和评论，只能冒昧地向他们打听当时的情况，他们回答说：“当地交警队有事故勘察结论！”

孙智问：“那台撞坏了的车现在在哪里？”

张明远一个哥哥回答说：“车在东安县，那么远的路，弄不回来嘛！”

追悼会后，举行遗体告别仪式。林雪英面目全非，惨不忍睹。孙智用手捂着眼睛，不让泪水涌出。林雪梅扶着母亲，泪水滚滚而流，看不清眼前的一切。

火化后，孙智扶着晶晶抱住骨灰盒，由亲人们送行到墓里。一切结束后，孙智又送晶晶去了她姥姥屋里，他对林雪梅说她姐姐有件重要的后事需要处理，请她跟他出去一趟。

孙智骑上摩托车带着林雪梅，来到他和林雪英的租屋里，说起她女儿晶晶的事儿来，孙智说：“雪英走了，晶晶以后只能靠你了！”

林雪梅说：“这个我知道，但我也很困难，还有两个老人，以后怎么办啊？”

孙智说：“雪英在我们自己银行里有些个人存款，要找到她的身份证去取出来，以免被张明远取走。房产的户主可能是张明远，如果能争取过来就好办了。但是仅靠这些钱肯定是不够的。晶晶读书成绩不好，考大学是没有希望的，最好的结果是让她尽量读完高中，然后帮她弄个商铺做做生意。现在买个门面房要两百多万元，没有足够的资金，晶晶以后的日子很难过。我们要尽力帮助这孩子，不能让她悲观和消沉！告诉孩子，我们都是她的亲人，一定要让她的生活充满快乐，充满希望！”

林雪梅说：“难道张明远不管吗？”

孙智说：“张明远可能很麻烦，他两个哥哥的公司快要破产了，张明远在经济上可能有很大的问题，如果被查就自身难保；再说他根本就不喜欢他自己这个女儿，靠他是没有指望的！我更担心他还有其他刑事犯罪问题。”

林雪梅说：“很有可能！”

孙智问：“你姐对你说过吗？她是被他强暴后才被迫嫁给他的。”

林雪梅说：“我知道，不只我姐，还有我！”

孙智问：“那是什么时候的事？”

林雪梅说：“那时我才十九岁，他和我姐结婚不到一年，我姐怀孩子的时候。”

孙智问：“是在你姐姐家里吗？”

林雪梅说：“是在车上，晚上他送我回家，他把车开到树林里，就对我动手了。”

孙智问：“这事是怎么了结的？你没有告诉你姐姐吗？”

林雪梅说：“他给了我一万元，直到我结婚成了家他才放过我。我一直瞒着姐！”

孙智说：“这个恶棍，最终不得好死！快了，他一定会很快受到惩罚的！”

林雪梅说：“只是害苦了晶晶，无爹无娘的孩子！”

孙智掀开床板，打开纸箱，林雪梅惊叫起来，说：“还有这么多钱，是我姐留下来的吗？”

孙智说：“是的！这是你姐姐以前托付给我的，单独留给晶晶的钱。这些钱你拿回去，给晶晶保管好，等她念完书有钱做点生意。”

林雪梅答应道：“那好，有了这些钱，晶晶就好办了！等她不想读书了，就开个店做生意，我会照顾好她的！”

孙智用林雪英留下来的手提包把钱装起来，说：“这钱不要放在家里，也不要放在老人家里，有能存放的地方吗？”

林雪梅说：“有，我在幼儿园上班的地方有一间保管室，只有我有钥匙。”

孙智再放下床板，一起下楼骑上摩托车，直接到林雪梅上班的幼儿园门前。正是午休时间，林雪梅给守门的老师傅打了招呼，走进园里面的楼房，到一间很偏僻的保管间几分钟就放好钱袋，出来又坐上孙智的摩托车驶向花果山支行。

林雪梅找到姐姐的身份证，然后到营业大厅，支取了林雪英的个人存款八十九万元，又用自己的身份证把钱分散转存到他老家的几处银行。

88

孙智回到家里已经十点，孙哲和芸芸已经睡觉，小琴还在客厅等他。孙智给小琴发过短信，告诉他说正在处理林雪英的后事。孙智讲过林雪英遭难的经过，小琴也为之可惜，感叹每个人都有不同的遭遇和不幸。人的生命如此短暂，生得艰难，去得仓促，每个人活着都得时时小心谨慎！孙智对朋友很真诚，对同事尽心尽力，小琴由衷地敬佩他。

孙智忙碌了一整天，打了好几个大哈欠，小琴即刻帮他脱下衣服，一起痛痛快快地泡洗了全身，带着香气四溢的身子相拥到卧室宽大的床上。孙智打着呼噜沉沉睡去，小琴却躺在床上想着心事。她相信孙智是爱她的，在他们第一次见面时，孙智的眼神就告诉了她。但是她不知道为什么在很长一段时间孙智总是躲着她，难道他有什么顾虑吗？她隐隐约约觉得林雪英对孙智也有一种特别的感情，这种感情只有女人才会感觉出来。林雪英离开人世，会对孙智有什么影响吗？虽然打开这些疑问已经没有什么意义，但是孙智突然娶了她，而林雪英却因车祸而去，这两件事有什么关联吗？

孙智沉睡了两个小时，醒来发现小琴还没睡着，便问她在想什么。小琴含含糊糊地说出了她的想法。孙智知道小琴一定会有疑问，便说出了林雪英的生活不幸，也说出他与林雪英之间的确有过一段特殊的关系，但完全是因为对林雪英的同情。男女之间的同情心在很多时候是会有超越的，当一方有了渴望并且影响到精神状态或心理健康时，另一方就会动之以情失去理性，就像流落荒岛上的一对男女，他们除了共同求生之外，也必然会有身体的互助和交融。林雪英是个因单纯而不幸，刻意忘却痛苦而又努力寻找快乐的女人；张明远之所以无情，是因为他身处特殊的利益圈，整天沉浸在财富世界里，极尽享乐，伤害了林雪英，从而酿成了婚姻悲剧！孙智不愿小琴心里装着这些影响人生快乐的伤心事，向她保证以后不会再有别人进入他们的生活，只求两口子恩爱到老。小琴感动起来，心中荡起欢快幸福的波浪。

第二天孙智早早起床，独自一人搭乘去东安县的班车，打算去看看事故现场和撞毁的轿车，想要找到一点解开疑问的线索来。班车两小时便到了东安县城附近的红树镇，他双眼紧盯车窗外的岩石，到了一个急转弯的地段后，便询问最近交通事故的地点，司机指着一个凸出的岩石告诉他就在这个地方。

孙智下了车，反复查看岩石，石头凸出的高度正好与轿车前挡风玻璃平齐，转弯处是一段下坡路，确是极危险的地段，路边的安全警示牌标得很明确："危险路段，减速缓行！"再看岩石的上方，因为是一处悬空的山体，向外突出的岩石正好起着支撑作用，凸石的上端用一块厚而长的钢板支撑着岩体的顶部，从而保持了山体的稳定性。照理说常行这里的驾驶员是十分清楚的。张明远是本地人，为什么会在这儿撞上这么明显突出的岩石呢？这显然不是一个成熟驾驶员会出现的失误！

孙智朝四周观望，看到不远处有一户人家，便走到了那里。一个五十来岁的男人和他的妻子正在家里。孙智问了他们，男子只听说过年那天这儿出过车祸，因为在夜晚，没有谁看见过，也不知道是哪儿的车，死了什么人。孙智说出张昌德的名字，他说认识他们一家人，他的几个侄儿在本地很有名，曾在镇上开过砖瓦厂。那三兄弟小时候都调皮，年轻时做了很多坏事，特别是那个老三，害了几家的女孩子，都是他哥用钱摆平的。

孙智离开这家人，又去县城的事故车辆回收站，却没有找到那辆撞坏的桑塔纳小轿车；他问了门口的守卫，得知这台车的发动机并没有撞坏，已经转手处理了，其他部件也都处理了。孙智觉得此事更不正常，事故发生才五天时间，车辆就没有了，这明显是在互相勾结销毁证据。他心里明白了几分，便乘车返回了西域城；虽然没有找到解开疑团的证据，但他又增加了对张明远的了解，确信一定是他蓄谋已久制造的事故。

第三十一章　突变

89

孙哲自从有了李芸芸这个小他五岁的妹妹，心情骤然改变，把一切痛苦从记忆里抹去。春节后这些天里，他和妹妹形影不离。

芸芸每天上午下午都去学校练习舞蹈，孙哲也跟着她到学校，认真学习舞蹈艺术。他学会了芭蕾舞一些基本动作，和芸芸一起在跳舞的运动中获得了从未有过的快乐。晚上，两个孩子又紧张地学习起来，芸芸在哥哥的辅导下，掌握了语文、英语、历史、地理等各门功课的学习方法，这都是中考和高考的必考科目，芸芸觉得该她拼搏的日子到了，不刻苦读书就考不上好大学，考不上好大学就没有好工作。

有了好的学习方法，就有了浓厚的学习兴趣。仅仅半个月，芸芸的学习热情迅速升温，信心和动力来自于她对哥哥的崇拜，更来自于隐藏在内心深处的爱情火花。

芸芸好像成熟了许多，身体丰满了，浑身飘逸出健康、快乐和娇艳之美，她的形体是她英雄的父亲留给她的，身材修长，活力十足；而她的肤色和面容，则是她母亲复制给她的，瓜子脸蛋，白里透红，灵动的眉宇、深黑的眼球、端正的鼻梁、樱红的小嘴，一切都搭配得天衣无缝恰到好处。绝美少女的心里装进了的清华才子孙哲哥哥，而孙哲是无比潇洒俊美的少男，心中无疑潜伏着爱情的力量。他们在互相学习和互相帮助中播下了一粒种子，种子慢慢发芽，长出爱情的藤蔓，开始把他们的心连结在了一起。

芸芸说："哥哥上学，我也要去北京玩两天，看看清华北大，还有中央艺术大学！"

妈妈说："女儿还小，等考上了高中，妈妈陪你去北京游玩。"

孙哲说："妹妹送我去北京，我最高兴，让妹妹看看最好的大学，回来读书更用心！"

孙智说："那就去吧，我们全家都去！"

孙智和小琴商量决定，小琴请半个月年休假，孙智利用周末休息时间一起去北京，但他只能在北京停留一天。

元宵节那天，一家四口人搭乘开往省城的机场大巴，当晚乘飞机去了北京。

离开学还有一天，同学们大包小包地拎着行李返校。孙哲却带来了爸爸妈妈和妹妹，让同学们羡慕无比。

在清华校园里，小琴和芸芸感到一切都十分新鲜，像进入梦境一般。孙智真正体会到最高学府的育人之道，对儿子说，在这样的学校读书学习，没有理由浪费光阴。孙哲告诉父亲，进清华的一个学期中，他内心总想搞好学习，可是总是心灵不安，精神空虚。教授讲课都是启发式的，学生的学习也都是自愿的，精神状态不好就无法适应学习环境。一个学期，他的专业课没有学好，虽然广泛涉猎在哲学和心理学领域，扩大了知识面，但主课都丢了，期末测试成绩都不好。但他说，才过去一学期，一切都不用担心。

这天中午，孙智和小琴带着儿子和女儿，特地在校园外的大餐馆，邀请了孙哲同宿舍的四位同学共进午餐，他们谈了很多哲学与人生、社会的话题，让儿子和他的同学拨开云雾，看到浩渺的蓝天，快快乐乐地学习和生活。

孙智晚上告别儿子和他的同学，当夜又乘飞机返回，而小琴和芸芸在孙哲的陪同下参观了北京几所著名的大学。

90

过完元宵节，刚上班，陈志杰就带领各部门负责人到花果山支行检查工作，这是节后的例行检查，检查内容包括所有营业活动及安全环境。幸好事先孙智对所有工作进行了自检整改，检查人员没有发现任何问题，陈行长口头肯定和表扬了孙智和支行全体员工，然后大家集中到孙智的办公室，听取孙智全面汇报工作情况。

孙智全面汇报了工作情况并特别讲了业务发展面临的不利形势。由于花果山水泥有限公司陷入困境，当前企业存款业务严重萎缩，贷款业务也无法开展，花果山支行遭遇前所未有的困难；但他表示尽最大努力把业务范围向外扩展，想方设法完成存贷款任务。他只有一个要求，由于林雪英不幸去世，客户服务方面的工作没有力量去做，请分行尽快派人接替林雪英的工作。陈行长说目前全行减员比较严重，一时难以选派合适的人来接替，请孙智从内部自行调剂。陈行长并没有对花果山支行的工作提出任何要求，这是以往从没有过的现象，这让孙智猜出了其中缘由，新的改革很快又要开始。

孙智只好从内部进行岗位调整，减少了一个对外营业服务的柜台，让年纪大的黄文斌只负责辅助服务和安全工作，让邹小琴担任客户经理。

市分行下达了新年第一季度的存款任务，花果山支行的任务只有三千万，这比往年同期减少了一大半，但也是无法完成的。孙智心里早就失去信心了。这几年透支了很多潜力，而林雪英的去世又将造成一批重要客户流失。不过，孙智并没有为业务上的危机而担忧，因为他早已预料到现在的局面。凡事有度，物极必反！对员工来说，最萧条的时候可能就是柳暗花明的时候。

花果山上除了新建的楼房空空荡荡，大街小巷的人影也越来越少，水泥公司生产已连续停顿两个多月，原来上千号民工早就回了老家，公司中的年轻职工有不少跳槽离职的，剩下的老职工干脆在周边山上开荒种地养猪养羊，把一个工业区搞成了农牧场。昔日辉煌的“金牌”企业已呈衰落之势。这番景象让孙智预感到，花果山支行不久将会消失，他暗自做起撤离的准备。

张明远出院后果然来到花果山支行，看似是为了收拾林雪英的遗物，实际是另有所图。他的身体看起来康复得很好，四肢健全，手脚麻利，不像出过车祸受过伤的人。他和孙智说了一会儿话，聊了他受伤的情况。他说汽车撞到岩石后他就失去了知觉，醒来就已躺在医院的病床上了，林雪英的死他也是从他哥哥口中得知的，连她的遗体也没有看到。

张明远一边说话一边拿出林雪英的一串钥匙，开了门进到她的办公室，打开屉柜拿出各种物件，仔细翻找着什么。孙智从门缝里听到翻来翻去的声音，心里知道他在寻找什么。张明远翻找了一个多小时，似乎没有找到他所需要的东西，就看上了墙边的档案柜，毫不犹豫地打开柜子，拿出装订好的文件一页页地翻找起来。最终，他什么也没找到，只将林雪英的私人物品装在一个大纸箱里，返回孙智的办公室，一屁股坐在沙发上，面对孙智似有所问，却又难以启齿。

孙智问：“张行长遇到什么难事儿了？是要寻找很重要的东西吗？”

张明远说：“林雪英的存款单找不着了！过年前我还看见放在家中的保险柜里，她的身份证也没有找到，她会放到哪儿去了呢？”

孙智说：“这些东西她不会放在办公室里，应该放在家中。”

张明远说：“家中都找遍了，岳母家也去找了，老人都说不知道，晶晶也不知道，她会放在哪儿呢？”

孙智看着张明远，他脸上是一副茫然的表情。这位昔日沉着机智和深不可测的官场骄子，现在完全是另一副模样，他神色慌张，烦躁不安，说话阴沉，好像正面临一场灾难似的失魂落魄。

91

新年迎来新气象，此前张昌德因为已到退休年龄而被免去市委书记职务，在西域市人大会议上辞去一切职务；市政府及公检法机关全部更换新主帅。周天寿调往省国土资源厅担任副厅长。随后，市直各类机构、国有企业、金融机构及其分支行也开始新一轮人事调整。陈志杰担任G银行西域市分行行长职务已有八年时间，被调整到另一中等城市担任分行行长，西域市分行换了一位从总行下派的正处级干部任行长，年龄四十七岁，名叫陶大荣。这位陶行长长期从事纪检工作，他到任后并没有立即对下属机构及人事进行调整，而是深入开展了一系列的调研活动。

陶行长带领包括张明远在内的几位副行长及相关部门负责人来到花果山支行，先是走访企业，详细了解企业经营情况，然后坐下来对花果山支行面临的形势进行了分析，认为该支行遇到的困难与孙智汇报的情况是一致的，当前急需企业尽快销售积压产品，归还拖欠已久的贷款，否则新增存款和贷款都无从谈起。陶行长还表示，全行贷款逾期率大幅度上升，其中一定有违规放贷问题，全行要认真细致地开展清查行动，结合新形势下的反腐败斗争，对徇私枉法的给予严肃处理，要求相关人员认真检讨各自业务活动中存在的问题，凡自查自纠者按规定免于纪律处分。

孙智毫不犹豫地拿出了一百八十万现金，这是他五年来收取的加班费和辛苦费，只因为它的来源不合规，就从未动用分文。他早就知道会有今天的反腐行动，对每笔来源都做了详细记录和说明。当市分行开始内部清查，他便在第一时间如数上缴市分行纪委；而对于林雪英那些钱，他仍打算静观其变，不到万不得已，不能轻易处理。因为林雪英毕竟是张明远的妻子，他必须等到张明远的问题有了端倪才能出手，他认为张明远被查是迟早的事。

在新任行长陶大荣的主持和督办下，整个分行五十多名支行正副行长和部门经理上缴因发放贷款而收取的回扣资金一亿两千万元。紧接着，孙智意料之中的事情发生了，张明远被上级纪委带走，孙智被要求协助调查。

最初是市分行纪检人员找孙智谈话，调查有关张明远和林雪英的问题，孙智说他只是凭感觉认为张明远可能有经济问题，但并没有明确的证据指证他有什么违法行为。但他把曾经从林雪英口中了解的有关张明远家族的情况一五一十说了出来，同时也把林雪英意外去世过程中的疑点说了出来，请求公检法机关调查他的成长经历和斑斑劣迹，给林雪英的不幸死亡有一个真实的说法；纪检人员做了详细记录，认为孙智提供的线索很重要。关于林雪英本人是否有问题，孙智也坦诚地表明了看法，他认为林雪英作为张明远的妻子，从事信贷业务多年，难免会受到一些牵连，但她本人生活是俭朴的，没见过她有贪图享乐和其他违法行为，平时的工作和生活都是很正常的。纪检人员问了他和林雪英与客户之间的交往情况，孙智说他和林雪英仅仅是正副职之间的关系，与客户之间的交往大都是各自利用不同的社会关系，贷款业务上因为受客户请托提供帮助，加班加点做资料、跑项目、赶进度，适当收取一些好处费是肯定有的，但收了哪些客户的钱，具体收了多少，别人无法知道；况且收来的钱大部分用在了存款业务上，具体用在了哪些客户身上，用出去了多少钱，也只有林雪英自己清楚。林雪英的意外死亡，让办案人员无法查证她本人的具体问题，孙智只能陈述一些可能和大概的情况。

接下来，省纪委专案组又找孙智，调查有关周天寿的问题。原来，周天寿调离西域市后，省纪检机关已开始调查他的经济问题和个人生活问题，孙智如实回答了他们之间的交往。当调查人员问到他与贺英之间的关系时，孙智说："贺英是我的老同事，因为这个关系，我认识了周天寿，从而被周所利用，而与贺英本人，仅仅只是在孩子的教育上有过合作和帮助，没有其他隐私可言。"因为只是一般的调查询问，从对方的问话中，孙智判断，贺英没有什么大问题。

第三十二章　审势

92

正式的消息来自于媒体，2008年6月8日的《西域日报》、省报和各网络媒体都报道了张昌德、周天寿、陈志杰、张明远等人被“双规”的消息。

孙智是这起腐败案中小小的一员，而且因事先主动交代了问题并上缴了非法所得，没有被纪检机关采取强制措施。因为此案的很多问题尚在调查之中，纪检人员要求孙智随时配合调查，行动也受到了一定的限制。

孙智早就从贺英、林雪英等人那里侧面了解过这些人的涉案情况，也早已为配合调查做好了充分的准备，他知道案情必然牵涉到林雪英，必须主动说清楚他们之间的交往和联系。他在与纪检人员的交谈中了解到，林雪英并没有参与张明远家族的经营活动，没有证据表明她有违法犯罪问题，但她在与客户的交往中收取额外费用的情况是存在的，因为林雪英意外身亡，纪检部门希望孙智协助配合查找资金去向。孙智也谈到林雪英女儿的今后生活问题，请求银行方面出面将林雪英家庭房产权争取到孩子名下，这需要通过法律程序，纪检机关认为这种情况可以在张明远案件处理过程中一并考虑，因为法律也有明确规定，属于家庭生活必需的合法房产不应被没收，可以由不承担违法责任的子女或亲属继续居住或继承。只要林雪英与张明远的共同房产能够合法地转给她女儿，晶晶以后的生活就有了一定保障。孙智不再犹疑，打电话让孙勇和刘翠枝到花果山支行把林雪英留下的钱全部取出，孙智亲自陪着林雪梅将款项上交到市分行纪委，并说明林雪英是因为担心被张明远挪用才放在他那儿的，从而使林雪英的经济疑案有了一个合理的了结，也让孙智紧张的心情放松下来。

随后，市纪检专案组再次找孙智谈话，这次不再是质询，而是协助调查式的谈话，林雪英的问题不再提及，谈话的重点转向贺英。纪检人员告诉孙智，贺英两年前已同周天寿离婚，然后去了美国。她在美国的男友名叫张自民，是西域市人，早年与贺英是高中同学，是否有恋爱关系尚无人证实。这个张自民是20世纪80年代西域县县委书记张伟国的儿子，因其有个叔父定居美国，张自民高考失利后就去美国一个私立学校学习建筑，然后留在美国做建筑工程师，开有建筑公司。他早先的妻子是个美籍华人，育有两个女儿，后离婚与美国女子成婚，没多久又离了婚，随后几年一直未再婚。前年七月他回到中国考察，会见了高中同学。贺英与老同学见面，被邀请于同年九月去了美国，他的儿子周雄伟随后也去了美国，在纽约某大学学习建筑工程。贺英去美国后可能在张自民的公司做事，但我驻美相关人员调查询问张自民时遭到否认。

据调查，贺英在市档案局工作两年期间没有劣迹，调入市财政局预算外资金管理处后，利用职权向二十多家房地产商借款累计二千六百多万元，这些钱已通过张自民在香港的账户兑换成美元转移到美国。这些房地产企业目前资金十分紧缺，经营都很困难，同时也非常担心贺英一去不回，或者从事风险投资导致资金损失，投诉到纪委。贺英滥用职权强行向企业借款，实为以借款之名行诈骗之实。市纪委决定先做贺英的转化劝返工作，如果无效则要采取集体诉讼措施，但她长期隐藏在美国很难办，所以需要一名熟悉了解贺英并有良好私人关系的人去美国寻找贺英并做必要的说服劝返工作。市纪委领导研究决定由孙智协助两位纪检干部一同前往美国。

证照很快办妥，两名官员带着孙智赴美国而去。纪委干部刘某、检察院干警黄某，都在四十岁以上，同行的路途与孙智以朋友相处，谈天说地，却丝毫不说周天寿的案情，而谈论最多的是孩子的教育问题，他们早知孙智在教子上很有一套，所以对待孙智十分热情，孙智自然大谈了很多教子之道。

他们由专车送到省城，乘航班飞到上海，再乘美航班飞往旧金山，又转机飞纽约，历时一天一夜，除了睡觉吃饭，就是谈些世事家事。孙智有意探问有关金融案件近况，黄警官说当下发案要数金融业最多，因为与金钱过手，没有特别干净之地，各家银行、保险、证券、信托投资等机构均有大案要案，案件以多次资金交易获取好处费为特点，案件点多面广，查处难度很大，因而多以各单位自查为主；像孙智这样主动彻底交代问题者都免于纪律处分，既往不咎者大有人在。正是因为案件太多，法不责众的缘故，很多案件仅做简单处理，挽回损失即可免责。检察官认为，现在国家在经济活动管理方面是有法可依的，例如商业活动和金融业的“回扣”现象，国家很早就有禁止性规定，但因为市场竞争缺乏有效监管，导致很多人见利忘义，于法不顾，以为大家都这样，法律奈何不得。其实国家不会不管，到了乱局出现，影响社会稳定的时候，反腐风暴兴起，很多问题暴露出来，无论谁都难逃法律追责。

两名检察官同孙智探讨了金融行业违法违纪的原因和特点，孙智说，银行业的问题不是一朝一夕形成的，一方面是竞争机制不健全，拉存款要请客送礼和支付额外的回报；另一方面是贷款业务程序复杂，加之市场普遍缺乏专业人才，增加了银行方面的工作压力，银行做一次贷款业务要包办贷款企业的很多工作，如收集基础资料、考察项目条件、撰写可行性分析报告、办理资产评估和抵押权证手续等，有些工作本应由中介机构去做，但中介机构收费太高，而且工作质量达不到银行的要求，企业宁愿交给银行人员做，也不愿多花钱去请中介机构。银行信贷人员常常加班加点，适当收些额外费用虽然合情合理，但缺乏明确的法律规定，从而形成了“灰色交易”和“灰色收入”的“潜规则”现象，时间长了就成了痼疾，严重伤害金融体系的健康运行；银行内部的薪酬制度也不完善、不合理，只讲竞争、不讲公平，唯业绩论英雄，不重视文化与道德教育，在选人用人上只讲岗位需要不讲品德修养，等等；如此长期下去，不仅会带来金融行业危机，也很容易让银行人员陷入道德危机和职业危机的陷阱。

孙智紧随两位纪检官员抵达纽约后，很快找到中国领事馆，根据外交人员提供的信息，又找到张自民的公司。张自民热情接待了他们，详细谈了贺英的情况，答应尽力协助做贺英的工作。他给贺英打了电话，而贺英并不愿意与孙智一行见面。孙智只好给贺英写了一封信，请张自民转交给贺英，信中说：

贺英，近好！

国内反腐力度甚大，西域多人被查，我因受审，虽与你无关，因与你为过去同事，有责陪同纪检官员来美与你申明因果厉害，望你认清形势，顾及前途，避免毁弃今生。国内之事全看个人态度，回头是岸，只要保全声誉与自由，后半生得过且过，衣食无忧足矣。儿子雄伟尚在求学，希望都在孩子身上。望你看穿世事，看淡钱财，偿清欠债，避免法律追责，断送安稳的生活。

来日方长，一切都会改变，切勿失去信心，慎思！

孙智

2008 年 8 月 26 日

晚饭后，张自民转给孙智一件贺英手写的回信图片，信中说：

孙智兄：

您我过去虽有一段同事情谊，但无须念及旧情，不过我常念您有帮我教子之恩。在此多事年月，又值青春逝去，容颜衰老，身体疾病多，加上婚姻不幸，家庭败落，不得不为老来着想，为儿孙免忧，故借来钱款两千六百万，本想投资生利后偿还本息，不料国内经济不景气，只得到美国来冒险求财。今读过您的规劝之言，放弃发财梦想，以平常心态和穷人的方式安度余生，只因儿子还在读书，我暂时陪读三年，打些零工维持生活，待儿子学成毕业后回国去谋得一份职业，我便可安稳度日。我已把全部欠款凑齐转到张自民的账上，由他兑换成人民币后转交给您，请您代我与债权人清偿本息。每位债主手中都有我手写的借据，约定利息按日计算，借据上写得很明确。清偿之后，我便一身轻松，只是要靠吃苦受累打工维持生计，国内所有事情再与我无关。

谢谢您真心为我好！

贺英

2008 年 8 月 26 日

次日，张自民如数将贺英的借款本息三千万人民币转到孙智的中国银行卡账户中，三个人订购了当晚的机票返身回国。

93

西域市的官员腐败问题掀开了冰山一角，各种素材开始在街头坊间不断发酵。周天寿调离西域市政府后，还没到省国土厅去报到，就被“双规”起来，官方媒体并没有报道他违法违规的细节，只是说他因涉嫌受贿和生活作风问题正在接受审查，而民间传说却无限夸大，说他受贿过亿元，包养情人过百，等等，真可谓流言蜚语，造谣惑众，孙智听了这些议论觉得十分可笑。

民间关于张昌德的说法则更玄乎了，有人说他家财数十亿元，有秘密的酒楼、赌场和镖局，白天做官，晚上和年轻的女人在一起。这种传闻，也是让人不敢相信的。张昌德的两个侄儿开办的建筑公司在西域市规模很大一点儿不假，但不会家财数十亿元；张明菊的私人宾馆很神秘不假，但不会沾上妓院和赌场的名号，有人说南山深处的山庄别墅就是“西域红楼”，专供官场享乐，等等，这些传言简直就是无事生非，有意刺激社会的不良反应。孙智同样希望早些看到最真实的调查结果，他想知道张昌德和他的三个侄儿、一个侄女的真实面目，也好从中判断林雪英为何成为一个家庭的多余角色，最终不明不白离开人世的真正原因。

历时两个月的调查和审查，官方结果终于出来了。周天寿虽不像民间传言的那么荒唐之极，但案件远比孙智想象的要严重得多。他的问题不仅仅是这几年发生的，也有过去多年的贪污问题。他早年在粮食局当局长时，就与下属共同贪污和私分公款一百多万元；在担任市政府副秘书长时，分管机关事务和接待工作，与下属共谋私分公款和高档烟酒，并且与宾馆的多名女性有不正当关系；在北京学习时，带去宾馆一名刚满二十岁的服务员，花钱找关系安排到他所住的招待所上班，而事实上就是他包养的情人之一；到省政府工作期间，又和另一名宾馆女服务员扯上情人关系，回到西域市后，成了实权人物，与宾馆多位年轻女性有染，而且还经常出入张明菊的私人山庄，那山庄以经营餐饮旅店为掩耳，违法经营色情演艺。周天寿与张昌德关系甚好，对张氏兄弟和张明菊的生意格外关照，也从中获得大量好处。周天寿利用分管土地、矿产资源、房地产等重要行业的权力，总共受贿三千二百多万元。他在被审查期间，都如数招供出来，很多组织上没有掌握线索的问题，他自己也交代出来了，而且提供了张氏家族很多不为外人所知的秘密。由于他认罪态度较好，有重大立功表现，估计不会判处死刑。

张昌德的问题更为复杂，他没有多少直接的个人财产，但间接拥有庞大的张氏家族企业，经营范围不仅有建材、建筑、房地产、矿山开采加工、宾馆、私人演艺、培训学校、武术学校、安保公司、五金商场等，总资产二十亿元以上，民间传言能买下半个西域城并没有太夸张，但张氏集团拖欠银行贷款也高达二十多亿元，已到资不抵债的破产局面。张氏企业集团所属公司大多以亲侄子张明高和张明亮的名义所设立，宾馆旅店及培训学校以侄女张明菊的名义所设立，张昌德本人没有直接的公司实体，他的两个女儿均在省城当教师，妻子是从农村带来的原配，仅小学文化程度，只能管家里的烧火做饭，没有正式工作，也不参加任何社交活动。但张昌德有一个很重要的习惯，只要不是出差和开会，从不在外过夜，而是回到他那个两层的市级干部楼里与妻子同居一室，至于他同妻子关系如何，谁也无法知晓。只是中午时间他从不回家，而是到他侄女张明菊的“蝴蝶山庄”去休息，就是被有些市民称为“西域红楼”的私人宾馆。每天中午下班后，张昌德从市委大院林荫道里步行到后门，出门便有一辆私家车等他上车，然后十分钟左右到南山深处的“蝴蝶山庄”，中午两个小时，他在那儿吃饭午休，还做了别的什么谁也不清楚，但那里恰恰就是暗藏美人的地方，而且都是张明菊亲手调教的青春少女，所以这地方被老百姓称为“西域红楼”的说法并不失实。张昌德是从军校毕业的，曾在部队里当过团长，转业到地方后上了两年党校，然后在东安县先当县长后任书记，四十七岁时调任西域市当了八年市长和五年书记。他从东安县到西域市，带来了大批老家的干部，西城市很多局级干部来自东安县，因而他的地位牢不可破，各种关系根深蒂固，上上下下盘根错节，要不是到了退休年龄强制退休，谁也拿他没办法。他在这个中等城市里，做任何事都是不用花钱的，所以金钱对他来说是多余的，他的任何享乐都不用自己操心，一切都由侄儿侄女安排妥当，外人谁也不知道底细。对于他的问题，官方只是通报了情况，并没有明确的结论，而更多更复杂的问题在张氏家族企业，民间传说也并不过于离谱。

张氏兄弟的所有公司，都存在垄断市场、操纵价格、非法集资、巧取豪夺、横行霸道等恶劣行径，而张明菊所开的宾馆，的确存在藏污纳垢、暗设赌场、腐蚀官员的丑恶罪行。张明远是张氏三兄弟中最小的，唯有他既不在官场，也不在商场，但在一个十分重要的位置，可以直接获取银行贷款资金。张氏家族的发迹和迅速壮大，既离不开张昌德这棵大树的遮风挡雨，也离不开张明远的明谋暗助和开渠引水，而要最大化地获得财富，则必须把掌握决定权的银行一把手拉下水。陈志杰是省分行派到西域市分行掌舵的一把手，他到西域市任职未满一届，就被张明远拉下了水，直接进入了由张氏兄弟控制的利益集团。按照银行发放贷款的规定，张明远不能直接经办由近亲属控制的公司业务，陈志杰在考察南山集团的资源状况和发展规划后，受到当时担任市长的张昌德的接待，从而敲定把南山集团作为贷款投放的重点，从矿产开采、建材建筑到房地产开发，综合授信二十亿元，其经办贷款的主责任人由陈志杰亲自担任，于是这家由张氏兄弟控制的企业集团迅速崛起。陈志杰三年共接受张氏兄弟给予的好处费三千多万元，并接受了接连不断的性贿赂。他是张明菊“蝴蝶山庄”的座上宾。张氏集团经营一度十分顺利，每年都能还本付息，陈志杰为此十分得意，业绩大幅提升，而近两年形势急转直下，所有贷款均为逾期，企业经营陷入困境，职工和民工工资拖欠一年多时间仍没有资金支付，引发强烈的社会矛盾。这同花果山水泥公司这家国有企业情形如出一辙。

检察机关另外还查明，张明远 1986 年在东安县就读广播电视大学时因犯强奸罪被刑事拘留，由其叔父张昌德从中周旋以支付受害人青春赔偿费而了结此案，此后不久，张明远又通过其叔父的关系到东安县公安局交警大队工作两年，其间与当地黑社会性质的盗劫抢劫团伙有牵连，曾参与多家歌舞厅和娱乐城的色情交易活动，并与当地女子张某未婚同居，于 1988 年非法生育一子，1989 年该女子嫁给香港一名富商，孩子由张明菊抚养；1992 年张某因丈夫意外死亡，于次年以投资为名来到西域市与张明菊合伙开办“蝴蝶山庄”旅馆和娱乐大世界，大肆经营非法演艺和色情服务，拉拢腐蚀多名政府和银行官员。张明远于 1988 年电大毕业后隐瞒了他过去大量劣迹，通过时任西域市副市长的叔父张昌德的关系被招聘到 G 银行工作，开启了他的冒险人生之路。

新一届省委省政府高度重视西域市暴发的腐败问题，并组成了由纪委、检察院和公安厅骨干成员组成的联合专案组，在西域市新一届市委市政府及纪检公安机关的配合下，顺利侦破查处此案，并采取异地审判方式，由东光市中级法院审理作出判决：张昌德因渎职罪、包庇罪等罪行被判无期徒刑；陈志杰因渎职罪、受贿罪等罪名被判处无期徒刑；周天寿犯有受贿罪、渎职罪等多项罪行，因其认罪态度良好，有重大立功表现被判处有期徒刑二十年；张明远是张氏集团犯罪团伙的主谋，身披十多项罪名，被判处死刑，缓期一年执行；张明菊是张明远的帮手，犯有行贿罪，组织和强迫卖淫罪、聚众淫乱罪等罪行被判处无期徒刑，另有数十名同案犯被判处有期徒刑。张氏家族在西域市营造的商业帝国半年之间彻底覆灭。

连续多日，G 银行上下多次召开了警示教育会，通报了这起重大腐败案件及陈志杰和张明远的犯罪经过，从案件的起因、发展到结局都详细公告出来。陈志杰是 1990 年毕业于省财经大学的硕士生，毕业后分配到省分行工作，经历了从科员、科长、副处长到处长的成长和历练，2000 年首次派到地市分行担任负责人，由于业绩驱动，急功近利，过于信任和依靠地方官员，加之享乐思想严重，陷入家族企业的势力圈中，导致严重渎职，给银行造成二十多亿元的贷款损失。他在西域市任职期间，思想和行为经历了从纯洁到浑浊的蜕变过程，竟然毫无抗拒地出入灯红酒绿的场所，纸醉金迷，与多名红场女性发生性关系，沦落到道德败坏的地步。这一切都起因于张明远三兄弟和一个姐姐的合谋和引诱，也是他毫无分辨地同地方实力官员走得太近所造成的。张明远完全是另一类人物，他少年时代就失去父母，由叔父照顾成长，学生时代泡网吧，为网络游戏和色情暴力所毒害，品质恶劣却善于伪装，通过他叔父关系进入银行后，靠欺骗与行贿获取钻营的机会，骗取副行长的职位。而实际上，他主谋并伙同其姐姐张明菊组织开办所谓武校和艺校，其实就是他拉拢腐蚀官员、组织黑势力的手段和途径。对于这样的人，陈志杰竟然毫无防范，与狼为伍。

市分行的警示教育会，要求人人都写心得体会，孙智写道：中国是个讲究道德和正义的社会，无论世界局势如何变化，都应该从中国社会的团结和稳定出发，从思想道德、用人制度和竞争机制上寻找平衡点，不能顾此失彼。单纯以金钱和业绩衡量人的价值，必然会造成人性的扭曲和精神的坠落。人生存在环境中，一切思想行为随环境的改变而改变，人的危机来源于金钱刺激下的无序竞争，类似于西域市的腐败案件，在全国各地已发生很多，这说明了什么问题呢？

94

更让孙智想不到的是，八年前那位接替贺英做办公室文秘档案工作的女青年，在她三十岁的年纪却悄然离开人世。孙智并不知道她来自何地，有什么背景，只知道她是G银行西域市分行中最年轻的女人。孙智与她仅仅有过一些工作上的接触。她看似天真可爱，不多言多语，却是历经风霜的风尘女子。孙智每次上交业务档案，都只见她面带微笑地履行那些必要的手续，从不询问工作以外的问题。她以一种简约而清淡的形象，给孙智留下了深刻的印象。孙智怎么也不会想到她会跳水轻生。就在陈志杰和张明远伏法不久，她的遗体从市郊的一个水库里打捞出来。她为什么会轻生呢？市分行和公安部门都没有做出任何解释。她本人的社会背景和家庭情况没有人知道多少；但同行里有些议论，说她至今还是单身，可能与某些官员有着某种神秘的关系吧！大家不愿意为这样一位风尘女子设想种种不堪的情景，只是为她的逝去而惋惜，更为这种人生结局而痛感不安。

不久，《西域日报》副刊上登了一篇题为《一个私生女的成长秘密》的警方调查，孙智详细地看起来，随着情节的深入，他心里一阵阵颤抖。文章写道：

> 2008年7月24日，在距离西域市区二十公里的浏河水库，发现一具女尸，当地派出所当即发出协查通告，确认死者就是三天前失踪的某银行档案管理员周娟（化名）。此前纪检机关在调查有关案件

时发现该行部分信贷档案失踪，正准备对周娟进行调查时，发现她突然走失，使案件调查陷入被动。三天后，浏河水库的管理人员发现了她的尸体，确认为跳水自杀。

公安部门立即启动对此案的追踪调查。档案显示，周娟（化名）1979年6月28日出生，西域市南城区宝塔镇七里村人，1996年7月于西域市南城区清泉高中毕业，2000年7月毕业于西域大学行政管理专业，2000年8月通过招聘到某银行西域市分行工作至今。公安人员走访调查她的户籍所在地村组，有村民说此人并非本地出生，而是1980年从东安县红树镇迁移过来的，她的母亲张良珍患有小儿麻痹症，于1987年去世。公安人员又去东安县红树镇调查，当地村民证实此人并非出生在1979年，而是1978年，她不是张良珍的亲生女儿，而是抱养的养女。张良珍的丈夫叫周长久，当时年纪近六十岁，在孩子大约五岁时，周长久去世。村民说，这个残疾女人是张昌德另一个哥哥的女儿，父母早亡，一直靠着张氏家族生活。自从收养这个小女孩后，生活变得好起来，不愁吃穿，每天只顾照料孩子。1980年前后，母女悄悄离开了红树镇，此时也正是张昌德调入西域市担任副市长不久。

经医学调查显示，死者周娟（化名）与张明菊有血缘关系。据张明菊交代，她在高中时受一位教工的引诱，怀上了孩子，本以为可以结婚，就留下了孩子。1978年10月孩子出生后，交由表姐张良珍抚养，孩子随表姐入户。迁往西域市后，张明菊购买了一处农房让她和孩子居住，孩子上学读书后便跟随生母，但户口仍随养母。张明菊1986年从电大毕业后进入西域市政府接待服务中心当管理员，与一名外地商人有过一次短暂的婚姻，两年后因引入香港商人投资在南山深处开办了“蝴蝶山庄”旅馆和新世纪娱乐城，此后又与另一名外地商人有过一次短暂的婚姻。第二次离婚后进入交际圈，变得风流成性，有典型的性交易特征。

周娟像生母一样长得漂亮，追求她的男生很多，经常是脚踏几条船地谈情说爱。她在高中时生母张明菊开了私人宾馆，她便毫无顾忌地带有钱男人去住宿，给生母带来不少生意，读大学的时候引去的生意更多。她跟随生母出入灯红酒绿的色情场所，用姿色为张氏家族勾引和贿赂有钱有势的官员和商人。周娟也结过两次婚，都以离婚告终。张明菊开办“蝴蝶山庄”后，女儿是她最得力的助手，过着放荡不羁的生活。

2000年7月，周娟大学毕业，经张明远介绍报名参加G银行招聘至该行工作。事实上，张明远是周娟的亲舅舅，张明远安排他的外甥女儿在该市分行从事档案管理工作是别有用心的，其目的在于通过安排周娟管理档案的有利条件，窃取贷款协议法律文书以非法无偿占有银行信贷资产。目前，该行二十多亿元的信贷档案均已失踪，给该行追索贷款本息带来了法律上的被动。但国家和人民的利益是不容侵占的，张氏家族所控制的南山集团的所有资产均已被人民法院没收，以保障人民群众的利益不受损失。

孙智看完这篇调查报告，不由得扼腕叹息，这完全是一个变态的家族，一个家族的坠落让他们的子孙没有尊严地活在世上，是极其可悲的！为金钱而疯狂，为色欲而疯狂，最终的结局是必然早亡并为人类所唾弃！孙智不禁从内心里发问，人为什么会如此堕落？难道金钱比人格尊严还重要吗？孙智深深感到，一个人乃至一个群体甚至一代人，必须在一个健康的环境中生长，所有的危机和不幸都来自于道德的缺失，或者从小没有接受良好的教养，或者为单纯的物质利益所驱使，或者为享乐欲望所控制，凡此种种，均是社会发展不均衡、物质文明与精神文明不协调所带来的后果。我们这代中年人，所经历的时代变化，既有物质的丰富多彩，又有精神的沉降起伏；只有那些重道德、有知识、知理性、讲感情的人，才能战胜困难、避免灾难、挺过危难，到达幸福的彼岸和人生的终点。

第三十三章　知心

95

2009 年春天，对孙智来说，这个春天与往年的不同在于人的心情格外平静。花果山上，已经没有从前那种春意盎然的气息，更没有游人来往穿梭的热闹景象，只有高耸的楼房在暖洋洋的阳光下呈现出一些现代建筑的傲气。这一带的房地产开发早已结束，楼房之间的狭小空地上虽然种植了花草树木，但在高耸入云的楼宇下显得阳气不足，阴暗有余。

花果山水泥制品有限公司濒临破产，昔日辉煌的国有企业因为追赶时代潮流、盲目扩张，在残酷的市场竞争中已经奄奄一息，这让在此经营二十多年的 G 银行背上了沉重的包袱；花果山支行存款下降一亿多元，信贷资产损失百分之二十，上级行不得不做出撤并的决定，连同孙智在内的十名员工又面临新的选择。

孙智决定辞职另谋出路，邹小琴说她厌倦了这份职业，宁愿上街摆摊也不愿留在银行像乞丐一样四处求人、浪费了光阴。他俩办了离职手续，商议在南泉中学附近租个店面开个学生书店，顺便可以照顾女儿的生活，孙智也可借他过去的名气做些中学生的课外辅导。贺英留给孙智的那套房子正好可以用来临时居住。他们搬来了必要的家具用品。小琴把她原来的旧房出租出去，孙智把他那套六十平方米的小房卖了二十八万元，用于书店的资金周转。书店很快开张起来，小琴整天守着书店，每天售书进账六千多元，利润近五百元，比坐在银行柜台里挣的钱多出不少，小琴感到充实而且开心。

孙智忙碌了一阵，把小琴的书店安顿妥当后，谋划起新的赚钱路子。他看到目前的水泥市场十分低迷，花果山水泥公司有数百万吨水泥压在库里，市价已降到旺盛时的一半，于是决定购买一些水泥囤积起来，等待未来市场好转后再销售出去。他让孙勇开着大货车一起到花果山水泥公司销售处，购得两万吨高标号水泥，孙勇又雇来两辆大货车，花了半个月全部运到老家，在父母家的农田里搭起了棚子，将水泥堆放整齐并用树枝和稻草覆盖封闭起来。

两万吨水泥的总价值为五百八十万元，其中一百万元是王红梅留下来的，另外以孙勇工程公司的名义从农行贷款五百万元。他打算用这些资本赚了钱，再归还王红梅的本金和利息，然后把书店的生意再做大一些，这以后的日子就会好很多。过了不久，孙勇给孙智打来电话说，他打探到镇上有一家石料厂堆积了大量沙石料，由于市场形势不好，打算半价销售，他想自己花五十万元买下五万吨，用水泥做成水泥砖瓦，专供农村建房之用，往后价格上涨，可以赚更多钱。孙智觉得这个办法更好，欣然同意把水泥都做成砖瓦制品。孙勇立即买来制砖设备，招来两名帮工，在自家农田里开起了水泥制砖厂。孙智把这事完全交给了孙勇，自己专心在城里经营他和小琴的书店，研究中学生课外辅导。

南泉中学周边有数十家学生书店，都是大而全、多而杂的普通书店，没有什么特色。小琴的书店门面不大，孙智只好精选一些学生适用的辅导读物，每个科目只采购一两套最有特色的参考书和习题集，这需要独到的知识和细心的比较。孙智花了好一番功夫，选出了十几种，每种书一次只购进一千本，尽量快进快销、薄利多销。英语课是孙智最熟悉的，他看中一种新版中学英语习题集，自己做了两个单元，感觉很好，然后就在书店门前竖起广告招牌，有学生询问时就认真详细讲解，让学生产生了浓厚兴趣。学生们听后直接称赞孙智的英文水平很高，比他们的英语老师还专业，于是便让孙智辅导起来，一周下来就有三十多个学生听他讲课，每次虽然只有晚自习之后的一个小时，学生都觉得很有收获。孙智每节课每个学生只收十元钱，前来听课的学生越来越多，他就把家里的客厅当教室，摆放了三十张课桌，免费提供茶水、水果和糕点，学生对这样的课外辅导十分满意。因为一时没有地方扩大规模，只好分两批接收学生，晚饭后一批，晚自习后一批，既不影响学生上课，也不过多减少学生的休息时间。

96

人在忙碌中过得很快，转眼又到了夏季。小琴在书店里没有清闲的时刻，芸芸已升为高二，不仅文化课时间很紧，还要参加南泉中学艺术高级班集训；离高考只有一年了，学习训练异常紧张。小琴每天中午在做生意的空隙为女儿准备一顿营养餐，能亲自照顾到女儿的生活，她心里多了一些宽慰和满足。孙智的学生课外辅导班有五十多位固定的学生，学生在不同的时间段来补课，孙智根据不同情况进行辅导。高考前的辅导特别多，他什么也顾不上，就连手机上的信息也很少看一下，直到高考结束后，他才打开手机细细浏览累积下来的各种信息。有一条短信让他惊呆了：

孙智先生：

我是王红梅的妹妹王红艳，七年前您和我姐姐在一起她怀上了您的孩子，您一定不会忘记，当时我姐为了您的工作和名声辞职来到深圳，生下儿子取名叫孙飞。我姐含辛茹苦养育儿子，儿子不仅长得清秀俊美，也非常聪明乖巧。可是不幸的是，我姐在一年前患了癌症，一年治疗不见好转，现在病情恶化已放弃治疗，不久将会离开人世。姐姐最放心不下的是儿子将来怎么办，他没有父亲，又要失去母亲。她本来不打算告诉您，但您作为男人，必定不会放弃自己的亲生骨肉。我说服姐姐后才跟您联系，不是求您抚养儿子，只请您尽到教育培养儿子的义务。如果您有点儿男人的血性，请您认领您的儿子吧！

孙智看了短信，沉思好久，便有了决心和打算。因为这是他预料之中的事情，但没想到会来得这么早，更没有想到王红梅会患上绝症。他不得不将事情原委告诉邹小琴。小琴听后并没有感到惊异，她说这种事见怪不怪，只是可怜王红梅没有等到儿子长大成人就要离开人世，享不到生儿养子的福分了。男人不小心在野外撒下了一粒种子，种子变成了树苗，不能让树苗在野外无依无靠地生长！她赞同孙智接回这个孩子，好好安慰王红梅，让她放心离去。

孙智来到深圳，在医院病房里见到王红梅，她已处在弥留之际，头发全无，皮包瘦骨，听到男人的呼唤声，睁开眼睛看见模糊不清的孙智，泪水滚出了眼眶。孙智抚摸她皮包骨头的手，悲情从心底涌上来，眼里开始湿润。一个中年女人领着一个六岁多的男孩儿进来，男孩见到陌生人坐在妈妈身边，默默无声地看着他；孙智急忙抱起男孩儿，激动得全身有些颤抖，嘴里轻声叫着儿子。孩子站到妈妈身边，王红梅极力张着嘴巴，用十分微弱的声音对孩子说："儿子，这是你爸爸，叫爸爸好呀！"孩子呆立着看了孙智许久，渐渐流出泪来，轻声叫了"爸爸"。

王红梅用力地从枕头下摸出一个笔记本交给孙智，然后无力地闭上眼睛。孙智这时没有心思翻看笔记本，而是搂着孩子静静地陪着即将离去的儿子的母亲。他没有流下眼泪，但心却被过去已久的情景撕扯着，后悔自己当年的冷酷无情。他默默坐在病床边，一直看着眼前枯瘦如柴的女人，直到她心脏停止跳动，然后默默为她穿好新衣，抱上推车，送到殡仪馆，目送着她被推进火炉里，最后抱着她的骨灰盒安葬在深圳最大的公墓群里。

按照王红梅的遗言，王红艳将姐姐生前留下的三十万元存款交给孙智，说是儿子读书的费用。她告诉孙智，姐姐之所以不愿再治疗下去，就怕耗尽了钱财，儿子以后读书就没有依靠了。她在深圳的房子是刚来的时候买的新房，当时花了三百万元，现在市价在六百万以上，但姐姐说房子不能卖出去，要给儿子留下来，每年出租的钱供儿子长大后成家用。她在花果山还有一套旧房子，里面有不少财物，那都是留给儿子的遗产，请孙智代为保管或处理。

孙智陪着儿子孙飞，在王红艳的帮助下处理好一切后事，就带着儿子坐上返回西域市的火车。他拿出王红梅给他的记事本，虽然不是一本日记，却记录了她一生的很多事。

王红梅失足于她的学生时代，那是在西域市工业学校读书时，她学的是计算机操作专业，专业老师是个大学毕业不久的年轻人，她和他谈了恋爱，随后就怀了孕，她发现他还跟别的女孩子有关系，于是悄悄做掉了肚里的孩子，从此后再也不和男人打交道了；直到毕业后被招到花果山水泥公司做电脑打字员，因为熊总是单身，在交往中产生了感情，最后嫁给了他。婚后没有孩子，她并不在意，直到熊天雷身体出了大问题，才感到以后的生活会十分孤独，内心十分想做母亲。

孙智到花果山后，她从一位在民政部门工作的朋友那里查到孙智离婚的信息，随后又了解到黄雅娟到深圳打工去了，才萌生出对孙智的想法。她写道，因为很喜欢孙智，经常梦到他，又因为丈夫病重不久就会离世，就日夜思念，更渴望成为母亲，可是孙智躲避她，最后只好趁工作之便把他引到家里……她知道这样做很不道德，但没有别的办法，这是一个孤苦伶仃的中年女人的无奈之举；她对此无怨无悔，要把全部的心血和感情寄托在儿子身上，也以此表示对他父亲的深深歉疚和感谢。女人怀上孩子是很艰难的，但她觉得很幸福。她要千方百计保住孩子，在医院里住了一个多月，用最好的方式为肚里的孩子补充营养，钱算什么！有了孩子，就能从孤独的生活中走出来！她生下孩子，本不想再打扰孙智，给儿子取名叫王飞，直到发现自己患上了癌症，儿子的培养只能交给他的父亲，才给儿子改名孙飞。

笔记本上也记录了她和孙智在一起工作时的很多事。她离开花果山之后日日痛苦思念，因为有了孩子，有了希望，她努力而艰难地活着。

王红梅的记录，没什么特别之处，他一页页看过，脑子里浮现出过去的一幕幕情景，不由得想起了黄雅娟，想起了林雪英，她们的生命如此短暂，这是世界对她们的不公，还是她们自己走错了道路和方向呢？

最让孙智感动的是孩子的生育和抚养。孩子是剖腹产，母亲和孩子在医院里住了三个月，直到把儿子养足了精神，会哭会笑知道快乐的时候才出院；头三年，母亲一刻也没有离开过儿子，直到儿子上了幼儿园，她才出门靠摆地摊挣点小钱，后来又到保险公司做些小额保险业务。虽然她不缺钱用，但为了孩子的成长和将来的生活，她尽量不让自己闲着。孙智对这个可怜的女人有了感激之情，也有了很重的负罪感。

在火车上，他有时亲热地抱着儿子，给他讲些儿童爱听的故事；有时教他认字、画画，尽量让他忘记对妈妈的想念。经过大约十个多小时的车程，孙智和儿子回到了家里。

小琴见到孙飞，惊奇地发现，孩子的长相跟父亲几乎一模一样；她喜笑颜开，夸赞丈夫的遗传能力超强，还说她不费生养之力白得一个漂亮的儿子，是她前世修来的福分。她带着儿子到商场买来一身合体时髦的衣裤和鞋子，诚心诚意做起了小孙飞的母亲。

97

学校放了暑假，芸芸开始教小弟弟孙飞唱歌跳舞，让他慢慢适应新的生活环境。孩子就要入学读书了，孙智已经联系好儿子读书的学校，给他买了书包和读书用具。

孙哲已经顺利考上清华大学的研究生，暑期放假回来，见到这个天上掉下来的小弟弟，而且长相更像父亲，心中满腹疑问，却不便直接问爸爸，悄悄向小琴妈妈打听故事始末。小琴告诉他，你爸爸天生有人缘，不小心在野外撒下一粒种子，生根开花结了果。孙哲已是懂事的成人，从小琴妈妈含糊的话语里，明白是怎么回事儿了，就拿孙飞当亲弟弟看待，给他讲故事，带他和芸芸到游泳馆游泳，每天玩得开心极了！

芸芸十七岁了，她穿着粉红色的连衣裙，像天使一般充满魅力。她遗传了父亲的基因，又不失母亲气质上的沉静和妩媚，双眼皮下黑亮的眼珠透亮而深邃，瓜子脸蛋白里透红，浑身上下活力无穷。芸芸是受过伤痛和磨难的孩子，亲父意外离世，使她在痛苦中变得坚强，学习天天进步，唱歌跳舞更加精心，心理和性格也渐渐早熟了。每当孙哲放假回来，她就和哥哥形影不离。孙智有些担心两个孩子互相过于依赖，更担心他们在爱情山谷里走火入魔。在孙智心里，两个孩子就是兄妹，然而意想不到的事发生了。

一天中午，孙智听到孙哲在芸芸房间里，传出的声音让他很是惊慌。晚上他和小琴刚上床，就神秘兮兮地把这意外的情况报告给小琴，没想到小琴竟嫣然一笑，脸上像开了花儿似的。孙智问小琴为何还这么高兴，小琴说："这是他们的自由，父母管不着，也管不得的！"

孙智说："孩子还小，况且是兄妹，怎能由着他们乱来呢？"

小琴说："以前女孩子十五六岁就可以出嫁了，现在女孩都早熟，哪个男孩不多情，哪个女孩不怀春呢？他俩天天在一起，就不许他们谈情说爱？又不是亲兄妹，没有血缘关系，你担心个啥？"

孙智说："这样会影响他们读书的！"

小琴又说："读书人就不许谈恋爱？可现在的人都说不会恋爱就不会读书！你打听打听，大学里有多少人谈恋爱！很多中学生早恋，谁能管得了！如果不是孙哲，芸芸和别的男孩子谈上你能怎么办？其实这是大好事，亲上加亲，双保险！你不是常说要防止危机吗？他俩在一起就不会有危机了！芸芸爱上孙哲，孙哲在大学里就不会想别的女孩子了，学习也安心了。”

“谈恋爱无可厚非，这么早就那样了，如果早孕怎么办？”孙智小声问。

小琴猛拍了孙智的大腿说：“你真是担心得多余！现在的孩子，比你懂得多呢！不会有事的，放心吧！”

孙智仍然放心不下，似笑非笑地问：“怎么才能提醒他们小心谨慎呢？”

小琴搂住孙智柔情地说：“不用提醒，更不必担心，让他们去玩，只要孩子快乐！我们的任务就是要多挣钱，准备给他们买大房子，买好车子。最好让孙哲在北京扎根，芸芸也上北京读书，考上最好的艺术大学，让他们永远在一起，我们老了也去北京，带孙子，享受天伦之乐！今夜一定有好梦！”

孙智被小琴说得高兴起来，悠然自得地进入夫妻恩爱的梦乡。

第二天，孙智打扫房间卫生时从废纸篓里发现了秘密，他无可奈何地笑了，也一身轻松地放心下来。但他还是要想办法让孩子集中精力搞好学习，谈情说爱以后有的是时间，于是建议孙哲早点回学校，多做些研究课题。芸芸却说她也想随哥哥去北京玩几天，到首都大剧院看几场名家歌舞。小琴很支持，让女儿多长见识多学本领，是她如今最大的愿望！孙智又只好同意。离开学还有十天，两个孩子自由自在地飞走了。

第三十四章　保重

98

孙智五十岁了，十年过去，时间好似很漫长，但回过头来，又像只有一瞬间。孙智觉得自己这十年浑浑噩噩，一事无成，失去了很多很多。一路走来，他有过忧郁，有过震惊，有过恐慌，大多数时间是在担心和茫然中度过。亲人或好友，或在不测的事件中离去，或在盲目中沉沦，给他带来太多的伤心和遗憾。只有这一年，他抛弃公职，离开银行，做自己的事，经营一个新的小家，才觉得有了实在的生活，有了夫妻的恩爱，也有了家庭的温暖和孩子的欢乐。但这一年来，他却感到很累，渐渐体力不支，头脑也不那么灵活了。

孙智每天除了为小琴的书店选择书刊和进货之外，绝大部分时间是在辅导学生，晚上则埋头备课，还要背大量的单词和课文，搞得真像教师一般辛苦，头痛头晕，腰酸背痛。他不得不到医院去检查，结果血压血糖偏高、腰椎间盘突出、肾脏结石等各种毛病都有，证明他已进入身体的危机期和生命的老化期。但医生却说，他这种状态还算比较正常，因为年过半百，已经有很多人患了高血压、糖尿病、肾脏病，这都是身体长期透支的结果。人在日常生活中精神压力过大、心理负担过重、劳动和运动太少、生活习惯不好，自然会造成各种慢性疾病提前出现。孙智不知道怎样爱惜自己的身体，这大半生碌碌无为，很想在有生之年拼搏出一番事业来，却不料身体状况成了障碍。

秋天来到，孙智腰疼得厉害，他不得不每天抽时间去医院治疗，每天整整耽误两个多小时。他在医院做理疗的时候，仍然背记单词，不浪费一刻钟时间。有一天他做完理疗走出医院，在医院大门前遇见了杨芳。杨芳头发花白，面容憔悴，皮色枯黄，额头皱纹密布。她见到孙智，激动得说不出话来。孙智亲热地叫杨姐，问她为何在这医院里，不是常年在省城女儿那里吗？杨芳告诉他，她在省城女儿家照看外孙女六年，外孙女读书了，女儿家境也不太好，她就回来了。更麻烦的是，她丈夫王开兵身患高血压和糖尿病多年，现在又突然患脑血栓堵塞血管，成了“植物人”，生活完全不能自理，整日睡在病床上。孙智跟随杨芳到病房去看了她丈夫，见到的情形让孙智十分恐惧，她丈夫紧闭着眼睛，嘴角歪斜，不能言语，饮食完全靠流食滴灌，已经在死亡的边缘了。杨芳说他这样已经半年多，靠药物维持生命，她很想早点儿放弃治疗，但总是狠不下心来。她已经花尽了钱财，耗光了自己的精力，实在没办法支撑下去了，不如让他早死早托生。

孙智问：“他不是公职人员吗？退休后的医疗费不是国家负担吗？”

杨芳说：“他不争气，退休前犯了错误，被开除公职了，生活费不多，医保很少。”

孙智不便再问下去，只是为杨芳怜悯不已。

孙智回来告诉小琴见到杨芳的经过，小琴说：“杨姐是个大好人，一定要帮帮她！”她数了两千元钱，关了书店门，同孙智一起去了医院。

杨芳见到小琴，忍不住流下泪水。小琴说：“人一生的艰难有时说不清，活着的人要好好珍惜自己！”

小琴把准备好的钱给杨芳，杨芳推辞说：“现在大家生活都不容易，收这钱心里很难受！”

小琴说：“我们都是受苦过来的，曾经是好姐妹，以后还是好姐妹，姐妹之间互相帮助是应该的。”杨芳收下钱，又流下感激的眼泪。

没过多久，王开兵去世了，年仅六十二岁。孙智和小琴都去帮忙处理后事。没有举办葬礼，他的女儿女婿回来，打算为父亲买一处好墓碑，问询需要三万元，杨芳拒绝了。她让女儿女婿把父亲的骨灰送到他老家埋了。医院里欠下一万多元医药费，女儿却一时拿不出来，孙智和小琴商量即刻取出钱来交给了杨芳。杨芳对孙智和小琴的帮助感谢不尽，小琴却说：“杨姐以后孤苦一人，不如干脆到我家来，帮我做做家务，每月给您三千元工资，姐妹在一起什么都不用计较，只要说说笑笑、开心快乐就好！”

杨芳高兴地答应说：“半年不要工资，以后每月给两千就行了。”

孙智说：“以后都当是自家人，只要生活愉快就好！”

杨芳突然想起，丈夫刚去世，一年之内要做守孝人，一年之后再来帮小琴做家务。小琴说只好如此，她嘱咐杨姐一定要照顾好自己，保重身体，有病及时治疗。

杨芳的境况，让孙智又多了一份感慨，人活一世图个什么呢？身体坏了，有钱也不能救命；只要身体好，富贵不重要。他对自己现在的身体多了一份担心，但眼下他又不能放弃这份事业，他还有很多责任，上有老人下有孩子。现在又是一个新的开端，要做出一些成果来，还要付出很多心血。他不得不改变自己的操作方式，学会站着背课，站着讲课，甚至在电脑上整理资料也要站着。

孙智把家里的电脑桌抬高了很多，每天晚上工作到十点就休息。小琴十分怜惜孙智的身体，不让他干得太晚，每到十点半就躺到床上等着他。

99

孙智除了工作，还要照顾儿子。儿子孙飞上学虽然很近，但孙智并不放心让儿子独自走到学校，早中晚都要接送，就像当年孙哲上学一样。

在刚入学的一年级，必须在接送的过程中与孩子沟通交流，慢慢培养孩子的独立行动能力。孙飞与孙哲的不同，就是他依赖性太强，没有孙哲那样的生龙活虎和调皮好动。

孙智自从到深圳接回孙飞，发现这孩子过于沉默，只爱看电视动画片，不爱出去找小朋友玩乐，加上爱吃甜点，爱喝饮料，长得很胖。孙智每天早晨带着孩子去跑步，晚饭后与孩子一起爬山和踢球，一心要将孩子的体重降下来。

孙飞刚回来的时候，晚上常做梦，半夜叫妈妈，都是小琴半夜起来陪他哄他，只有当他摸到妈妈的手和身子后，才会安然入睡，所以小琴常常后半夜只陪孩子睡觉。这种亲子的努力持续了两个多月，总算让孩子改变了习惯，忘记了过去的妈妈，脸蛋挂上了甜甜的笑容和欢乐的神采。

为了多陪儿子，孙智损失了很多时间，不得不减少辅导学生的时间。他计划把辅导英语的方法编成一本书，把高中课文的单词、词组和句子进行归类，从易到难，层层递进，最大限度地方便学生记忆和训练，并给这本书取名为《中学英语模块学习法丛书》。他原打算两个月编出一本书来，可两个月过去才完成一半，直到元旦前才编完一年级的全部内容，送到出版社，首印两万册，没想到很快售完，还赚了三万元。孙智有了更大决心编写二三年级的辅导丛书。

到了寒假，孙哲从北京回来，帮父亲分类和整理书稿，很快就完成了二年级模块，出版社首印两万本，也很快售完。参加假期英语辅导的学生已有一百多人，孙智忙不过来，孙哲也帮父亲辅导起来，这对他来说驾轻就熟。直到过春节前一天，一家人才关上店门，匆匆忙忙回老家去与老人团聚过年。

回到老家浏河村，孙家大院又为多了一位小孩子而好奇和欢喜。婆婆爷爷和叔叔婶婶看见长相与父亲一模一样的小孙飞，觉得像是神话故事一般，大家问这问那，孙智和小琴笑而不答，只待孙哲和芸芸带着孙飞和另外两个姐妹到天沟去玩的时机，小琴才把孙智与另外一个女人的故事讲出来。大家说孙智是因善良而惹祸，因祸而得福，这树苗要好好养护，长大和孙哲一样考上名牌大学。两位老人笑得合不拢嘴，一个劲儿地说孙家前世有恩后世有福，世代必定繁荣。他们不知道还有另一桩喜事，孙哲和芸芸已成为一对情人。孙智说这个秘密一定要保守好，这种亲上加亲的喜事说出来，老人的精神可受不住过度的兴奋和激动。

孙智刚到家，就自顾与孙勇在离家百米开外的砖场加紧制砖。大半年了，仅靠孙勇和几个小工做了一百多万块砖，已消耗一大半水泥，眼看沙石就要用完了，却买不到更多的沙石料了。因为村里正在修公路，沙石和水泥都不够用。镇政府来人要赊购他们剩下的一万吨水泥，孙勇一直没有答应；因为水泥价格涨得很快，再过些时间，可能要卖出翻倍的价格。孙智觉得应该见好就收，再说修路是件大好事，只要镇政府愿意按市价购买，就可以全部卖出。因为镇里的资金也不宽裕，要等到公路修好验收后，县里拨款下来才能付款，孙智也表示同意，只说要签好合同，确定在分批出货后半年内付清货款。水泥市价还有很大的上涨空间，为了支持家乡建设，孙智认为应该放弃一部分个人利益。

孙勇算好出售水泥砖获得的收入已有五百多万元，问孙智是否转账给他，孙智说暂时不用转账，他正在考虑要做件大事，需要时让孙勇转款即可。孙智目测余下的水泥砖还有五十多万块，按最低市价也有六百多万元的收入，再加上余下一万吨水泥可以卖出五百多万元，扣除本钱和孙勇等人的工资等支出，初算可以获得毛利七百多万元。他对自己这囤积实物的办法十分满意，更加自信有了一些商业头脑，面对复杂的市场已不用担惊受怕了！

除夕那天，全家人热热闹闹吃了团圆饭，照例到山坡上祭了祖，然后孙智就带着小琴和一群孩子，去天沟爬山玩水。这一年同往年不一样，雪下得早，年前半个月下过一场雪，但随后天气晴朗了好几天，天沟的积雪已经化得差不多了，而这几天天气阴冷，水面上结了厚厚的冰，山路上却干燥得很。孩子们不愿爬山，只爱在冰面上溜来溜去，芸芸又教孙哲跳起了芭蕾舞，两个女孩子也手牵手自由自在地学着跳舞，快乐的歌声在山涧回响。

孙智和小琴牵着小孙飞的手往山上爬，他们爬上山顶就满头大汗了。孙飞也流了很多汗，小琴用手巾给他擦干身上的汗水，然后站着远眺山下的景色，顿时心旷神怡，感叹这种地方最适合养老。但她一会儿又说很想去北京多住几年，待儿子女儿成了家，就在北京买套房子。孙智说，北京的房子五万元一平方米，压力太大了！他说这是一个美好的梦想，山里人从来没有这样的梦想，现在能有这样的梦想，说明我们已经开始朝美好的日子在飞翔。他把脸贴在小琴的脸上，感受到她奔流的血液和心灵的激动。

山脚下芸芸和孙哲仍然在跳舞，他俩手牵着手，在光洁的冰面上跳着天鹅舞，他们的舞姿已经十分优美了。小琴自言自语地说，这两个孩子真是天生的一对！她再往远处望去，可以看见大半个村子，各家各户炊烟袅绕，鞭炮声断断续续，不时地有耀眼的焰火冲天而起，在天空散开各种颜色的花朵，这让孙飞看得出神入迷。

孙家大院是离天沟最近的一家，这会儿既没有炊烟，也没有鞭炮声。孙智说，他小时候几兄弟都爱在过年燃放鞭炮，可长大后就没有兴趣了；那时家里穷，全家人都很节俭，一直养成了过年不放鞭炮的习惯。孙智见儿子对飞天而起的焰火很着迷，说："爸爸回去给你买鞭炮焰火好吗？"孙飞笑着点点头。孙智和小琴牵着儿子的手慢慢下山来，叫上孙哲和芸芸，从另一条小道往镇上走。这是一条细窄的羊肠小路，两边都是小树和杂草，他们小心翼翼地走了半个多小时才到了镇上，在一家店铺里买了很多焰火杆儿，孩子们每人拿着十几根，边走边对天发射，孙飞开心得咯咯笑，不再是个沉默不语的孩子，因为这是他最高兴的一天。

晚上，屋子里燃着两个大火盆，热气散发出来，冬天的冷气被驱散出去。孩子们围坐在一个火盆周围唱歌讲故事，四个女人在一个火盆边的小桌上打麻将，孙智一个人坐在两个火盆中间的木椅上看手机信息。他很关心 C 银行的情况和老同事的处境。老同事告诉他，如今国家出台了新政策，不准国有银行和企业随意减人，不准将员工工资与存款贷款简单挂钩，不准向员工硬性下达存款贷款任务，不准向存款客户支付高额利息，不准采取请客送礼等物质手段吸收公众存款，不准公款吃喝和派发节日礼物，不准任意占用员工休息时间加班加点，不准在贷款业务上额外收取费用，等等。银行各项业务已基本实现了法制化和规范化，员工的利益受到了保护，大家的工作也比较稳定，年纪大或身体差的员工都受到了照顾。黄文斌已被调到金库做库管员，陈宜蓉和刘善芝在两个不同的网点做大堂经理，另外几名老同事仍在做操作柜员，不过现在都用上了智慧柜员机、存款取款机、点钞机、扎捆机、现金清分机等若干自动化设备，工作量大大减轻。这是时代发展的结果，也是改革开放的结果，一切都在向好的方向发展。

孙智和林雪梅经常联系，他给雪梅发出短信，问起晶晶的情况，林雪梅告诉他，晶晶情况很不好，不爱读书，情绪低落，只怕连一般的大专也难得考上。孙智回复说，晶晶本来读书基础差，又失去了父母，指望她读书成才是不大可能的，于是建议雪梅让她读完高中，就开个书店做图书生意，他和小琴可以帮助她，教她些做生意的本领，这样也能让晶晶一生安安稳稳地生活。雪梅说只能这样了，只是让孙智大哥和小琴妹子多操心了。

孙智接下来又给深圳的王红艳发短信，除了祝福新年外，还告诉她小孙飞的情况。她是儿子的姨妈，在王红梅病重期间照顾儿子费了很多心血，孙智打心里面说出感谢的话来。王红艳说她很想到西域市来看看外甥，可家有两位老人，自己的女儿正在读高中，马上要面临高考，没有时间出远门。孙智说，等到了清明节，他就带小琴和儿子一起去深圳，给儿子的妈妈做祭拜，当然也要看望两位老人。

过了一会儿，王红艳直接打电话过来，她要同孙飞说几句话，孙智只好牵着孩子的手到外面场地上接听电话，孙飞听到姨妈的声音，立刻呜呜哭起来，边哭边说他想妈妈，他知道妈妈不在人间了，再也见不到亲妈妈了，只想看看妈妈的照片，要姨妈寄一张妈妈的照片来。孩子对亲生母亲是不会忘记的，孙智连忙对儿子说：“爸爸可以找到你妈妈的照片，回城后爸爸就带你去找！”

100

过完大年，孙智带着一家人回到城里，他惦记着小儿子的愿望，也想起了王红梅的临终托付，便从保险柜里拿出一串钥匙，带着小琴和孩子们搭上出租车来到了花果山。

原来的花果山水泥公司早已不复存在，主要生产装备都卖给了民营企业，新的花果山工业区一分为三，老厂区仍然以生产水泥为主，由峡江市水电公司原总经理詹某承包经营，据说詹某是熊天雷的老同事，他本人已年过花甲，只是名誉上的董事长，实际控制人是他的儿子，是省内最大的建筑材料供应商。近年又开辟了两个新厂区，一个是生产高速公路和桥梁专用的水泥预制品公司，一个是新型钢制材料公司。花果山东、西、南、北、中五个生活小区还是老样子，只是房屋陈旧，人员稀少，完全失去了当年生机盎然和林木葱绿的风采。

孙智、小琴和孩子们在封尘已久的老花果山支行门前下车，前后左右看了一圈，孙智望着他曾经用过的办公室久久沉思，小琴却哈哈大笑起来，说：“这地方，还是值得留恋的，我在这儿送走了一个李柏杨，交上了一个孙智，命运从此而改变，也算是我一生最重要的经历，让我给女儿的亲父叩个头吧！”

孙智说：“到陵园去吧，已经很久没有给他们烧纸钱了。”

他们向西走了一里路，绕过花果山职工医院和殡仪馆，进入一片深树林，来到工人陵园大门前。这陵园早已不是原来的工人陵园了，而是西域市最大最气派的富人陵园，能到这里安葬骨灰的都是有权的官员和有钱的商人，最低收费三万元。园门装饰很气派，还有好儿家殡葬商店。

孙智买了两捆纸钱、两沓冥币和两把檀香，和小琴带着孩子们走进陵园深处，一排排一座座墓碑伫立在眼前；孙智对陵园很熟悉，他径直走到最后的柏树林子，一座高大的墓碑是“李柏杨烈士之墓”，在整个陵园是最高级别的陵墓，外形和人民英雄纪念碑一样，只是规模小一些。

芸芸只记得她的亲父亲是因公殉职的，并不知道他去世的全过程。孙智给她讲了当时的经过，告诉芸芸说她生父是英雄，应该永远记得他。小琴陪着女儿给李柏杨烧了纸钱和冥币，点着一把檀香插在墓前的沙土盒子里，然后跪下来叩了三个头。孙智拉着儿子孙哲和孙飞给这位英雄叔叔跪拜行礼，小孙飞觉得很好玩，咯咯笑着不知叩了几下头。

孙智自己也给李柏杨行了祭礼，站起来仔细看了墓碑，碑上有了不少灰尘，照片也模糊不清了。孙智从附近地面上捡来一些废纸，将墓碑上下细细擦了一遍，让字迹清晰起来，然后对芸芸说：“回去后到你爷爷家里找一张你亲父的照片，下次来祭拜时换下这张旧照片。”芸芸点头说好。

不远处是熊天雷的墓碑，似乎多年没有人来祭拜过。孙智独自给他烧了纸钱，敬了香烛，行了三个跪拜礼，然后用纸张擦尽了碑上的灰尘。在他心里，熊天雷是值得纪念和敬仰的人物。

林雪英和王东明的墓碑在墓群的中间位置，孙智很快找到了地方，他和小琴一同行了祭拜之礼。

走出了陵园，一家人在茂密的树林里走了好一会儿，小琴像是故地重游一般，哼唱了几句“走在乡间的小路上……”孙智一边走路，一边给芸芸和孙哲讲述这儿的传说故事，因为这山上盛产桃子，人们传说是孙猴子偷吃了花果山上的仙桃，把桃籽撒在这片山上，才长出一大片桃树林，结出的桃子又大又鲜，所以人们就把这儿也取名叫花果山。

孙智带着全家人走过熟悉的林荫小道，来到曾经是花果山植物园的池塘边，在几十栋楼房中间，孙智找到了王红梅曾经居住过的楼房，走上三楼用钥匙打开房门。八年多时间过去，房间里落了很多灰尘。孙智揭开他过去盖在床铺和家具上的被单，光洁的玻璃和漆面露了出来，仍然呈现出华贵的陈设和面貌。他和小琴打扫了桌柜上的灰尘，然后认真清点房内财产和物品。

小琴突然问："这房子要是在大街上，能值多少钱呢？"

孙智回答："大概两百万吧！"

小琴说："真可惜！恐怕以后就不值钱了，不如早些卖掉！"

孙智说："谁来卖呢？只能放着，给孩子留作纪念吧！也许以后有了新政策，环境改变了，又把这儿变成了风景区，这房子就又值钱了。现在不急，等小儿子长大后再说吧！"

孙智打开酒柜，里面还有十二瓶茅台酒，八瓶五粮液，五瓶白兰地，三瓶威士忌。他又打开保险柜，里面有不少金银首饰和纪念币，还有一万多元现金和几千元美钞。他拉开保险柜下层的抽屉，拿出两本相册，翻了翻，递给了小琴；小琴打开一页页翻看，嘴里不断地发出啧啧赞叹声，说："王红梅年轻时的确很漂亮，熊天雷长相也挺帅，要不是年龄差距那么大，说不定真是一对好夫妻！早早去世，真是可惜！人要走对了路，不仅幸福，而且长寿！但愿我们俩白头到老，长命百岁！"她顺手抱起小孙飞，让孩子一张张看他亲妈妈的照片。

孙智情不自禁，忽然吟出一首诗来："人活百岁不是福，有福一岁值百岁；半生徘徊半生缘，半百夫妻一世恩！"

101

正月十五，市区元宵节异常热闹，往年的元宵节孙智和小琴因为上班忙里忙外，从来没机会逛夜市。今年是他们离职后第一次在热闹的街市过元宵节，他们牵着小儿子孙飞的手，站在南泉中学门前观看五彩缤纷的灯会和天空上接连不断飞起的焰火，又和儿子一起放了一些五彩的烟花，便带着兴奋劲儿回到书店里。

孙智清点起各种学生书籍和复习资料，小琴整理春节期间收到的报刊。他们把书店收拾得整整齐齐，然后打开电视机，让儿子看动画片《阿凡提》。小琴突然看到一篇文章，标题是《被高楼埋没的灵魂》，副标题是《一对夫妻行长的梦幻人生》——小琴只看了一小会儿，就把报纸递给孙智。

这是省检察院主办的《法制周刊》，文章占据了第三版大半篇幅，详细介绍了陈志杰和他妻子孙秀雅的贪腐和跌落经过。孙智认真看了起来，对孙智来说，陈志杰算是对他一生产生过重大影响而且终生难忘的人物。

陈志杰出生在一个干部家庭，父母都是金融系统的资深高级管理人员，父母的银行基因遗传给他们的独生儿子。陈志杰毕业于省财经大学金融专业，获得硕士学位，毕业后直接分配到G银行省分行资金计划处工作，一年之后便当上副科长，又一年后当上科长，再两年当上副处长，不到五年就当上了处长。他与妻子孙秀雅是大学同学，同时获得硕士学位，又同时被分配到G银行，同时提干，同时当上处长，只不过孙秀雅是会计处处长。他们在二十四岁时结婚，次年生子，儿子刚上初中时又同时被调到二级分行任一把手，只不过他们分属两个不同的中等城市。陈志杰到中部工业城市西域市担任行长，孙秀雅在离省城最近的商业城市临江市担任行长。省分行党委这样安排是有目的的，如果顺利的话，他们可能成为省级分行领导班子的备选干部。但想不到的是，夫妻二人竟同时翻船了，他们在惊涛骇浪中把船撞得支离破碎，在两个不同的旋涡里沉没。

一切源于他们拥有共同的梦想。陈志杰2000年担任西域市分行行长之后的前两年作风是正派的，工作也是富有成效的，而在2002年以后，房地产热再次兴起，连西域市这种原材料工业城也让房地产开发占据了主流，两年间从事房地产开发的专业公司达到两百多家，对贷款的需求与日俱增。银行行长是最受追捧和景仰的官员，但一般的小公司很难获得银行的青睐。银行是靠存贷款业务生存和发展的，贷款的数量和质量决定银行的发展规模和速度，也决定银行行长的业绩和前途。陈志杰一心想把贷款投向有实力有背景的大公司。张氏兄弟的南山房地产开发有限公司是西域市最大的房地产企业，在地方官员的引见下，他考察了这家公司，又在时任办公室主任张明远的密谋下，钻进了这个利益集团里应外合布下的陷阱，单为这家公司发放贷款二十亿元，从中收受各种好处费三千多万元。同样的故事也发生在临江市，孙秀雅在担任该市分行行长期间，为当地的房地产公司所围猎，当然也是选择有实力的公司投放贷款，相继为多家知名公司发放贷款三十多亿元，从中收受各种好处费五千多万元。

他们要这么多钱干什么呢？当然大有用处。夫妻二人有一个共同的梦想，那就是出国。他们为此做了很多准备。2005 年，他们的儿子十五岁初中毕业，孙秀雅通过香港的房地产商将儿子送入香港最好的高级中学，三年时间为该校捐款和支付学杂费二百八十万港元。孙秀雅的父母退休后移居香港，在香港购置学区房一套花费八百万港元。孙秀雅往返香港和省城之间，每周的机票五千多元。父母和儿子在香港的衣食和娱乐消费可想而知是常人难以承受的。儿子在香港三年高中毕业，没有考上美国的大学，孙秀雅不惜花费两百万美元将儿子送入美国哈佛大学，随后她以父母的名义在马萨诸塞州剑桥市购买商品房一套，房价高达七百万美元，孙秀雅的父母随后移居美国。孙秀雅的梦想是，儿子从哈佛大学获取博士学位，等到夫妻退休或攒够了钱，他们也是一定要到美国定居的，问题是什么时候攒够钱，这比什么都重要。

更让人们难以置信的是，这对从学生时代开始恩爱的夫妻，在他们最有权势的中年时代，竟然各自落入商人构造的情色陷阱。孙秀雅在临江市迷恋上一位体格魁梧的气功大师，这名气功大师实际是一位房地产商高价收养的男妓，以帮助女人健美为诱饵，把掌握贷款大权的女行长拉进黄色肮脏的情色世界。陈志杰则陷入了张氏姐弟精心营造的“蝴蝶山庄”，欲念一发而不可收拾。

房地产开发过度与过热已衍变成为一个巨大的资产泡沫，泡沫渐渐破灭，一栋栋高楼下，埋没了众多怀揣各种梦想的贪官污吏的灵魂。陈志杰和孙秀雅就是其中的典型代表，最终难逃法律严惩，夫妻二人都被判处无期徒刑。

孙智对陈志杰的堕落感到十分惋惜，因为他曾经对这位学识型干部有过好感，他平易近人，待人做事很有分寸。为何这样的领导也免不了受金钱和色欲的诱惑呢？孙智感到世界的变化令人害怕，人一旦有了梦想，就有了行动的动力，如果是超级梦想，那一定是会走火入魔的！这就是开放时代人生危机的一个重要源头。这是个让人们多梦的世界或多梦的时代，梦想有多远，胆子就有多大，最终飞到半空突然跌落下来，或沉入大海，或埋进地层。

小琴见孙智表情异常而奇怪，知道他又在担心什么了，便轻轻说："不要为别人遗憾了，做个普通人，老老实实做自己的事，什么危险也没有，不要想过去的事儿了！"

孙智没有停下思考，他想，改革开放，让人们有了很多梦想，这是很正常的现象；但梦想不能超越现实，梦想只有依托在传统道德之下和社会文明之上才会避免危机和灾难，才会有实实在在的事业成功和家庭幸福。

102

小琴盘算了一年的收入，销售图书获得利润十八万，孙智辅导学生获得收入六万多元，编书出版获利八万元，一年的纯收入二十三万多元，相当于两个人原来工资收入的两倍，小琴为此高兴得合不拢嘴。更让人高兴的是芸芸，芸芸的学习成绩全班第一，这个艺术班只有二十五名学生，前年的期末考试，芸芸的舞蹈和音乐课是第一名，而文化课却是最后一名，今年她全部拿下第一名，这是什么样的进步啊！芸芸完全变了，她不仅拼命训练舞蹈，认真唱歌，还刻苦学文化课，语文、英语、历史、地理都是高分。现在是高二，离高考还有半年，她决心要保住第一名，保证考上心怡的大学，所以她不分昼夜地勤学苦练，这让母亲感动而且心疼，孙智也劝芸芸注意休息，成绩只要保持在前十名就行了，但芸芸说她必须争第一，保第一。今天是元宵节，芸芸仍然在家做功课。

三年前的元宵节，小琴和芸芸在北京天安门看夜景，芸芸发誓说一定要到北京读大学，她要与孙哲哥哥并驾齐驱，把人生打造得十分精彩。她现在不再叫孙哲哥哥了，叫“哲哲”，睡梦里常常呼唤“哲哲”。

小琴把芸芸的梦话说给孙智听，孙智却为孩子的思念再次担心起来。他仍然认为孩子过早恋爱有害身心健康，但小琴不这么认为，小琴说:“两个孩子已经相爱了，你能怎么办，拆开他们吗？十七岁的女孩子，哪个心里不想俊哥哥！芸芸如果心里没有哲哲，她会这么进步吗？”

孙智总是想到他曾经遇到的那些女人，因为早恋而失去真正的爱情；在他心里，谈恋爱是为成家立业而准备的，无论男孩女孩，都要先有事业后有家庭，就像当年的老厂长那样，有了一番成就再谈婚论嫁，照样枝繁叶茂。小琴看出了孙智的心思，便旗帜鲜明地亮出她的观点，说：“其实人应该是先成家后立业，没有家为什么去创业？有家才有目标，有爱才有动力！你不是有了儿子之后才有奋斗目标和学习动力的吗？没有儿子，你会想到还要学英语吗！你的一切行动不都是为了孩子吗！”

孙智说：“你也是这样，一切围绕孩子转！”

小琴说：“现在时代不同了，孩子们懂得恋爱，也懂得知识，更懂得节制，只要是真心相爱的，就不会有问题！”

孙智说：“我在大学里没谈恋爱，工作之后也很少考虑婚姻问题，都是顺其自然；学习是必须努力的，生活和家庭应该是水到渠成的才好。”

“但是你顺利过吗？甜蜜过吗？你的第一段婚姻不是失败了吗？因为你们没有感情基础，不能同甘共苦；再说，你并没有真正找到你所喜欢的那个人，你们只是凑合在一起，因为有了孩子，有了责任感，是道德和良心撑起了一个家，但是并不稳定，遇到风浪就散了，你能说不是这样的吗？”小琴用一点挑战的口味提醒孙智反思过去，这正是他曾经冥思苦想而没有找到的答案。他两眼盯着小琴，突然有了一箭穿心的感觉。

小琴接着说她自己："其实我读书的时候不是不想谈恋爱，而是没有发现自己喜欢的男人，而且自己并不知道究竟喜欢什么样的男人。我参加工作后，也没有随随便便谈朋友，没有知心合意的，我坚决不谈！那时我崇尚英雄，所以有人把当过特种兵的李柏杨介绍给我，我想也没想就同意了，但是后来也后悔了，因为没有感情基础。他是工作狂，又缺少文化，没有什么情趣儿！不如你孙智这么有才华，所以我现在的想法完全变了，是生活的现实告诉我，真正的爱情是知识和理性的结合。现在的日子我满足了，算是圆了一生的梦！"小琴讲到她自己，很巧妙地转移了话题。

孙智从没打听过小琴的过去，听她自己说出来，心里便激动起来，说："要是当初我不急于成婚，等着见到你就好了！人一生难得找到最好的伴侣，如果没有这么多不幸，我们难得走到一起！"

"那也不一定，那时我看不上文化人，因为文化人都有书呆子气，不太看重夫妻恩爱。其实我错了，书生不仅重感情，而且讲道德。经过多灾多难，我才懂得知书达理才会一帆风顺。"

孙智说："人都没有一帆风顺的，都是要经过患难的。如果没有患难，我们不会走到一起来。"

小琴深情地看着孙智说："只有患难才成真夫妻，有过痛苦经历的人在一起，才是最贴心、最可靠的。走过一段弯路，我们就会越来越顺利！"

孙智说："人不能马虎对待男女感情，情投意合才能成就真正的夫妻，宁可等待，也不能屈就成婚，不仅害了自己，也害了别人，害了孩子！"

小琴说："这不是机会主义吗？人应该寻找，应该努力发现谁在爱自己，然后去发现那个人的好处，找到共同语言和相同的兴趣，才会发展成真情实爱。"

孙智说："我们的父辈没有谈过恋爱，但他们比我们过得幸福。"

小琴说："他们是因为劳动而幸福的，因为有了孩子才有了责任，有了责任才有了互助，有了互助才有了互爱，这就是老式的爱情和家庭，我的父母就是这样的，他们虽然有时吵吵闹闹，但更多的是说说笑笑，从来不分床睡觉。”

孙智完全被小琴的话折服了，她是一个有思想的女人，是生活的波折让她有了成熟的见解。孙智觉得自己完全走出了糊涂的人生世界，看到了未来生活的清晰路径，不仅是爱情和家庭，还有事业和社会，一条可以由自己掌控的阳光大道。

儿子看完动画片，孙智牵着他的手走出铁闸门，小琴锁好门，一起走向热闹的街市。书店离家只有二百米远，他们走了半小时，边走边欣赏美丽的夜景，焰火不断在高空中闪亮，炸出一个个巨大的彩色火球，又像流星雨一样整齐地落入夜幕中；地面楼群都是透亮的，光怪陆离，华灯闪烁，人们尽情欢乐，好像一切忧患和危机都不复存在了！

第三十五章　回归

103

孙哲在清华大学研究生院顺利毕业，签约到知名电信公司工作，芸芸如愿考上自己中意的院校，全家人沉浸在欢乐幸福的气氛中。

南泉中学公布了喜人的高考成果，学校全省综合排名由上一年的第四位跃居第二位，录取率比上年上升了 10 个百分点，而这一骄人的成绩完全是由英语考分平均上升了 21 分所带来的，英语单科最高分为 149 分，与满分仅 1 分之差，这个最高分的获得者竟然是艺术类考生李芸芸。她的文化考试成绩为全市第一，成了全市历届最有魅力的高考状元。

《西域日报》记者在第一时间找到李芸芸的母亲邹小琴和养父孙智，记者很快认出孙智就是六年前的高考状元孙哲的父亲。记者细心采访了这对恩爱夫妻，写出了《状元的父亲，最美的母亲！》专题报道，称孙智为“教育神父”，称邹小琴是天下最美母亲。文章详细介绍了孙智的经历和他与邹小琴的爱情故事，称他俩是一对在磨难中结成的夫妻，邹小琴的前夫六年前为保卫国家财产而牺牲，而孙智的前妻在南方打工时因火灾不幸去世，是艰苦的工作和对孩子的爱成就了这对患难夫妻，使他们携手培养了一位才艺俱佳的艺术人才。

孙智的名气再次火遍全城，他编写的《高中英语模块学习法丛书》

成为中学生英语首选参考书，书店供不应求。一时间，市里一些二流高级中学校长找到孙智，愿意出普通教师两倍的工资聘请孙智去做英语教师，南泉中学则以正式教师编制为条件请他去任教，小琴满心欢喜，而孙智却婉言谢绝。

要求孙智补课的学生已达一百多人，孙智按年级编了两个班，每班五十人，因为他租来的教室容量有限，自己的精力也有限，超过的学生他就婉拒了。芸芸离去北京上大学还有二十多天，看着养父异常忙碌，就抓紧时间帮助养父辅导学生。她的英语水平似乎超过了养父，不仅对高中所有英语课文非常熟悉，倒背如流，而且口语表达极佳，声音十分甜美，对学生产生了强大的吸引力。有了芸芸的帮助，孙智轻松了许多，他抽出一些时间来给小儿子孙飞讲解小学的课文，引导孙飞看一些有趣的画刊和动画片，花更多的时间陪儿子锻炼身体。

104

孙智正在忙碌的时候，突然接到一个电话，一个熟悉的女声用熟练的英语呼唤他：“孙先生，如果您记得一位曾经的好友，请于八小时后到您所在的火车站去接她，见面您会惊喜的！”孙智毫无疑问地确定是贺英，她到美国已经五年多，学会了用英语交流，让孙智感到十分惊讶。

孙智结束一天的讲课后，回家为小琴做好饭菜，送到书店里，告诉小琴晚上要接待一位客人，可能要在十点后才能回家。待小琴吃完饭，已是六点半，他便搭乘出租车去了火车站。火车晚点半小时，他守在出站口，一个个辨认走出站口的行人。

一个瘦高小伙子，戴着眼镜，留着长长的头发，刚出站口就被孙智认出来：“雄伟，叔叔等着你，你妈妈呢？”

周雄伟迎上去轻轻拥抱孙智，用流利的英语说：“叔叔好，朝思暮想，终于见到您了！”

正说话时，贺英出来了，她用力拍了孙智的肩臂，见孙智苍老了许多，心疼地问：“你还是那样辛苦吗？”

孙智笑着点点头，再看贺英，她胖了许多。她盘卷起金色的头发，画了浓黑的眉毛，涂上浓重的口红，戴着黄金项链和白金戒指。

跟在她后面的是张自民，他与贺英相反，瘦骨嶙峋，如果不是个子稍高，看起来活像一只瘦猴子。他头戴一顶白色的鸭舌帽，如果不是那双炯亮的眼睛和浅浅的胡子，就如同年过花甲的老人，其实他才四十八岁，仅比贺英大一岁。他与孙智握手致意。

孙智招手叫来出租车，要去最豪华的帝豪大酒店，贺英挡了挡，摆摆手说：“就去附近的野玫瑰酒店，走着去就行！”

孙智有些不解：“这是我招待客人，不去最好的地方，我自己就觉得太小气！”

贺英改用地方话说：“我晓得你孙智一向很节俭，怎么突然大方起来，是发财了吗？”

孙智说：“失业了，自己单干，挣钱不多，但招待老朋友不会吝啬。”

贺英说：“你的心意我领了，我们都不是富人，吃住将就即可！”

孙智依了贺英，带着他们走向百米处的野玫瑰酒店。孙智说他和邹小琴五年前成婚，女儿刚考上大学，小琴正高兴着，晚些时候，他让小琴来见上一面。贺英说不必，这次她不想见任何女人，因为女人之间最多疑。孙智一听便明白，她不想让邹小琴看出什么事来，小声笑着说：“放心，小琴很信任我，我不会再像过去那样了，那些旧事我都向她坦白交代过了。过去的已经过去，未来只有家庭和创业！”

到了酒店，孙智引领三人进入餐厅，让贺英和雄伟点菜，贺英说，都是本地人，只上个黑鲢鱼豆腐火锅，加几个青菜即可，在火车上吃过了，不太饿。孙智说他是空着肚子来给他们接风的。菜饭上桌后，四个人边吃边谈，恨不得快点儿说尽这些年的辛酸往事。孙智讲了很多西域市发生的大事，但没有说到周天寿，他怕周雄伟听后伤心，但雄伟却主动要知道他爸爸的事情，还问会不会有冤情。孙智说这已是案板上钉钉的事情，没法翻案的，他也是因为涉案才辞职的，如今是两手空空闯生路。

贺英说，她去美国后，本想用钱生钱的办法发点洋财，不料带去的本钱全被抽空，一直靠打小工为生，供雄伟读书。张自民虽在美国多年，有点儿创业基础，但这些年投资以失败居多，现在也是财尽，以后养老也成了问题。这次回来，仍想在国内找机会。雄伟在美国大学毕业两年多，几次就业都不成功，也打算在国内找工作。张自民说他在美国这么多年，总是起起落落，很不稳定，他想回到国内做点稳定的生意，从此在国内养老。

孙智问："为何不在那里养老呢？"

张自民说："美国的建筑业已走到了尽头，新兴产业只有年轻人去做，没有资本和技术，就无法与同行竞争了，再支撑下去，最后的结局就是破产；国内有优惠政策，未来只有在中国才有机会！"他想在国内做点服务业，比如教育培训之类，如果孙智有兴趣，能合伙办学校就是最好的了。

孙智说："教育培训靠的是人才和资源，办私人学校要很多钱，科技的发展会改变传统的教育方式，教育和学习网络化已是大势所趋，从事教育必须从建立网络平台做起，所以要引进全球最先进的技术设备和教育理念。国内还很穷，但发展空间很大。总之，回国创业更好。"

他们谈了一个多小时，最后说了近日的安排，贺英打算明天回老家去看望乡里的老人，然后再去探视周天寿。孙智说过几天孙哲回来，再约在一起聚一聚。

散席后，周雄伟和张自民去登记房间，贺英拉着孙智到大厅的沙发上坐下，神神秘秘地问起有关她的案件是否已经了结。孙智告诉她，她那些欠款已全部结清，借据已全部收回，改天都交还给她。在法律上贺英不构成犯罪，借款仅是民事纠纷，如果久拖不还或恶意逃债，被债权人起诉，可以按诈骗罪办案。贺英说幸亏这款子归还得及时，要不都扔到美国市场上去了，因为这几年美国金融危机，所有资产都贬值，投资出去能保本收回就是最好的结果。孙智说他当时是受到审查必须配合纪检人员去美国的，否则都不会有现在的自由。

贺英感谢孙智救了她，接着又问起房子的事来，孙智说自从她走后，那套房子空置了三年多，直到自己离职后，为了让小琴做生意，只好卖了原来的旧房子，才搬到那套房里去住。

这是他头一次看到贺英为了钱而露出的沮丧样子，但他心里盘算着如何尽量让贺英这一家人回来的日子好过一些，心情高兴一些，毕竟是回到了自己的国家、自己的家乡，不能让他们扫兴而归。

次日一早，孙智给孙勇打了电话，让他汇款一百万元过来有急用。中午时分钱到账了，他立刻告诉贺英，让她带银行卡和身份证到银行去。贺英和雄伟到了银行，结果她的银行账户早被冻结了，无法办理转账。孙智不得不取出十万现金，带她和雄伟到另一个银行去开户，最后将钱全部转给了周雄伟。贺英立马高兴起来，就像得到了救命钱似的，两眼放光，激动万分。当天下午，贺英带着雄伟和张自民搭乘中巴车去了贺英的老家凤凰镇。

105

孙哲回来，周雄伟也正好从老家返回城里。孙哲见到老同学周雄伟和他曾经的干妈，异常高兴。他们谈天说地，天南海北，有说不尽的心里话。周雄伟话语里含有一份说不出的忧虑，似乎缺乏对未来的信心。他毕业两年多时间，一直没有找到合适的工作，在美国吃尽了苦头。孙哲告诉他，国内本科生也不好就业，只能找到一般的工作，工资很低，所以建议雄伟回到清华考研究生，雄伟接受了孙哲的建议。

孙哲带着芸芸和雄伟玩了两天。

星期天，孙智停了学生的辅导课，陪着贺英和周雄伟去一百公里外的洋坪监狱探视周天寿。

周天寿被削光了头发，五十四岁的脸枯燥而蜡黄。他原来是微胖而厚实的，而现在却这么瘦弱和佝偻不堪，似乎是变成了另外一个人，没有血色，形同枯木。他见到面前突然出现的三个人，眼光呆滞地看着他们，眼珠子没有一丝转动，脸上没有任何表情。周雄伟看着亲生父亲这副模样，流着泪连喊两声“爸爸”，而他父亲却仍然没有什么反应。

孙智上前拍了拍周天寿的肩膀，说：“周兄，您儿子从美国回来看望您，您应该高兴才是呢！”

贺英背过脸去，一只手抹去眼眶里的泪水，把一袋水果放在小方桌上，停了停，又拿出一根香蕉剥了皮送到周天寿嘴边，他却没张开口来。当儿子搂着他的肩膀哭出了声音，他才微微张合了眼皮，滚出了细细的泪珠。

守在一边的狱警将孙智和贺英叫到另一个房间里告诉他们：“周天寿被查出肝癌，所以彻底消沉了。因为联系不到他的家属，没办法将他放出去。犯人保外就医是要有亲属签订保证书的。”

孙智问：“他的病情能维持多久呢？”

狱警说：“这需要到医院做全面检查，他自己可能已经感到病情严重了。他刚进来时表现很积极，学习劳动都很好，但最近半年不爱说话，常常一个人躲着流泪。监狱领导批准专门给他做了体检，才查出肝病来。”

孙智知道，周天寿的两个弟弟也都因为经济犯罪而入狱，但不在同一个监狱里。孙智对贺英说：“接出去吧，也许会有所好转，能多活些日子总归好一些！”

贺英说：“接出去，谁来照顾他呢？”

孙智说：“送到医院里，让医院的护工照顾就行。”

他们当天办好了周天寿的保外就医手续，孙智和周雄伟一路扶着周天寿，坐车两个小时回到西域城，直接送他到第一人民医院里，经检查已是肝癌晚期。孙智帮助贺英在医院附近租了房子，方便她和雄伟每天去探视周天寿，也有利于周雄伟准备研究生考试。贺英在医院检查了身体，血压血糖和血脂都很高，属于高危人群，医生要她坚持服药，加强运动，减肥，抑制高血压和糖尿病，还建议她报名参加医院康复中心举办的“天天跳”运动队。

106

国庆节来临，全国上下掀起了喜迎佳节的热烈气氛。此前，从中央到地方集中公布了一批已结案的腐败案件，彰显了党和政府强力反腐的决心和意志。同时，各地全力打击刑事犯罪，强化治安管理，全覆盖、大密度地进行安全检查，避免意外灾害发生，全面维护社会稳定。孙智感受到，全国的经济形势正在逐步好转，金融和商业领域的“潜规则”已经充分暴露并得到有效治理，市场竞争已渐渐规范化和透明化，社会生态慢慢好起来了。孙智信心十足，决心干出一番事业。他设想的条件已基本成熟，只是资金欠缺，尚待时日。

张自民经过两周的游历考察，决定将他在美国的残余资产全部变卖，在国内投资开办一所职业技术培训学校，他正式与孙智商定创业大计，预计投资六千万元，他出资五千万元，贺英和孙智各出资五百万元。这正是孙智的最大愿望。孙智说：“我们的中年即将过去，为了老来不空虚，生活需要重新开始，事业也要有所发展，趁现在的好时代和好政策，多做些正事，积累资本为下一代创业打好基础。”

他们初步计划购买早已闲置的原花果山水泥公司办公楼做教学楼，购买原花果山支行营业设施做办公场所。计划方案定下来，张自民迅速从他在香港的帐户上转款五百万美元订购了教学设备，然后返回美国变卖资产。孙智同贺英到花果山挂出了“西域职业学校筹建处”的招牌。

后记

年过半百，总爱回忆过去；临近暮年，总想写点儿东西，表达一点儿人生的感悟。我用小说这种简缩方式讲述了一个时代的故事，这些故事以不同的形式发生在很多人身上，是我们这代人跌宕起伏的人生写照。文学创作应该展现一个真实而精彩的世界，由于本人能力有限和思维纷杂而无法达到预期效果；既然断断续续写了出来，也只好印出书来，给小说爱好者补充一点儿生活食料，愿能引起更多人回首往事，展望未来。

我讲述的故事只是我们过去生活的一些侧影，只能代表社会生活的某些方面，希望能对读者有启示意义，尤其是年轻人！

作者

2023 年春天